天鹰 2

黄晓峰 著

九州出版社
JIUZHOUPRESS

内容简介

本书以西部反恐、处突为小说背景，带你走进武警特战奇兵的世界，品读军人心中的圣地与荒岛。本书没有过多华丽的辞藻与夸张的情节，以最为真实的叙述，反映新疆武警总队特战中队——“天鹰”突击队从成立到训练、处理反突等各种情节。本书是一种凝视和沉思的结果，这种结果来的并不突然，它经历了一片偏远土地上多种情感和多种崇高的相互撞击，也吸收了许多关于人生、关于军营的丰富营养。本书所说的“军人心中的圣地和荒岛”，是一种合理表述，也是一种理性总结，真实呈现了现代西部军人并不缺少魅力而且独特的精神存在，甚至非常彻底、不顾情面地撕开了军人心中最柔弱的遮掩，过度的坚强和可以原谅的脆弱重叠就是一种奉献，是所有生活工作在边疆这片热土上的军人最直接、最真实的奉献。

英雄与英雄们的理想

——莫言

中国人民武装警察部队的年轻作家黄晓峰，将他的长篇小说《天鹰2》草稿给我看，希望我能写几句话。我也曾经是部队的一个作家，尽管转业多年，但毕竟生命中有过一段当兵的经历，因此见到部队的作家，就觉得有一种特别的亲近感。我很快就读了这部书稿，感触很多，随笔记下。

小说分明是以西北边疆为背景的，但这个背景其实是小说的需要，是塑造人物的需要，是将人物放在艰难环境里考验和锻炼的需要。因此，我想，这部小说里边所描写的故事，未必是发生在西北地区的。小说中的故事可以发生在任何地方，也可以在任何地方都不发生。

小说就是小说。但小说总是社会生活的一种反映，成功的小说总是让人跟着作家的笔，与小说中的人物一起去经历精神的和物质的生活考验。

自古以来西部边疆盛产漫漫黄沙和沉思默想的戈壁滩，盛产葡萄和葡萄美酒，还有数不清的边塞诗人和边塞诗人描绘下“射天狼”的豪情壮志。还有一丛一坨的被干风烈日撕扯的死了又活、埋葬了又生发出来的胡杨林。

于是我就想，千百年来，西部也许是一个历史沧桑的源头，悲壮与浪漫酿造成的琼浆玉液滋养了西部好汉那醉卧沙场的铮铮风骨，还有胡杨林以及和胡杨林一样默默无闻却分明又是最为忠诚的守着边疆，守着自己家园和理想的它们或他们。

在二十一世纪的今天，西部边疆的英雄们，正寻着古老的丝绸之路一路走来，在新的时代创造着新的英雄传奇。这大约就是小说《天鹰2》给我们，也是给战斗在反恐一线武警官兵们留下的宝贵记忆。

这是一个和平的年代，较长时间的和平，容易让人们滋生出对于英雄的淡漠甚至不理解的情绪。但是，一个民族是不能缺少英雄的，更不能忘怀英雄。英雄是一个民族的脊梁，是精神支柱。中国历朝历代从来就不缺少民族英雄。中国是一个盛产英雄并崇拜英雄的国家，贫穷落后时是这样，民富国强时也是这样。什么是英雄?英雄就是那个冲在方阵最前头挥刀开路的，是留在方阵最后阻挡万箭并洒干热血而始终站立着的，是方阵战亡后独自一人在弥漫的硝烟中拉起二胡等待敌人再次进攻的那个人。这个人和这样的人，国家和民族怎么可能会忘记呢？那么，在今天，仍然有我们这个时代的英雄，他们可能不同于历史传说中的和写进书里的英雄，他们也许平凡常见或者他们的事迹还没有被编成传奇故事，他们甚至也没有奉献出生命，但是他们具有英雄的本质和精神，他们用宝贵的青春和一生的无私奉献，续写着英雄的传奇。

当今世界，恐怖主义和恐怖活动十分猖獗，反恐已是全球关注的一个重要问题。近年来，有关反恐题材的影视作品也有不少，很热闹很好看也很刺激，但大多看过之后便记不住什么了，故事不完整、人物不清晰、感染力不强的情况不少，作为一部文艺作品，对人的理解显然是不够的，没有深刻地反映出反恐精英们的精神世界，让人遗憾。一切艺术作品都是人学，离开了对人的解读和挖掘都不能算是一部好作品。

《天鹰2》很好地把握了文学作品中对于人和故事的平衡，比较准确地讲述了西部边疆地区反恐先锋——天鹰突击队，在以总队长常建安为代表的武警将军们的有力筹划、组织下，从起步、发展，再到成熟的过程；描述了在艰苦的西部边疆，以特战大队大队长田长风为代表的特战队员们，从祖国的四面八方汇集在这里，为了共同的理想，加入到天鹰突击队，经过血与泪、情与怨、荣与辱、幸福与悲伤、豪气如虹与茫然无奈的洗礼，让他们完成了人生理想的实践，打造了钢铁般的意志和超人般的技艺，像雄鹰一样，飞翔在西部边疆、天山南北，为国家和人民守一片净土，奉献一份责任，就像西部边疆顽强的胡杨林一样，坚韧不屈。从这部作品里，可以清晰地感受到将军们对于反恐守疆事业孜孜不倦地追求以及为国分忧的责任感，品味出突击队员们充溢全身的奉献精神和真善美。一个正在崛起的民族需要这种精神，一个崇尚荣誉的军人应该有这种精神。

《天鹰2》画面感很强，人物性格鲜明，故事惊险传奇，既有惊心动魄的壮举，又有柔肠寸断的温情，具备了很好的影视元素，我想，如能改编成影视作品，必会产生更为广泛的影响。

值得鼓励和赞赏的是，作者黄晓峰是一位至今还坚守在西部边疆的“80后”武警军官，在这部作品之前他已写了许多反映边疆武警战士生活的作品，我想今后他还会用他的心灵，更多地去感受丰富多彩的生活，讲述更多真实饱满的动人故事，为了军队，也为了人民。

目录

第一章

城市如同装了开关，黄昏刚至，华灯初上。残阳还来不及隐去，夜色便大块大块压了下来，灯火在吞没中连成一片。光影声色被风格各异的建筑切割得有棱有角，错落有致中呈现出中国传统文化在翻越了一个又一个时代后所产生的各种想象，这种翻越和想象并不会停止，尤其是背靠几千年值得回味的历史，或置身一个色彩日益繁杂的年代。

此时，北京开始拥堵。二环、三环、四环，甚至五环，归途或出行被融汇成一条条有着色彩的河流，河流在城市的河床里缓缓向前，光阴在这种缓缓向前中瞬间变得细碎而不安。在河流之外，疲惫而匆忙的脚步也在拼命地掠夺平凡生活中的悠闲和从容。

武警部队司令员魏冉升静静地坐在车子里，墨色的车窗紧闭，此时，他只是个普通人，身着便装，下了班，回家。

车内，收音机里女播音员用甜美的声音播报着新闻：某某地区官员落马、某某地区又破获一起盗窃杀人案件……

累了一天的魏冉升用手不停地揉着太阳穴，眼睛微闭，但刚刚松弛下来的思绪却又被新闻中的信息搅得没了边际。屡屡发生的事件无论是被夸大或被一定程度掩盖，无疑都证明，当下社会正在经受一波波道德、信仰和伦理的巨大冲击，而武警部队也会在这种冲击下被迫拓展自己的职能和任务。

魏冉升慢慢睁开眼睛，威严的目光中突然漫起一片迷茫。

如履薄冰，如临深渊。几十年的军旅生涯使魏冉升变得十分敏感。魏冉升知道，在眼下这样一个快节奏而且充满机遇和挑战的社会里，各种矛盾交织纵横，有些事情也许无法想象，但随时都有可能发生。可同时魏冉升也坚信一个千百年来颠扑不破的真理，邪不压正。

放在旁边座位上的手机“滴滴”地响了起来，魏冉升伸手拿过一看，是妻子发来的短信：“饭做好了，等你回来。”

对着手机，魏冉升无声地笑了，妻子的问候很准时，也很温暖。人一旦上了年纪，格外渴望那种来自生活的平静和温暖。

魏冉升摇下车窗，车窗外的路灯渐次亮起，首都的气势和华丽在黑暗中迎面扑来。

魏冉升记得，几年前，这里还是一片低矮的楼房，如今却高楼林立。城市发展的速度真是让人无法想象。

魏冉升的思绪正在无边无际地蔓延。突然，车内的电话铃急促地响了起来。

魏冉升连忙接起电话。

作战值班室紧急通知，下午十七点十分，边疆H市发生连环爆炸，死伤数十名群众。

撂下电话，魏冉升脸色苍白，大声对司机说：“掉头！回机关。”

司机没有任何迟疑，瞬间拉响警笛，在拥堵的车流中调转车头。

魏冉升抓起车里的毛巾擦了擦头上的汗，嘴里念叨着：“真是怕什么，来什么。”

念叨完，又连忙给妻子发了条短信：“晚上不回家吃饭了，有任务。”

魏冉升气喘吁吁地赶到总部作战指挥中心，相关部门的人员都已到位。

前指、基指立即召开紧急会议，安排部署相关工作。

看到现场发过来的图片，魏冉升一拳头砸在了桌子上。

“王八蛋！”

魏冉升的眉毛一下子竖了起来，双眼通红。在部队几十年了，见过的场面无数，但大多是利益性、小规模的突发事件。像这种纯粹以破坏为目的，而且破坏性如此之大的事件还是少见。死伤的都是无辜百姓，场面惨不忍睹，魏冉升对着图片沉默之后突然爆发了愤怒。

H市武警官兵已在第一时间赶赴现场，机动分队也做好了出动准备工作，随时应对因停水断电可能出现的其他突发事件。

二十三点三十分，总部作战室内依旧灯火通明。

截至此时，事件已基本控制，人员抢救工作也已结束，武警官兵对事发区域实施了大面积封锁，水电技术专家陆续到达现场，部署电力恢复和自来水供应工作。

凌晨五点，魏冉升才疲惫地回到卧室，但他毫无睡意，脑子里一直盘旋着爆炸现场的景象，恍惚间有种风雨欲来的感觉。

连环爆炸案件尚在侦破中，但据警方传回的消息，犯罪分子组织严密，策划周全，没有留下丝毫痕迹，很有可能是恐怖极端分子所为，案情侦破的难度极大。

第二天一早，总部召开反恐斗争专项会议。宽大的电视会议中心座无虚席，人人神色凝重。会议室正前方深蓝色的大屏幕上正在播放着公安部送来的绝密录像片，录像片真实揭露了当前一些境内外恐怖分子在国内制造的一系列恐怖活动，形式多样，手段残忍，那些恐怖分子如幽灵一般神出鬼没。

司令员魏冉升坐在会议室最前排，身子无力地陷入宽大的坐椅中，眼睛死死盯着大屏幕，眉头紧锁，脸上的表情完整折射着录像片的内容。他肩上的三颗金星在微弱的光亮中不时弹跳起一种异样的光芒。魏冉升心情沉重，他知道，公安部送来的资料不仅仅是为了通报情况，更是在交待任务。血腥的场面、狰狞的面孔，人民群众无奈而又悲痛的神情一再刺痛着魏冉升的心，即便是在黑暗中，魏冉升也感到坐立不安。

会议结束后，魏冉升回到办公室，静静地站在墙上的军事地图前，死死盯着地图上那片辽阔的疆域。

邪恶丛生，不能没有利剑在手，反恐，真的是刻不容缓了。

魏冉升的眉毛几乎拧到了一起，一种前所未有的压力渗到了身体的每一个细胞里。

魏冉升缓缓走到窗前，推开窗户，一股清新的空气带着秋天的味道窜了进来，但同时又感觉出一股股的凉意。

收获的季节，竟然隐藏着一种厮杀前的气息。

时间、人、装备、战斗力，魏冉升向来喜欢在这些细节上“纠结”，他深信一点，细节往往能够决定成败。此时，魏冉升的脑子在飞速旋转。

谁可以临危受命，怎样才可以让那片土地平安无事？

突然，魏冉升的脑子里闪过常建安的影子。其实，魏冉升想到常建安并不意外，常建安是魏冉升带的兵，而且在魏冉升的眼里，常建安是他带过的最优秀的兵，如今常建安已经是某总队参谋长。

这些年魏冉升一直默默关注着常建安的成长，常建安在反恐领域取得的成就整个武警部队有目共睹，无论是理论还是实践，常建安都在一点一点占据着属于自己的高地。在魏冉升的意识里，常建安就像一个厉害的拳击手，总会慢慢积蓄力量，然后在你意想不到的角度出击，出其不意地获胜。

更重要的是魏冉升需要常建安身上的那种执著和韧性以及对于部队建设的热情，拳击手只需要在攻击和防守之间轮回，而作为领跑者还必须要耐力十足。毫无疑问，常建安具备了那几种魏冉升想象的能量。

魏冉升激动起来，也显得有些兴奋。

常建安，就是常建安了。

魏冉升将窗户关上，谢绝了秋的干爽和肃杀的味道，他意识到，反恐领域的斗争将形成新的模式，而彼此都会在一个更高的层面上进行你死我活的较量。

正如魏冉升理解的那样，常建安是一个不知疲倦的人，从穿上军装那一天开始，他就开始向远方奔跑，哪怕有些奔跑在别人看来是徒劳的，他也在坚持。常建安并不崇尚个人英雄主义，他对反恐斗争的情有独钟源于对职业的理解，他真正读懂了一个中国军人在时代交替过程中应该担当的种种责任，如同一个农民本能地知道如何面对自然灾害或应对生存问题。有些时候，常建安也会对一些与时代相关的现象感到困惑，比如道德、信仰的局部缺失或某些群体价值观念层面的混淆、错位，但那种困惑并没有影响常建安向前奔跑的脚步。常建安坚信一点，追寻生命意义的过程远远超越了生命本身，为此，常建安一直在路上，向人生的一个又一个高地进发。

下班后，一只脚刚迈进家门，工作了一天的心还未完全歇下，常建安就接到了魏冉升司令员的电话，电话里司令员说："明天一早，到我的办公室来一趟。"

话很简短，没有给常建安任何说话的机会。常建安的心里顿时一紧，自然地意识到司令员语气中的严肃和沉重。

第二天早晨刚上班，常建安就一阵风似地刮进魏冉升的办公室。

常建安个子不高，很结实，眉毛又密又浓，眼睛里闪动着一股柔和而智慧的光，脸上一直挂着笑容。

"首长，是不是有任务？"

常建安的第一句话让魏冉升感到十分欣慰，常建安的职业敏感依然那么强烈。

魏冉升远远地扔了一根烟，常建安伸手接过，又随手放在了面前的桌子上。

"戒了？"魏冉升笑着问。

"戒了。"

常建安也笑了笑说："支气管不好，医生不让抽了。"

"这也真难为你了，烟瘾那么大。"

魏冉升自己点着了一根烟，常建安闻到了那久违的香味，不由得咽了咽口水。

男人与香烟仿佛生来就有缘，离得太近伤害自己，离得远了又想得慌。

魏冉升猛吸了一口烟说："我们想在反恐的最前沿阵地组建一支现代化的专业反恐作战突击队。"

"那太好了！"常建安脱口而出。

"反恐作战是和平发展时期，世界范围内的主要课题，国际上早就开始重视了，这些年我们也在喊，但一直在边缘徘徊，实质性问题毫无进展。如果再不迎头赶上，将来必然会吃大亏。"

"雷声大雨点小，的确是我们以往的过错。然而，现在形势不一样了，我们这次的决心也不一样，最近发生的那些事你也知道，对手在行动，而且气焰十分嚣张，我们必须迎头痛击。你是我带的兵，我也不和你绕弯子了，我想让你到边疆去。在中国古典哲学里，讲究取法乎上，就我们目前面临的形势，要想取得反恐斗争的全局性进展，必须在重点地区取得重点突破。当然，在'从无到有，从有到精'的漫长过程中，人是最关键的，尤其是具体谋划和执行的人，想来想去，我认为还是你去比较合适，我也比较放心。"

常建安的态度与魏冉升意料的一样，比较从容而且欣然接受。

常建安十分平静，没有丝毫犹豫就郑重地回答说："是，首长，我一定尽全力完成任务。"

魏冉升赞许地看着常建安，停顿了一阵子没有说话，像是在思索着什么。随后端起桌上的茶杯喝了一口茶，表情变得严肃地说："不仅要组建突击队，更要提升整个部队反恐作战的能力，要在部队上下形成机制，这好比身体和拳头的关系，拳头要硬，但机体的功能也不能丧失。至于突击队的名字我替你想好了，就叫天鹰吧，鹰是正义、勇敢、胜利的象征，希望你能培养出英勇顽强，敢打必胜的雄鹰，守卫着那片疆土的安全。你要时刻记住，你要培养的不是一般的突击队，而是突击队中的突击队，特战队伍中的精英。同时你也放心，我会给你足够的特权，这期间，武警部队范围内的装备和人员随你挑。"

魏冉升像是在描绘一幅蓝图，想象中充满着期待，看得出某些想法他已经酝酿了许久。

常建安在认真聆听中能够真切感受到老首长的一片苦心，而自己将要做的就是全力以赴践行承诺，不仅是对老首长的承诺，更是对国家和人民的承诺。

回到办公室，常建安的心还在被一种激情牵引着，关乎责任，关乎梦想，也关乎自己喜欢挑战的性格。但同时又被一种隐隐的惆怅所缠绕，关山万里，那片土地陌生而又遥远，前路必将艰辛而漫长。

常建安在纸上信手写下天鹰两个字，他知道这个刚刚听到的名词将会与自己的人生紧紧捆绑在一起，也将成为自己全力冲击的高地。

不知什么时候，窗外的秋意更浓了。

第二章

“落霞与孤鹜齐飞，秋水共长天一色。”诗中的秋有意境与想象，不同于关外，没有秋水，只有长天。长天下的茫茫戈壁宛若死海，一副枯败的颜色，只有几棵零星存活的胡杨，干巴巴地立着，活似汪洋中的点点孤帆。不远处是起伏绵延的群山，褐色的山体，裸露着棱角分明的脊梁，有山的雄浑，却无山的清秀。

西黑子戈壁是总队特战大队的野外训练场，体能、战术协同、射击预习，包括动力三角翼等常规训练科目都在这里进行。没有人知道这片地方为什么叫西黑子戈壁，当然也没有人怀疑它是否不叫西黑子戈壁。

曾有一个新兵问过秦啸涵，“教导员，为什么叫西黑子，是不是还有东黑子？”

秦啸涵也不知道到底有没有东黑子，当然也不知道西黑子的来由，他当新兵时，老兵们就告诉他，这里就叫西黑子。

后来，秦啸涵还找了相关资料，却仍然找不到西黑子戈壁的来龙去脉。

人总是这样，在历史的惯性中生活着，却无法知道历史曾有的细节。

今天进行的是十公里武装越野，特战大队体能训练的基础课目。

烈日下，队员们全副武装把自己扔进茫茫戈壁里。虽然是深秋，西部的紫外线依然很强。三公里过后，所有人都汗流浃背。

女队员们的红色贝雷帽在戈壁中一跳一跳，远远望去像是一点一点燃烧的火苗。

秦啸涵拿着秒表在终点处测队员们的成绩，特战队为每名队员都建立了一张体能变化表，并根据队员们的成绩变化调整体能训练进度和节奏。

最后一名队员赶到终点，下午的训练就结束了。

每到这时，所有人都显得异常活跃。

尤其是女兵们，笑容也出来了，歌声也出来了，队列行进的步伐也开始凌乱。对此，秦啸涵总是睁一只眼闭一只眼。

秦啸涵是队员们眼里公认的“好领导”，态度好、脾气好、心好，队员们在紧张疲惫的部队生活中得到的关心和照顾几乎全部来自于教导员秦啸涵。秦啸涵对队员们格外关爱和宽容是因为他尊重队员们所承受和付出的一切，相对于同龄人，这些整日泡在训练场上的八零后、九零后无疑是精神阵地的坚守者，他们有梦想、有活力，也有征服一切的信心和力量。

尤其是那些女队员，刚开始训练，脸上的皮一层一层地脱，到最后已经完全没有女孩子的形象了。有位女队员家长过年到部队来看孩子，仅仅只有一个晚上的时间，结果抱着女儿整整哭了一个晚上。

女队员自己也总结了，成为一名女特战队员有三次泪是必须要流的。第一次是剪去长发，少女的心事，飞扬的青春在一瞬间化为幻影。第二次是肤色变黑，那个过程只有三天，第一天脸色变红，第二天脸色变黑，第三天脱皮。第三次是给家里打第一个电话的时候，无论之前的思想准备多么充分，在听到家人声音的那一刹那，眼泪还是控制不住地往下流。

所以，秦啸涵理解她们在训练间隙的放任，理解她们被长久压抑而又渴望张扬的青春。然而大队长季强却不行。只要季强在场，战士们的弦必须时刻绷得很紧，季强的要求是军人什么时候都必须像军人，站着像军人，坐着像军人，训练起来更要像军人。

曾有位女战士在训练后着装不整，被季强罚跑了五公里。季强当着所有人的面训斥道：“在我眼里，没有男人女人，只有军人！”为此，战士们私下里叫季强“魔兽”，有魔的冷酷和兽的凶悍。

今天“魔兽”在大队值班，秦啸涵带队出来训练，战士们的心情格外舒展，像是过节一般。奇怪的是，所有人的训练成绩竟然比往常都要好。

当太阳的三分之一藏到山的背面时，部队就该带回了。所有人开始收拾装备，包括训练了一天后的疲惫和心情。

集结队伍，讲评训练情况，秦啸涵往往只有一句话："今天大家表现都不错，希望在下一步训练中再接再厉。"

秦啸涵走在队伍的后面，眯着眼睛，他的眼睛本就不大，这一眯就只能看见一条缝了。

阳光在他黑红的脸上折射出大把的紫光，他的个子不高，此时的身影却被拉得很长。厚厚的黑色特战服紧紧裹在身上，边缘处白色的汗渍斑驳一片。

秦啸涵对带队的排长说："唱支歌吧，别让大家都闷着。"

"日落西山红霞飞，战士打靶把营归，把营归……"

战士们吼出来的歌声顿时震碎了四周的平静，不远处正在散步的一堆乌鸦吓得"嗖"地一下子窜了起来，惊恐地向四周散去。回首一望，西黑子戈壁在昏黄中温柔成婉约女子，对着远处的山脉，似倾诉，又似哀怨。

老得不能再老的歌声同时也将秦啸涵莫名的惆怅给勾扯出来。

妻子来信说，母亲身体不好，又是住院，又是打针。儿子刚上初中，成绩不好……

家庭琐事隔着万里飘到秦啸涵这里都成了牵挂。

不知不觉中，秦啸涵离开老家已经十八年了，从一名列兵，到一名少校，大把的时间都留在了这戈壁滩上。

这些年偶尔也回去看看，但总是中途就被召了回来。特战大队情况特殊，一年中有半年都在战备，一有风吹草动就必须保持全员在位。

有好几次，秦啸涵刚回家才两天，电话就到了。奔波的脚步还未完全歇下，就又要返回。即便这样，秦啸涵也没有太多的抱怨，他信命。

高考那年，秦啸涵以几分之差名落孙山。当地有名的算命先生说，这孩子，将来是武官。

后来，真让算命先生说中了。秦啸涵顺利入伍，又成功考上军校。

于是秦啸涵将一切都归结为命运，命运将你折磨得筋疲力尽，你还得心甘情愿。

回到特战队，天完全黑了，部队交完枪，直接到饭堂吃饭。

秦啸涵一点食欲也没有，径直回了宿舍。

摆在桌上的“全家福”在眼前晃来晃去，妻子和儿子的笑脸像开水一样烫得秦啸涵的心，既温暖又难过。秦啸涵将宿舍的灯关了。在黑暗中点上一根烟，

对于边疆军人来说，回家是一种过分的奢望，又是一种极端折磨人的欲望。

过了一会儿，宿舍的门突然被推开了，紧接着，灯也被打开。

大队长季强手里捏着几个馒头，端着一盘菜。

“饭也不吃，黑灯瞎火的，就这么一个人坐着，怎么了？”季强边将馒头和菜放在秦啸涵面前边问道。

秦啸涵冲季强笑了笑说：“没事，可能是有些累了。”

“别瞒我了，你那点心事我还能不知道？”季强一屁股坐在床上。

“教导员，别撑了，干够二十年赶紧撤吧，我是在这戈壁滩呆够了，大半生都过去了，也该回老家过一点舒心的日子了。”

季强的话让秦啸涵感到十分意外，他瞪大眼睛看着季强。

在秦啸涵的认识里，季强一直是个拼命三郎，他一直认为在季强的字典里，应该没有“放弃”两个字。

“别那么看着我，好像不认识我似的，我说的可都是真心话。眼下我们特战大队像是多余的，在领导眼里我们除了舞枪弄棒，什么也不会，从我们这里走出去的，有一个提职的吗？你说我们整天拼死拼活的，到头来得到了什么？再说，过几年我们腿脚都老了，还能这么折腾吗？想折腾也折腾不动了。等到哪天部队一脚将我们踢开，倒不如自己早点离开，还洒脱一些。”

秦啸涵听季强发了半天牢骚，没有吭气。但心里同样也弥漫着一丝悲凉。季强说的都是实话。眼下，特战分队用处不大，更主要的是一直没有正规编制，名不正，言不顺，在整个部队像是后娘养的。

这个事实其实大家都知道，可一旦说出来，却让人觉得是那样的无助和绝望。

让秦啸涵更意外的是季强的眼泪，说着说着，季强的眼眶里突然涌出了泪水。

秦啸涵第一次看到季强流泪，他简直都不敢相信。季强闹闹情绪倒可以理解，但特战大队的铁汉子会流泪，秦啸涵简直怀疑自己是在做梦，但转瞬间他似乎又明白了什么。

是不是出什么事了？

秦啸涵立即想到一定是出事了，要不然季强绝不会这么反常。

季强将头埋在两手间，高大的身体弯曲着。

"我父亲，我父亲不在了。"季强的话从两手间慢慢飘了出来，几乎是一个字一个字地挤了出来。

"什么时候的事？"秦啸涵一下从椅子上站了起来。

几天前，季强曾说起过他父亲病重的事，并向总队递了休假报告。但临近老兵复员，总队没有批准，为这事季强还闹过情绪。但在部队，制度和命令高于一切。

巨大的内疚从秦啸涵的心里涌了上来，他想，如果当时他和季强一起坚持，说不定季强能回家见到父亲最后一面，只是秦啸涵当时也没想到事情会如此严重。

"我们家只有我一个儿子，父亲临走时一直喊着我的名字。我的几个姐姐都在怪我，骂我不孝。"季强的手指在寸发之间揉搓着，看得出父亲的离世彻底击溃了他内心的坚强。

“那你赶紧回去啊，机票订了没？”秦啸涵表情怪异，像是把焦灼、担心和不安等情绪拧到了一起。

季强没有吭气。秦啸涵知道他的脾气，上次休假被拒绝，他是断然不会再开口请假的。

秦啸涵立即给相关领导打电话汇报了情况，同时又帮季强订了一张离现在时间最近的机票。

晚上熄灯前，季强的假终于批了下来，同时机票也拿上了。

第二天一早，季强便乘飞机回了老家。

临走前，秦啸涵往他手里塞一千块钱，季强死活不要，弄得秦啸涵差点翻脸，季强才收下。

季强一走，秦啸涵的表情立即松弛下来。在这件事上，秦啸涵认为自己是有责任的，至少有疏忽的过错。可秦啸涵揪着的心刚放下，另一件事又让他开始纠结。

去年，大队分来一个指导员，地方大学生，刚到特战队时豪情满怀，说要在最艰苦的阵地上百炼成钢。然而不到一个月，就哭着闹着要离开。

吃不了苦，也管理不了部队，中队官兵没有一个人服他。在向上级请示时，他却找了一大堆要走的理由，责任都推到了战士们身上。秦啸涵忍着性子给他作了大量的思想工作，不仅无济于事，而且到最后干脆什么工作他都不参加，甚至正常值班都不参加。

季强一气之下冲他屁股踢了两脚，结果季强挨了个处分。

最终人还是走了，留下的空缺至今没补上。

现在，季强一走，秦啸涵可就力不从心了，一大摊子事，顾得了东，顾不了西。

前些日子，秦啸涵给部队干部处打了请示，想从基层调一名经验丰富，工作能力强的指导员补充进来。

秦啸涵给总队干部处李干事打电话，想问问事情的进展。

电话一接通，对方便知道秦啸涵想说什么，根本不给秦啸涵说话的机会。

“秦大教导员，领导同意了，尽快帮你选，老兵退伍后就会到位。”

秦啸涵一言未发，但终归事情有了明确答复，心里踏实了许多。

季强到家后，给秦啸涵打电话报了平安并交待了几句工作上的事，秦啸涵都一一记下了。

之前，季强的牢骚让秦啸涵悄悄萌生过一丝委屈，那丝委屈和多年积攒的情绪一起在瞬间爆发，而现在秦啸涵独自一人既当爹又当妈，手忙脚乱，顾不上委屈，也顾不上思考今后的问题，甚至将家里的那一堆事也抛到了九霄云外。

一天晚上，妻子打电话，说儿子考试没考好，骂了他几句，儿子就离家出走了。妻子在电话那头，不停地抽泣着。

秦啸涵正在值班室，只好压低声音说话。

“你哭什么，他能到哪儿去，说不定一会儿他就回来了。”

秦啸涵不担心儿子离家出走，倒担心妻子的情绪。妻子是个老实人，操持生活勤劳有余，但具体的方法不够。

天亮时，妻子打电话说，儿子回来了，在网吧呆了整整一个晚上。

握着手机，秦啸涵一语未发，如果儿子在眼前，秦啸涵一定是一顿拳脚。

“别骂他了，随他去吧。”秦啸涵也不知道电话是怎样挂上的，也不知道妻子最后说了什么，值了一晚上班，眼皮怎么也睁不开。

季强不在，队员们都能理解秦啸涵的不易，干工作、训练都十分自觉，特战队竟然空前和谐。

手忙脚乱中，冬天到了。

季强从老家归队，给秦啸涵带了两条老家的烟。看秦啸涵瘦了一圈，季强内疚地问道：“忙坏了吧？”

秦啸涵一脸沮丧地说："忙一些倒没有什么，可就是我那倒霉婆娘，三天两头给我打电话。一会儿说儿子离家出走，一会儿说我妈和她闹别扭，简直把人烦死了。"

"还是让她随军吧，孩子大了，一个女人还真不好收拾。"

秦啸涵无奈地说："那家里的老人怎么办？随军的事还是以后再说吧，走一步算一步。实在不行，考虑你说的，向后转。"

"魔兽"归来，战士们心惊胆颤。而眼下冬训来临，正是每年"魔兽"操练队员们的黄金季节。

队员中有一部分是特招入伍的，入伍前有的是当地武术冠军、跆拳道冠军，但到了季强面前全都服服帖帖，季强是十八般武艺，样样精通。

刚到特战队，季强就强调："不管你是什么冠军或是什么来路，到了这里，一切都得服从命令，遵规守纪，是龙你给我盘着，是虎你给我卧着。"

季强的常用语是："谁要是不服气，训练场上比划比划。"

之前也总有人叫板，但一和季强比划，就都服了，即便有情绪也只在私下里交流。

季强的强硬态度高度维护了部队纪律的严肃性，形态各异的队员也都变成了一种色彩。

第三章

冬天一到，日子仿佛睡着了，又像是凝成了冰。

明明是周末，整个中队却异常安静。楼道里偶尔传出的脚步声也零零碎碎，毫无一个特勤中队平日里的气势。

指导员雷剑一带着战士在中队门口贴对联。

再过几天，老兵们就要退伍，支队政治处要求所有基层中队都必须张贴对联，欢送老兵。在年复一年中，贴对联成了传统，也是政治。

对联是雷剑一写的。

上联：一起摸爬滚打战友情常在

下联：未来海阔天空男人志永存

横批：军中男儿

雷剑一自幼练习毛笔字，在书法上颇有心得。

雷剑一站在凳子上，手里举着对联，中队通讯员站长在一旁指挥着：“上一点，左一点……”

贴完对联，雷剑一感觉有些招架不住了。双眼通红，哈欠不断。昨晚他和一班长在一起聊了一晚上的心事。

一班长是中队的三级士官，今年第十二年，要退伍了。

一班长当新兵时，雷剑一是他的班长，后来雷剑一军校毕业回中队当排长、指导员，他们一直在一起。

一班长要离开部队，雷剑一的心里很难过，而一班长更是舍不得离开部队。两个人就着一瓶二锅头，几袋花生米，一点一滴将十几年的光阴翻了个遍。

从花季雨季到如今的而立之年，一班长一把鼻涕一把泪，一年一年地回忆，一点一滴地感慨，似有收获，似有不甘。

雷剑一认真听着，同时也认真梳理着自己十几年的军旅生活，曾有过的一些战友，曾经历的一些事，仿佛就在昨天，又像是隔了好远。

聊到下半夜，两个人的话无边无际，话题跑到哪儿算哪儿。但就是不肯停下来。许多话，许多细节，雷剑一都忘了，但有几句却让雷剑一的心里酸楚异常。

一班长说，我习惯了军营生活，虽然简单枯燥、紧张、疲惫，可却让人自在踏实。一想到回到社会，感到十分害怕。我什么也不会，也不知道这些年外面的世界有什么样的变化。弄不好，我连工作都找不到。

一班长的话，雷剑一完全能体会其中的味道。有时，他自己也会想这个问题，如果有一天自己离开了部队，会干什么，能干什么，他深深地知道，在部队生活越久，离社会就越远。更重要的是，他无法习惯甚至有些害怕人生中途的突然转身。

中午，中队长刘明带外出巡逻的战士们回到中队。

看到对联，刘明的眼睛一亮。

“这兔崽子，字就是写得好，我就是练到下辈子恐怕也写不出这样的字。”

雷剑一和刘明是军校同学，这么多年两人在一起打打骂骂习惯了。

一进门，刘明的大嗓门就亮开了。

“雷子！雷子！“

喊了半天没动静，刘明推开雷剑一办公室的门，发现雷剑一歪着脑袋，趴在办公桌上睡着了。

刘明是个大大咧咧的人，但长得却很秀气，小平头，椭圆形的脸，不大不小的鼻子，好像永远也晒不黑的皮肤，典型南方人的相貌。然而，刘明也是全支队军事素质最好的一个，每次军事比武都是第一。

雷剑一睡得很死，刘明走到跟前，雷剑一连一点反应都没有。

刘明知道昨晚雷剑一一夜未睡，笑了笑，没有叫醒他，只是小声地叫来通讯员，一起将雷剑一挪到了床上。

就在刘明准备走出雷剑一办公室的时候，碰到了中队战士程扬。

程扬探着脑袋，手里拿着什么东西。见到刘明，连忙藏到身后。

程扬也是今年要复员的老兵，此前算是中队的名人。

新兵时，不愿训练，寻死觅活要回家。后来调整到炊事班，但也一直消极怠工。但不知为什么，半年之后像是变了个人，年底还被评为优秀士兵。

“鬼鬼祟祟的，干什么？”刘明问道。

“没干什么？”程扬看着刘明，脸色微红。

“手里拿着什么，给我看看。”刘明想故意逗逗他。

犹豫了一会儿，程扬还是将手里的东西从背后拿了出来，递给刘明。

是本日记本，刘明打开，发现扉页上写着：

赠给敬爱的指导员，感谢您改变了我，感谢您教会了我……

刘明的心里突然涌上一股酸酸的感觉，对程扬说：“指导员睡了，回头我替你转交给他。”

下午七点钟，雷剑一才醒过来。做了长长的一个梦，在梦里回到了故乡，正在家门口那棵桑树上摘桑葚吃，脚下一滑，突然掉了下来，一下子从梦里惊醒了。

睁开眼睛，发现天快黑了，自己不知怎么睡到了床上。

他好像记得是刘明和通讯员一起给他搬过去的，当时太困了，愣是醒不过来。

刚准备出门，就看见通讯员端着一碗面进来，正冒着热气。

“指导员，吃点东西吧，刚下的鸡蛋面。”

雷剑一确实有点饿了，端起面几下就吃光了，连汤也喝得干干净净。

吃完面，雷剑一问通讯员："队长呢？"

"在房间里打电话。"通讯员笑着说。

雷剑一突然想起，今天是周末，每个周末，刘明都要和女朋友煲电话粥。刘明的工资有三分之一都花在了电话费上，不过，这笔钱对方会给他报销。

刘明最让人羡慕的就是女朋友，不但经济条件好，而且将刘明的家里照顾得一丝不漏。雷剑一有时恨不得将刘明的女朋友复制一个。

站在门外，雷剑一听到了里面的笑声。

雷剑一一把推开门，大声嚷道："李雪梅，什么时候喝你们的喜酒？"

刘明的女朋友到中队来过一次，所以雷剑一和她也熟悉了。

一看雷剑一闯了进来，刘明连忙捂上电话。

"你怎么这样，不敲门就跑进来。"

"哟，又没啥秘密，还害羞，多大的人了还害羞。"

刘明顾不上和雷剑一分辩，连忙对着电话说："好了，不和你说了，雷子来了。晚上我再给你打过去。"

挂了电话，刘明将办公桌上的日记本递给雷剑一，笑着说："还是你们政工干部好，做思想工作，专唱白脸，讨人喜欢。我们军事干部抓管理，就会训人，到头来出力不讨好。"

"那我们换一换？"雷剑一扔给刘明一根烟，也笑了。

"我可干不了你那活，就你那手字我就学不会。对了，抽时间，教我写写字，雪梅老说我字写得难看，在她眼里，我可真成了只会玩枪的大老粗了。"

"我要是有你那么好的军事素质，我也知足了，在部队，字写得好有什么用，还是枪玩得好才管用。"

"行了，咱俩别自吹自擂了。"刘明将烟点着，吸了两口，神秘地说："你知道我今天巡逻时碰见了谁吗？"

“谁啊？”

“彭娟。”

雷剑一点烟的手顿住了，表情也一下僵在了那里。

“我看见她和一个男的走在一起，那男人简直没法和你比，长得难看，看起来年龄比你大多了，我真不知道彭娟图个啥。”

愣了半天，雷剑一才缓过神来，笑着说：“她和谁在一起，关我什么事。那是她的自由，我们早就没有关系了。”

彭娟是雷剑一以前的女朋友，两人在一起谈恋爱的时候，由于工作忙，雷剑一很少有时间去陪她。有一次，彭娟过生日，雷剑一正在外面执行任务，直到半夜才回到中队，打电话过去，彭娟和一帮朋友在歌厅唱歌、喝酒。电话里，彭娟又哭又笑。第二天，两人就分手了。

虽然很难过，也很委屈，但雷剑一能够理解彭娟在长久不满后所做出的决定。

“我还和她打了招呼，她还问你现在好不好……”

刘明没有注意到雷剑一瞬间变得很复杂的表情，还在继续说着。

雷剑一终于忍不住，打断了他的话。

“好了，咱们不说她，正好今天我也有事要跟你商量。”

“什么事搞这么严肃？”刘明发现雷剑一的表情和平时有些不一样。

“我可能要离开中队了。”

“去哪儿？”刘明顿时愣住了。

“调走，去别的单位。”

“你这不是屁话嘛，我是问你去哪个中队？”

“不，是离开支队，昨天支队干部股长找我谈话了，说是总队特战队要从基层调一名政工干部，总队干部处想要我去，问我同不同意。”

刘明将手中的烟摁在了烟灰缸里。

“那你自己是怎么想的？”

“我现在脑子里很乱，害怕到一个新的单位不适应。可是我又真的想离开这里。在这里生活了将近十年，寂寞、孤独都经历过了，也没有觉得什么，可如今却害怕了，尤其是和彭娟分手后，害怕再这样下去，会打一辈子光棍。”

“雷子，你说这话我信，我也能理解你，在这种地方呆久了，与和尚没什么两样，再说到了大的单位，发展空间大，机会多。”

“那你是支持我走？”雷剑一像是抓住一根救命稻草似的望着刘明。

“那当然，你不知道在基层有多少人眼巴巴盯着位置想往上调，你这是到手的机会，可别错过了。说了什么时候走吗？”

“好像说是在老兵复员之后。”

“那很快了，抽时间我们给你送个行，明天我和大队长、教导员他们汇报一下。”

“别，别，你先别和他们说，到时还是我去说吧。”

两人聊了许久，刘明把给李素梅打电话的事给忘了。

半夜，李素梅把电话打过来了。

刘明解释了半天，说了雷剑一要调走的事，李素梅的不满才消。

“我知道你们兄弟情深，替我向雷子问好。”电话里的李素梅还是那样心直口快。

刘明连忙借势下坡，笑着说：“兄弟重要，老婆也重要。”

挂了电话，刘明却睡不着了。雷剑一的离开太突然了，一点心理准备都没有。特勤中队是支队的“尖刀”部队，年年先进。他和雷剑一的配合可谓天衣无缝。如今，雷剑一要走，他心里有些发虚，如何带好部队一点信心都没有，更重要的是两个人在一起建立起来的感情，分开了，彼此都会很难过。

回到宿舍，雷剑一打开笔记本，看到了程扬的留言。短短几句话却可看出一个老兵在离去时的真诚。程扬是个不擅言谈的战士，家里条件不好。刚到部队时，消极情绪较重，自己想了好多办法才改变了他，后来还被评上了优秀士兵，以他的素质，如今回到地方也一定会有所作为。

雷剑一欣慰地合上笔记本，不由得感慨，新的历史时期，许多人都在探索带兵之道，其实很简单，在基层生活过的人都知道，带兵的人有一颗兵心足矣。

老兵复员前一天晚上，雷剑一为中队点了最后一次名。

“李明安！”

“到！”

“田涛！”

“到！”

……

寒风中，战士们站得笔直，声音出奇得洪亮。

雷剑一缓缓合上花名册，伤感地意识到，明天眼前的这些战士就要离去一半，而手中的花名册也将成为中队的历史和记忆了，包括自己。

雷剑一站在队伍前，伤感地说道：“同志们，今天是我在中队最后一次点名了，明天一过，我就将和许多老兵一样，离开中队，到新的岗位。无论走到哪里我们都要记住，特勤中队有我们的记忆、有我们的光荣，也有我们无悔的青春。离别之际，衷心祝愿退伍老兵回乡后能早日找到自己新的目标，早日取得成功，也希望留在中队的战友们能够再接再厉，再创辉煌。”

晚点名在无声中结束，离别让人感到了一种无可改变的悲伤。

第二天一早，离队的老兵向军旗告别。

雷剑一主持仪式。面对鲜红的军旗，老兵们开始卸下警衔、肩章，表情和动作与他们授衔时一样神圣。

曾几何时，他们对着军旗宣誓：我是一名武警战士，将永远忠于党，忠于国家，忠于人民……

许多战士开始流泪，雷剑一也红着眼睛。

锣鼓声一响，老兵们开始离开，顿时场面乱作一团。你抱着我，我抱着你，谁也不愿放开谁。

此时，有些情绪和氛围并无刻意，在年复一年的简单重复中，军旅生活的独特意味依然存在，没有哲理，也没有想象和虚构，一个特殊群体在特殊环境中建立的友谊，淡如水，也烈如酒，在似水流年里若有若无，在分开的一瞬间，才发现根本分不开。

然而，铁打的营盘，流水的兵，一种动与静的情感纠葛，终究是以别离成为休止符。结局，谁也无法改变。天南地北，天各一方后，多数战友是再也不可能见面，彼此都只能是对方的回忆。

一班长抱着中队门前的那棵树，放声大哭，谁也拉不开，那棵树是他当新兵时栽下的。雷剑一走上前说："走吧，有时间回来看看。"这话连雷剑一自己都不信，边疆与内地远隔万里，回来看看几乎不可能了。对一班长来说，留在这里的十几年的青春和岁月只能永远是一份回忆了。

老兵们离去的脚印在茫茫雪野里开始延伸，还有他们流下的眼泪，不到几分钟又被雪花掩没，连同他们曾在这里流过的汗水，一起消失殆尽，仿佛这片土地他们从来没有来过。

走了很远，雷剑一好像看到了一班长在人群中向他招手，好像又不是，还有程扬，雷剑一的眼泪终于还是流了出来。

老兵复员第二天，雷剑一的调令就到了支队，要求三天内到总队特战大队报到，如此一来，雷剑一明天必须出发。

黄昏，阳光被逼到墙角，一点一点远离。

离别的气息在暗黑来临之前，四处弥漫。

雷剑一站在中队门前，一动不动，下午的训练刚结束，迷彩服上的白色汗渍清晰可见。空气中弥漫着浓浓的饭菜的味道。中队门口的自卫哨兵挺直身子，背着枪，一动不动。中队门前的柳树在风中摆动着干枯的枝条，一切都和往常一样。然而，正是在这种平常中，雷剑一的眼睛开始潮湿。

作为指导员，雷剑一在将来的日子里可以自豪地回忆，特勤中队在他手里连续三年先进，十几年的光阴永远地成了人生的过往，也是骄傲。然而，终究还是要离开这里，说不出是悲还是喜，边疆南部，这片偏远而广阔的天地，终是让人爱不得，也舍不得。

“雷子，吃饭了，战士们都在等着，大队长，教导员也来了。”刘明不知什么时候来到了雷剑一的身旁。

雷剑一抬起头，深吸了一口气。

“刘明，你小子别让我流泪。”

看到雷剑一眼眶里的泪水，刘明勉强笑了笑。

“调走是好事，你哭什么？”

雷剑一一进饭堂，战士们都站了起来。大队长田长风也站在餐桌旁望着他。

田长风是雷剑一在部队里最崇拜的人。他一直认为田长风身上有着传统的英雄主义色彩和浪漫主义气质，而且这两者竟然结合得十分恰当。田长风不仅有着军人的刚毅、勇敢，而且还会写诗。如果专心写诗，雷剑一认为田长风一定会是个出色的诗人。

第二天中午，雷剑一离开了中队。背上行囊时，雷剑一看了一眼镜子，发现镜子里那张脸堆满沧桑，突然意识到自己是一个经不起风尘的人，才十几年，就折腾成这副模样。

刘明将雷剑一送到火车站，站台上稀稀拉拉送行的人让雷剑一找不到想象中离别的感觉。他犹犹豫豫地留给刘明一句话。

“若有可能，替我照顾照顾彭娟。”

刘明笑着说：“你这家伙，终究是情种，放心吧，我不会让人欺负她。”

“你也要照顾好自己。”雷剑一红着眼睛说。

刘明用力拍了拍雷剑一的肩，故作轻松地说：“放心吧，雷子，你到了一个陌生的地方更要保重自己。”

隔着窗户玻璃，雷剑一拼命挥手，火车开动的那一瞬间，刘明才发现自己的心很痛很痛。

一天一夜后，终于到了目的地，到车站接雷剑一的是大队教导员秦啸涵。

一见秦啸涵，雷剑一高悬着的心瞬间着地。

看得出对方是那种很好相处的人，和善而且没有一点架子。

特战大队在市郊，离市中心有一段不近的距离。即便如此，雷剑一还是感到很庆幸，南疆长期的生活使他感到了与生活的远离，在这里他明显闻到了与之不同的味道，这种味道使他开始萌发另一种希望和信心。

雷剑一进入情况很快，没用多长时间就理清了工作头绪，秦啸涵终于松了一口气。之前，干部处说给他调来了一个总队特优指导员，他将信将疑，如今眼见为实。雷剑一的确很优秀，工作一丝不苟而且有条有理。迅速和战士们打成一片，是那种会带兵，会管兵并且能和兵融到一起的干部。

季强也感觉雷剑一不错，有兵味，有军队干部的样子，庆幸自己再也不用踢别人的屁股了。

特战队的冬训工作全面展开，一时间所有人都疲惫不堪，连“魔兽”每天都累得直喘气。

雷剑一打电话给老部队汇报了情况，也给刘明打了个电话，电话里刘明抱怨不休，说新来的指导员黏黏乎乎，合作起来没滋没味，弄得自己都想转业。雷剑一劝他，磨合磨合就好了。雷剑一知道，刘明是不会转业的，刘明天生就是军人的命，从战士到干部，军事素质一路拔尖，雷剑一很难想象刘明不是军人的样子。连刘明自己都说，如果回到地方，我一定会饿死，什么也不会。

刘明也问了问雷剑一到这边的情况。

雷剑一告诉他，一切都好，风平浪静。

第四章

皖南的冬天充满情趣，绵长的细雨，充满诗意的落雪，在这里，雨和雪并没有太大不同，零零碎碎的雪花一到地上就立即化成了水。江南人怕冬，闲下来的人们不愿出门，习惯围炉而坐，话家常，或品品秋茶。

余井，皖南小镇，以制作传统手工艺品而闻名，会游动的木头做的鱼，竹子编织的中国结、小竹碗等。所有经过小镇的人都会不由自主地停下来,惊叹、询问,然后带走一些关于小镇的记忆。

此时，小镇的街道两旁扯开了巨大的横幅：

一人参军，全家光荣。

热血男儿，保家卫国。

一年一度的征兵工作已经开始，在往年，这算是小镇中的头等大事，但今年，小镇却异常平静。

小镇的平静与一次事故有关。去年，镇上老徐家的儿子在部队训练时摔断了腰椎。这起事故对小镇的参军热情造成了巨大的打击。

镇武装部长从镇头走到镇尾，又亲自到乡下动员。但往往都是口头应承的多，有实际行动的少。

在这种平静中也有表现积极的家庭，镇中首富赵四海一反常态地坚决要将孩子送到部队。

赵四海的坚决是因为儿子赵小波的屡教不改，自从上了高中，儿子的成绩就一落千丈，高考时几乎是交了白卷。毕业后又整日游荡，什么也不干，成了网吧、游戏厅的常客。赵四海和妻子操碎了心，说破了嘴，儿子依然我行我素。赵四海觉得儿子的失足并非天性使然，于是和妻子一商量，决定将儿子送到部队，希望儿子能到部队那个大熔炉里接受锻炼，痛改前非。然而，说了半天，儿子赵小波愣是不答应。无奈，赵小波母亲找到了儿子的女朋友苏彤，希望她帮忙劝劝儿子。

不得不承认，青春是一本太仓促的书。当席慕蓉的这句话从脑子里跳出来的时候，苏彤的心像是被针扎了一下，瞬间疼痛过后，赵小波母亲的眼神就从某个角落飘了过来，像是一片秋天的叶子。那种无助、哀怨的目光让苏彤的自尊心得到了极大的满足。在苏彤的印象中，赵小波的母亲从没有正眼看过自己，不屑、鄙视，甚至厌恶的目光仿佛是一把把刀子，将自己割得体无完肤。

可当赵小波的母亲站在自己面前哀求的时候，苏彤却开始莫名其妙地慌乱，而且是彻底地慌乱。苏彤几乎不敢抬起头。直到赵小波的母亲离去很久，她还在原地站着，脑子里反复回想着赵小波母亲说的话。

“劝劝我们家小波，让他去参军吧。”

自始至终苏彤都没有吭气，也没有点头。

回到家里，那种满足却又不甘的情绪还在折磨着她。她不希望赵小波离开自己，在孤独而又压抑的生活里，赵小波是唯一一个对她百依百顺的人。如果赵小波一走，苏彤不知道生活又将是什么样子。

可是，苏彤又渴望长大。从小父母离异，一直在母亲的呵护中成长，如今，她希望有一片自己的世界。尤其是高考失利后，她更觉得应该为自己曾有的失败承担些什么，只不过一直没有勇气。

赵小波的母亲给了自己勇气，她相信只要有希望总会赢得尊重。而赵小波也一样，都还年轻，不应该一直消沉和颓废下去。

第二天，苏彤在网吧找到了赵小波。赵小波正红着眼睛在传奇世界里拼杀，四围是团团弥漫的烟雾。

一见苏彤，赵小波所有的动作都停止了。

在赵小波的世界里，苏彤永远排在第一位。

“走，陪我爬山去。”苏彤长长的睫毛在有些伤感的神情中一闪一闪。

赵小波没有犹豫，虽然他知道大冬天的，爬山显然不合适，但赵小波从不会拒绝苏彤。

天柱山顶，虽然是冬天，四周仍是葱郁一片。

天柱峰依然在云遮雾罩中将“中天一柱，孤立擎霄”这八个血红大字毫无顾忌地从尖尖的、高耸的峰顶垂直落下，如神来之笔，在人间略作停顿。

当年乾隆皇帝下江南，路经此处，惊奇于山之险、山之奇，便命人提字于上：“中天一柱”。不少自告奋勇的匠人尚未爬至山顶便跌落悬崖，后有一采药奇人，只有一条腿，用了三天时间登上主峰，后用一月时间凿字于壁上，方替皇帝遂了心愿，但这位奇人在下了主峰之后，因气血耗尽而死，仿佛为此山而生，也为此山而亡。此后，山以天柱为名。后至民国时期，有位叫乌以风的老人，听说此事，竟不顾年老体迈，尽余生之力，登临峰顶，续上“孤立擎霄”四个字，后人称之为“天柱老人”。

到过天柱山的人在领略了山之奇和险之后，都会惊叹地带回关于那八个字的故事，而那也正是天柱人一代一代传承下去的骄傲。

天柱山是赵小波和苏彤上中学时常来的地方。

爬到山顶，苏彤气喘吁吁地站在赵小波对面，脸色微红。

一路上，苏彤都没怎么说话。

苏彤不常见的严肃让赵小波极端不安，他将眼睛眯成一条线，故作认真地看着对面山峰上的字。

“你说那个字怎么刻上去的，古人真他妈的绝。”赵小波边说边用手指了指对面的山峰。在往常，苏彤肯定会狠狠拧一下赵小波，她最讨厌的就是赵小波的满口脏话，但此时她竟然充耳不闻。

“小波，当兵去吧，开始新的生活。”苏彤的语气和神情都很陌生。

赵小波连忙把目光从远处收回来，不认识似的落到了苏彤的脸上。

“是不是我妈又找过你，你别理她。我才不去当兵。”赵小波从口袋里掏出一根烟，刚要点着，就被苏彤一把夺过，扔到了地上。

“赵小波，你别这样好不好，我是说真的。”

赵小波愣愣地看着苏彤，很委屈却又不解的样子。

“你妈是找过我，但我希望你去当兵和你妈无关。我知道你妈一直很讨厌我，以为是我把你带坏了。小波，我想了许久，我们要想得到别人尊重就必须重头再来，我们已经错过了太多，错过了上大学的机会，错过了人生最美的时光。现在应该重新找到希望，给彼此一个机会。”

苏彤很激动，打了许久的腹稿此时竟有些语无伦次。

赵小波依然没有说话。苏彤的设想完全打乱了他的节奏。他习惯了无忧无虑，习惯了自由自在，对于未来，他从未有太多的想法。

“那你呢？我当兵，你干嘛？”

“我准备到南方去，我表姐在那里给我找了一份工作。”苏彤的语气很坚决，看得出这句话准备了许久。

“你为什么希望我当兵啊？我可以去干点别的。”

“我希望你身上多点男子汉的气概，以后不会那么黏黏乎乎。”苏彤的回答毫不犹豫。

苏彤的话刺到了赵小波的痛处，苏彤不止一次说过赵小波不像男人，黏黏乎乎。赵小波散开五指不停向后撸动自己的头发，一股热血从心底窜到头顶。

“好，我去当兵，但你要答应我，无论多久，一定要等我。”

苏彤低下头，没有说话。

赵小波的承诺反而让苏彤的心里很难过，虽然她清醒地知道自己可以左右赵小波，却无法左右两个人的未来，可她还是答应了赵小波。

赵小波对着天柱山大声喊道：“天柱山，老子两年后再回来！”

苏彤的眉头皱了皱，不满地说："赵小波，你能不能不要老是脏话连篇，当兵后你可就是军人了。"

"好，我向苏彤小姐保证，再也不说脏话了，一定要做一个合格的军人。"赵小波瞬间又恢复了一贯调皮的样子。

苏彤笑了，突然，一滴眼泪砸了下来，她知道此后她将要和这个家伙天各一方了。在心里，她觉得赵小波像亲人，除了母亲外最亲的人。

一个月后，赵小波静静地坐在家里的沙发上，白皙的面孔阴沉着。

怀里抱着刚刚从武装部领回的崭新的军装，军帽放在面前的茶几上。

沙发上还坐着赵小波的母亲和姐姐，沙发上方挂着时钟，滴答、滴答的响声一下一下敲击着赵小波紧张而急速跳跃的心脏。

父亲坐在离沙发不远的一张椅子上，椅子是竹子做的，矮矮的，有个长长的斜斜的靠背，通体泛着暗红色，椅子的年纪和赵小波一般大。此时，父亲坐在上面，面色阴沉，和窗外的天空一样。

不知父亲是悲伤还是不舍，赵小波悄悄扭过头看着父亲。也许是好久，更或者从来就没有认真地打量过父亲，赵小波突然发现，父亲开始老了，头发花白，满脸的胡须像是一丛杂草，坐在椅子上的形态和去世多年的爷爷像极了。

一瞬间，赵小波觉得父亲像是一个相识多年又相隔太远的朋友，刚刚重逢却又要别离。赵小波不得不承认，人生，真是悲喜交错。

"要是考上了大学，也就不会到那么远的地方去了。"

沉默很久，赵小波的父亲终于开口说话。语气很无力，如同屋外零零碎碎的飘雪。

赵小波心里一颤，父亲的不舍里终究还是有不满。这一点，赵小波是理解的，而且深怀愧疚。自从上了高中，自己的成绩就一落千丈，父亲为此整日不语，甚至从未笑过。

“小波，把衣服试试吧，让我们看看。”赵小波的母亲笑着出来打圆场。

赵小波从沙发上弹了起来，拿起衣服就往身上套。

军装有些大，赵小波个子不高，穿在身上显得有些怪异。

赵小波站在镜子前，反复打量自己。肥大的军装，按接兵干部的要求理得很短的头发。一切都十分陌生，在那一刻，赵小波竟然开始有了希望，自从高考落榜后，第一次有了对未来的希望。

有希望总是好事。赵小波缓缓将帽子扣在头上，恍惚间觉得自己对军营是有渴望的，也许那遥远的陌生的世界注定是自己人生的驿站。

和赵小波一起入伍的还有他的同学沈思远。

沈思远家住在离镇子二十公里的文治村，文治村很大，却几乎没有异姓。几百年来，村里的文化和传统从未改变，沈家祠堂是一切文化和权威的核心。沈思远家就和祠堂挨着，很小的时候他就开始为祠堂张贴对联，打扫蛛网。祠堂的中央挂着一幅中堂，上面写着“天地国亲师”，把人应该尊崇的对象按主次排了序。

春节的时候，羁泊在外的人们都要回到祠堂上香，无论权势多大，都要虔诚地跪在祖宗面前，敬香焚纸。

这些年家乡发展很快，邻居们很快盖起了楼房，沈思远家的小平房在一片高楼中显得有些另类，但沈思远却是村里的骄傲。从小到大，沈思远的成绩一直是第一，甚至跳过级。

今年六月，沈思远考上了西南政法学院，却悄悄撕掉了录取通知书。家里实在太穷了，沈思远知道根本没有办法上完四年大学。

父亲去世早，沈思远从小和母亲相依为命，而且母亲的身体一直不好。

这次征兵，沈思远第一个报了名，他实在不想离开母亲，可他知道，他必须以另一种方法成功。

沈思远唯一的牵挂是母亲，母亲的身体每况愈下，尤其是风湿，一到冬天，几乎走不了路。

走之前，沈思远到祠堂上了一炷香，替母亲祈福，希望他不在的日子，母亲一切都好。

离开家乡的那一天，天气出奇得好。

余井镇有六人入伍，沈思远和赵小波戴着大红花走在最前面。镇上的乡亲们成群结队地一路跟着。

赵小波在送行的队伍中发现了苏彤。苏彤穿着赵小波最喜欢的那套衣服，戴着红色的蝴蝶结发卡，这是赵小波给她买的。

赵小波流着泪笑了，苏彤以一种特殊的方式给了他信心和鼓励。

鞭炮、锣鼓声响了起来，沈思远看见了瘦小的母亲挤在人群中，不停地抹着眼泪，沈思远心里像被抽空了一样。

沈思远在心里忏悔着："妈，原谅我，等我有出息了，一定回来好好孝敬您。"

下了长途汽车，再上火车。一路上，赵小波的兴致都很高，而沈思远却一声未吭。

赵小波不停地将好吃好喝的往沈思远面前递，虽然是同学，但平时沈思远和赵小波却离得很远。沈思远的成绩一直是第一，而赵小波一直都是倒数第一。然而现在，命运将两人推到了一起。

赵小波和同车的新兵们一起打着扑克牌，游戏中，赵小波丝毫没有觉察到离家越来越远。

沈思远靠着车窗静静坐着，沈思远是第一次坐火车，也是第一次出这么远的门。

第二天，赵小波的情绪开始低落，开始挪到沈思远旁边抱怨。

"这是什么破地方，连个人影都没有，离家这么远。"

沈思远没有搭理他，依然静静地望着窗外，沈思远知道列车此时正在穿越河西走廊，这种穿越要持续整整一整天。

赵小波还在继续说着：“你成绩那么好，为什么没有上大学。”

“没钱。”沈思远歪过头看了赵小波一眼。

赵小波像是没听明白似的，呆住了。

“那你呢？你们家那么有钱，为什么还来当兵？”沈思远反问。

“为了苏彤，她希望我来当兵。”对于这个答案，赵小波一点也没有觉得不妥，表情还很自豪。

沈思远忍不住笑了。他倒是喜欢赵小波这种敢作敢当的性格。苏彤也是他们班的同学，上学时，班里人都知道赵小波喜欢苏彤。没想到这小子还真执著，走出了校园依然不放弃。

两人聊着聊着，距离越来越近。聊到最后都是一些对军营生活的猜想。赵小波不知从哪儿听到的一些不着边际的传闻：

“听说老兵都会打新兵，新兵要给老兵洗衣服、叠被子，不听话就不给饭吃……”

赵小波的不安和担心一目了然。

沈思远却笑着劝赵小波别想太多。其实部队生活的苦和累他早有所闻，但他已经做好了一切准备。

第三天下午，到达目的地。赵小波和沈思远分到了同一个班。当天晚上，赵小波的装备就全部被没收。

手机、游戏机、烟……

赵小波很爽快就上交了，他一看眼前的情形，也知道不上交根本不可能，可晚上躺在床上却开始绝望。

白天来的时候，赵小波仔细观察了周围的环境，发现四周都是戈壁滩，没有城市、没有人烟，甚至连根草都没有。

如今连烟和手机都没了，他不知道这种日子该怎么过，可是为了苏彤，赵小波告诉自己必须撑下去。

第二天，天还没亮，起床号就响了。赵小波还在做梦，被班长一巴掌给拍醒了。

“赵小波，快起床！”

不知什么时候，沈思远已经把被子叠好了。

赵小波连忙爬起来，按照昨天班长教的方法叠被子，还未叠到一半，出操的号声就响了。全班人都往操场跑，等赵小波将衣服穿好跑出去，整个队伍都在等他。

走到队列里，赵小波突然发现有些不对。所有人都戴着帽子，只有他光着脑袋。

回到宿舍，赵小波的被子被扔到了地上。班长说不合格，要重新叠。

赵小波想请沈思远帮忙。沈思远还未来得及伸手，就被班长给制止了。

“让他自己叠，谁也不许帮他。”班长的话一点余地都没有。

赵小波叠了一早上，早饭没吃，脸也没洗，但总算将被子叠出了形状。

沈思远悄悄从饭堂装了两个馒头回来。

赵小波一看是馒头，眉头就皱了起来。

南方人不吃馒头，尤其是赵小波，长这么大压根从不看馒头一眼。

沈思远低声说：“还是吃吧，要不上午训练你会没力气的。”

赵小波还在考虑吃不吃，上午操课时间就到了。

出操号声一响，赵小波连忙将馒头塞进口袋。

上午训练齐步，来来回回地走，赵小波总是走神，不是迈错腿，就是伸错手。

训练到一半的时候，饿得厉害，跑进厕所，一鼓作气将两个馒头全吃了。

晚上有半小时自由活动的时间，所有人都在写家信。

苏彤去了南方，暂时无法联系。赵小波只好写日记，他想让苏彤知道，为了她自己在这里是怎样度过每一天的。

在日记里，赵小波真实记录了一天的经历，尤其提到了馒头。

接下来的日子里，赵小波特别怕号声，连熄灯号也不例外。熄灯号一响按道理该睡觉了，可班长却要开始搞体能辅助练习。

两百个俯卧撑、两百个仰卧起坐、两百个蹲下起立……

赵小波总是最后一个完成，最后一个睡觉。

晚点名时，沈思远是常被表扬的一个，训练进步大，内务质量高，而赵小波恰恰相反。

一段时间后，沈思远开始习惯无边无际的空旷和寂寞，苍凉的戈壁迎合了他向来沉默的性格，他认为在这里和在喧嚣的闹市中并无二致。

然而，赵小波在沉默了几天后，突然爆发。爆发的程度远远超出他散漫而怯懦的性格。先是找班长谈心，说想要回家，一把鼻涕一把泪。班长说做不了主，他又找排长，被排长骂了一通。

“我们这里不是养老院，也不是幼儿园，哪能整天舒舒服服。再说也不是你家，你想来就来，想回就回？”

排长是山东人，个子大，嗓门高，将赵小波的想法暂时给吓了回去。

谁也没想到，几天后赵小波竟试图逃跑。当然，赵小波知道在这荒天野地里根本跑不出去，他只是想以这种方式表达自己的立场，非回去不可。赵小波被站哨的老兵给揪了回来，送进了禁闭室。

在禁闭室，沈思远去看望赵小波。

不到一个月的时间，赵小波比来时黑瘦了许多。

见到沈思远，赵小波眼睛一亮，立即有了精神。

“思远，他们答应让我回去了吗？”

沈思远一脸的无奈：“我哪儿知道，我只是偷偷来看看你。小波，你还是安心留下来吧，你不是说为了苏彤吗？你这样子她会失望的。再说你也别给家乡丢脸啊。我们中队有一百多新兵，九个省的新兵，就你一个人这样，现在大家都在议论你，我也不知道说什么好。”

“不是我不想待，他们什么事都针对我一个人，处处为难我，你说，我惹谁了？”

听了他的话，沈思远也很难过，想想以前的赵小波，沈思远觉得他现在这样已经很不容易了。

“小波，不是他们针对你，是规则，你知道吗？我们现在是军人，和以前不一样了，在这里处处有规则，一个军人必须遵守的行为准则。”

赵小波没再说话，黑着脸，没人知道他在想什么。

深夜，赵小波在禁闭室里怎么也睡不着。他在怀念以前的日子，自由自在，神仙般的快乐。

突然，一阵轻微的响声被赵小波捕捉到，“喀嚓”一声。

是拉动枪栓的声音，老兵们在交接哨。

赵小波像是被注入了一支兴奋剂，他从小喜欢枪，以前赵小波自己有一支气枪，后来国家禁止使用气枪，赵小波就再也没摸过枪了。

如今，见到枪像是见到了故别多久的老朋友，而且是真枪。赵小波没有丝毫犹豫地再次决定，坚持下来，一定要摸到枪。

第二天一早，赵小波就拍打着禁闭室的门，喊着要见中队领导。

赵小波留了下来，较之以前有很大的进步，内务标准高了，训练也积极了。

一个月后，新兵授衔。赵小波和沈思远被授予列兵警衔，对着军旗宣誓的那一刻，赵小波感觉到了从未有过的神圣，一种异样的热流漫过全身，心灵在短短几分钟内接受了一次洗礼。戴着红红的肩章，沈思远和赵小波合了张影寄回了家。

正在此时，苏彤来信了。信里说，过年她不回老家了，她在南方一家外企上班，过年期间公司员工要培训，南方的城市很繁华，也有很多发展的机会。苏彤的来信让赵小波如获至宝。赵小波几乎用光了所有细致的语言表达了自己在短短时间里的改变和付出。

其中有几句话是沈思远帮他斟酌的。

赵小波说："经过一些难以想象的波折，我终于成了一名真正的战士，我对着军旗宣誓，同时也告诉自己，我的生命和信仰融入了一个特殊的职业，对此我无比自豪。苏彤，相信我，过不了多久，我就会成为一名合格的军人，或者你眼里的那种真正的男子汉。"

赵小波将信念了许多遍，不停地问沈思远："行不行？行不行？"

沈思远有些不耐烦地说："绝对行，绝对震撼！"

第五章

一个月后，常建安的任职命令在党委会上讨论通过，常建安由某总队参谋长升为边疆某总队总队长，任命在第一时间传达给了常建安。

接到通知，常建安立即开始交接工作，没作任何停留。关于他的突然调离，众人的议论很多。常建安都没理会，也无心关注，此时，他只想尽快到达他的战场，无数次在设想中出现过的和平年代的“前线”。

晚七点，常建安疲惫地回到家里。一天时间就把工作都交接完了，不但身体很累，心也很累，机关的人有祝贺的，有询问的，也有一些冷嘲热讽的，常建安都一笑了之。

妻子梁静茹正在厨房做饭。看到常建安回来，开心地问了一声：“回来了，建安。”

常建安没有说话，梁静茹又扭头看了他一眼。

发现常建安表情不对，她连忙问道：“你怎么了，一声不吭的，是不是身体不舒服？”

常建安听出了妻子的担心，一丝感动很陌生地涌了上来。平时，这种担心太司空见惯了，都没放在心上，可此时却觉得那样珍贵。

常建安笑了笑说：“没事，就是有点累。”

紧接着他又站起身说：“静茹啊，要不今天你休息，我来做饭，让你尝尝我做的家乡菜。”

梁静茹一脸不解地看着常建安，开玩笑说：“今天是怎么了，太阳从西边出来了，从不进厨房的人想起做饭来了，是不是在外面做了什么亏心事，回家觉得内疚了啊？”

她将一盘炒好的菜端出来说："你刚还说累了，就好好休息一下吧，饭马上做好，有你爱吃的糖醋鱼。"

常建安静静坐在沙发上，不知在想些什么，妻子的玩笑他压根儿没有听进去。

直到妻子叫他吃饭，他才回过神来，父亲、母亲也坐到了餐桌上。

父亲快八十了，可耳不鸣眼不花，对周围的事物反应也很灵敏。

看到常建安愣神的样子，父亲不高兴地说："怎么了，建安，吃饭都心神不定的？"父亲有许多奇怪的老礼，认为人在吃饭的时候一定要认真，否则一辈子都会没饭吃。

常建安端起饭碗说："没什么，爸，只是工作上的事有点不顺心。"

常建安胡乱塞了两口饭就放下了碗，连平时爱吃的糖醋鱼也没尝一口。

梁静茹看在心里，但没有说话，和丈夫在一起生活了几十年，她还是第一次见他这样。她知道常建安是一个心性开朗的人，从不会将工作上的不顺心带到家里，看来今天的事非同一般。

躺在床上，常建安点着一根烟，梁静茹走了进来，抱怨说："医生不是不让你抽烟吗？你怎么又抽上了？"

常建安没有说话，梁静茹靠了过来，轻声问道："怎么了，建安，到底发生了什么事，你告诉我好不好，我这心里也跟着你七上八下的。"

常建安夹烟的手抖了一下，停在了嘴边。

然后，他慢慢地说："静茹，我要离开北京，到很远的地方去。"

梁静茹愣住了，接着问：

"到哪儿？"

"西部边疆。"

"是出什么事了吗？"

"没有，我自己要求去的。"

“为什么？是不是你在这个家里呆烦了，要去那么远的地方？”

听到妻子这样理解问题，常建安顿时有些不满。

“你怎么这样，考虑问题那么狭隘，不管有理没理。”

梁静茹一改常态，不甘示弱地说：“我是狭隘，可我这几十年就狭隘这么一次，你做事什么时候考虑过我的感受？这么大的事，也不事先和家里人商量一下，让人一点心理准备都没有。”

“我前些日子听人说，你马上就要当总队长了，可好端端的这是怎么了？”女人的考虑终归还是离不开男人的前途。

“到了那里我也是总队长。”常建安只好顺着妻子的思维走下去。

“是吗？那人往高处走，谁不想留在大城市，你怎么非要到那么远的地方去？”梁静茹的语气有些缓和，毕竟丈夫是提职了。

常建安没有继续解释，有些事情解释也没有用。

梁静茹也没再追问，丈夫不想说的事，她知道无论如何也不会说的。

她伸手将床头的灯摁灭了说：“走吧，走得越远越好。”

黑暗中，梁静茹的眼泪无声地滑落下来，常建安伸出胳膊，梁静茹自然地靠了上去。

梁静茹知道，无论自己怎样抱怨，可到最后也只能没有选择地理解丈夫。

幸福就像一把沙子，抓在手里，握得越紧，就会流失得越多。这个道理她懂。

“你们男人总有那么多的大事，我不懂，也不想过问，如果真是非去不可，你就去吧，家里你就别操心了，有我在。”

常建安长长地叹了一口气。

梁静茹接着问：“什么时候走？”

常建安想了一会儿说：“明天吧，明天我就走。”

“怎么这么急？”说完后，梁静茹死死咬了常建安一口，让自己没有哭出声。

那丝被咬过的疼痛通过胳膊流到了心里。

常建安怎能不操心着家里，两位年岁已高的老人，还有面临高考的女儿，这一切负担都将随着自己的远离落到了妻子一个人的肩上。

他知道妻子的苦，但更知道自己肩上的担子。

第二天，梁静茹早早就起来了，其实几乎是一夜无眠，常建安也一样，起床时眼睛通红。

梁静茹开始默默地为常建安收拾行李，每次常建安出远门，她都想为丈夫收拾得尽可能周全一些，她知道常建安是一个不太会照顾自己的人。

女儿常慧正在高考前冲刺阶段，只有星期六才能回家，而今天是星期二，常建安不想打扰她，也没让妻子告诉女儿自己要走的事情。

离开的时候，常建安给女儿留了一封信，从小到大他习惯了以这种方式和女儿对话，现在女儿大了，这种方式更能完整并合适地表达作为父亲的想法。

慧慧：

爸爸要去很远的地方，没有告诉你，是因为你目前正在为自己的理想奋力拼搏，爸爸也一样，也有理想，也要拼搏，所以我必须离开，离开我们温暖的家。我很欣慰地看到了你这些年的成长，你在十分平静的生活中渐渐有了自己的目标，而且对事业的理解也慢慢有了自己的想法，这说明你真的长大了。

你说过，要考军校，我不太同意这种想法，并不是我不赞同军人这个职业，只是觉得这个职业不太适合女孩子，作为一名军人有这种想法有些自私，可作为父亲，这种想法又可以理解。但如果你要坚持，我也不反对，毕竟我们的国家和社会需要人来支持这个职业，如果所有父亲都有我这种想法，那岂不可悲至极？既然大了，这件事情你就自己做主吧。但同时也要承担起责任，我走后，你是家里最年轻的生力军，以前是家庭照顾你，现在你要学会照顾家庭。切记，不要和妈妈争执，你任性，她有时也很不通情理，但她很不易，而且好胜要强，要强的女人让一让就会对你俯首帖耳，之所以告诉你这些，是希望你们和睦相处，不要因一些琐事坚持过头，闹得不快，我在前方“打仗”，后院不能起火。实在是立场和原则性问题就打电话或写信问我，相信爸爸一定会给你一个很好的答案……

飞机沿着跑道开始向前滑行，昂着头，张着两扇巨大的翅膀，像一只蓄势待飞的雄鹰。透过机舱玻璃，常建安看到了天边最后一缕霞光，还有天尽头一团一团正在燃烧的云彩。

常建安相信，这一刻妻子的那些埋怨和不理解都已经化为乌有，在两人之间喷发涌动的只有几十年的夫妻感情浓缩而成的不舍与牵挂。生活中最真实的爱往往都略显平淡，而浪漫都藏在相处时的一颦一笑和离别时的步步回首中了。

飞机滑行的速度越来越快，两边的景物飞快地向后倒去。在一瞬间，常建安突然有些内疚起来，在这之前，妻子无休止地向他诉说那些不让他离去的理由时，他总以沉默和不厌烦回答。其实本可以耐心地解释，一起生活那么久，还有什么不能沟通和相互说服的？可他又明白，有些问题光解释也没有用，解释不清会适得其反。还有一种可能，就是说服得了嘴，却说服不了心。男人和女人的世界有很多不同，男人大多喜欢将理想凌驾于生活之上，喜欢远方，善于冒险。而女人善于将理想埋到生活中，善于承受。

但无论是理想不同，还是天性有别，常建安都清楚地知道，自己和家人的情绪最终可以趋于一致。真正让常建安感到不安的是接下来的旅程中会面临的困难和压力，人生中最有挑战性的细节或高度都将在远行中呈现。常建安不怕没有鲜花或掌声，也不怕一路荆棘丛生，担心的是心尽了，力也尽了，到最后不能达成所愿，也不为人理解，不安中，常建安突然想起岳飞的一首词：

昨夜寒蛩不住鸣。惊回千里梦，已三更。起来独自绕阶行。人悄悄，帘外月胧明。白首为功名。旧山松竹老，阻归程。欲将心事付瑶琴。知音少，弦断有谁听？

岳飞的心思中明显也有一种惆怅。

飞机终于腾空而起，强烈的压迫感骤然袭来。常建安闭上眼睛，靠在座位上，升空的瞬间仿佛把什么都放下了。

四小时后，飞机降落在边疆某国际机场。边城的夜晚并不失繁华，一样灯火阑珊。

总队政委曾仁成带着总队常委守候在机场，迎接新任总队长常建安。

对于常建安，曾仁成早就有所耳闻，知道他作风过硬，擅长作战指挥和军事训练方面的研究，编写过多种训练教材，目前基层有些课目的训练还是依据他编写的教材在进行。对于这种人，曾仁成不敢怠慢。更主要的是，他没有弄清总部首长在这个时候突然换任的真实意图，边疆刚刚发生了爆炸事件，会不会和这件事情有关，或者还有其他的意图。多年的官场经验使他学会了谨慎，也坚守了自己为官和做人的原则，必须尊重每一个和自己共事的人。

常建安整了整着装走下飞机，并调整了一下表情和思绪。

看到常建安远远走了过来，曾仁成连忙快步迎上去，大声笑着说："常总，一路辛苦。"

曾仁成的笑容感染了常建安，一颗疲惫的心也随即轻松了起来。

常建安和常委们一一握手，然后有些歉意地对他们说："让你们久等了。"

曾仁成笑着说："我们没有久等，相反倒是有些措手不及。早闻常总的作风，今日一见名不虚传，我们还以为你等几天才能过来，没想到今天你就到了。"

常建安也笑着说："兵贵神速嘛，我们是搞军事的，就讲究个快字，如果不快，就会落后挨打。"

常建安恰到好处的解释让众人心中一紧，不知是不是此行的一个提示。常建安谈吐之间，风格和魄力一览无遗。

第二天，宣布命令大会在总队机关举行，常建安将秘书准备的稿子推到了一边，只说了三句话。

"既然来到了这片土地，现在我和大家一样，都属于这片土地。"

"在今后的工作中，我会尽心尽力，尽职尽责，希望你们监督并支持我。"

"我是搞军事的，所有的军事干部从现在开始都要把把自己的脉，紧紧自己的弦。"

会议一结束，常建安便带着分管作战训练的副参谋长以及作战处、训练处处长，一头扎进了基层。事先没有拟方案，也没有通知先去哪个单位。

常建安交待身边的随从人员，不得向任何单位通报行程。常建安知道，要想了解部队反恐作战的真实水平，必须出其不意。而要想组建一支有战斗力的突击队，也得首先了解其产生的土壤和环境。

第一站是边疆南部H市，也是与"三股势力"作斗争的最前沿阵地。

在支队门口，常建安和一行人下了车。

武警H市支队的牌子一下跃入眼帘，白底黑字透着一股庄严和神圣。只是悬挂在大门上方的国徽有些陈旧，露出斑驳的黑色。

两名哨兵挺直地站立着，常建安一行尚未靠近，便被对方发现了。常建安的将军警衔格外醒目，一名哨兵惊呆之余，立即跑过去开门、敬礼。另一名哨兵反应较快，连忙跑到旁边的接待室拿起电话，打到了作战值班室。

“总……总……总队长来了。”，哨兵的话有些语无伦次，作战值班室的孙参谋没有听清，问了一句：“你说什么？再说一遍。”

哨兵调整了一下情绪报告说：“总队长到咱们支队来了，刚进支队大门。”

这下，孙参谋听清了，但还是疑惑地问了一句：“你没看错吧？”

“没错，就是新来的总队长，还带着好多人。”

孙参谋放下电话连忙向支队首长报告。

支队长胡志坚一接到报告，连忙和政委一起跑下楼，跑到楼前却没有见到常建安他们。

常建安一进支队大门就冲特勤中队去了，正好和支队机关是相反的方向。

支队政委方东义一脸狐疑地说：“不会搞错吧，你说这么远的路总队长怎么说到就到了，而且还一声不响的？”

可胡志坚很肯定地说：“很有可能，听总队的人说，新总队长干什么事都雷厉风行，而且从不按常理出牌。咱们还是到处找找，可别让他在基层单位发现了咱们都没有发现的问题，新官上任三把火，咱们可别引火上身。”

部队都带出去训练了，中队只有一名通讯员战战兢兢地跟在常建安他们后面。

部队秩序还可以，常建安不住地点头，证明部队管理很严格。

走进战士宿舍，常建安感到异常寒冷，屋外零下十几度，而屋里似乎也没有一丝暖气。

常建安转身问通讯员：“这么冷，战士们晚上怎么睡觉？”

通讯员站得笔直，大声回答：“报告首长，我们不怕冷，都能睡得着。”

答案虚假得让人辛酸，常建安也没有再问下去，有些问题不是一个战士能够回答得了的。

常建安一行来到训练场，战士们都在训练。看到训练情况，常建安不停摇头，组织的都是一些基础科目，而且标准还不高，看得出所有人都在很认真地走形式。

支队领导终于找了过来。

支队长、政委远远地就敬礼。

常建安一看，眉头一皱，支队长的敬礼还看得过去，可政委的敬礼却是不伦不类。

手一扭一扭地就贴到了脑门上，很认真却很不好看，也不标准。

待他们走近后，常建安对着方东义说："政委同志，以后可得好好练练敬礼，你那可不标准。"

方东义脸一红，连忙点头说："是，首长，我一定练。"

常建安指着正在训练的战士们对支队长胡志坚说："支队长，你说这样的部队会不会有战斗力？"

支队长扫了一眼，然后沉默着，心里却明镜似的。这些年一味抓管理，保安全，部队从没有好好摔打过，可他也没办法，眼下安全第一。无论多大官。只要不出事就是最大的成功。

"你别看了，估计你也不知道。"常建安接着说："以前没有，可我希望以后有，按规定每个中队必须配备一名等级厨师。还有，你们完全没有按伙食标准落实，如果我下次下来时还是这样，你自己掂量掂量，我告诉你，说不定什么时候我就过来了。"

胡志坚不停地点头，脑门上的汗也不停地往外冒。

"开始对部队实施集结拉动。"常建安向身边的作战处长下达了任务。

胡志坚惊魂未定，似乎没有听懂常建安的话。作战处长向胡志坚重申了一遍："H市刚发生大规模暴乱事件，现命令你部火速集结前往处置。"

胡志坚一听，连忙往作战指挥中心跑，跑得太急，肚子里吃进的东西差点吐了出来。他清楚地知道，总队长亲自组织的作战演练，弄不好可真就砸了饭碗。

几分钟后，全支队乱作一团。警笛声、口号声、狗叫声……

半个小时后，部队才勉强集结完毕。

作战处长的脸色十分难看，而常建安却比较平静。这个速度和水平在他的意料之中，下午在看部队训练时，他就知道会有这个结果。部队过分抓管理，却丢了本职，时间一久，战斗力必然下降。

讲评时，常建安拍了拍胡志坚的肩膀。胡志坚头上的汗滴答滴答直往下掉，而此时室外的温度是零下十几度。

常建安说："今天不怪你，但我希望从今天开始，你的这根弦要绷紧了。你要认真反思你守卫的这个地方，给我拿出你的铁拳、尖刀、气势来，好好操练你的部队，过些时日我再来验收。"

在另一个支队，常建安却遇到了让人啼笑皆非的事。

支队的作训股长异常肥胖，跑起步来身上的肉都在晃动。常建安眉头一皱，但还是让作战处长下达了追击逃犯的演练命令。

站在队伍面前，作训股长开始分配任务，语言不规范，动作也是五花八门。

尤其是在执行任务过程中，他带领的小队跑到一堵墙前，被高墙挡住了去路，他倒是二话没说，就往墙上爬，两名战士使劲在下面推，使了吃奶的力气才将他推到墙上，可对方骑到墙上却上不能上，下不能下。

所有人看到这一幕，都哭笑不得。常建安开玩笑地说："快给他弄下来，别摔着了。"

站在一旁的支队领导连忙靠近常建安的耳边小声地解释："这是某某领导的儿子。"

作战处长带着几名战士跑到墙根前，大声喊着："快下来，你爬什么墙啊，旁边不是有路可以绕过去吗？"

几名战士将作训股长弄了下来，对方大汗淋漓。常建安让人把他叫到跟前，笑着说："你的勇气可嘉。我现在给你两条路，一条是立即下到基层锻炼，把你的体重减到标准体重。然后重新安排岗位，作训股长肯定是不能让你干了。第二条路是赶紧转业。"

这次的经历让常建安心惊肉跳，让这样的人当作训股长，部队的训练水平可见一斑。

离开H市，常建安一行又去了一个偏僻的农场中队。

中队离市区很远，一路都是戈壁滩。常建安一路感慨，这里的官兵真不容易，常年守在这荒无人烟的戈壁滩上。

随行人员告诉常建安，这个中队喝的水碱性非常大，又苦又咸。来到中队，常建安第一件事就是尝了一口水，确实又苦又咸，难以下咽。常建安承诺一定尽快为他们解决净水装置。

中队的干部都是高职低配，而且看起来比其他地方的干部要老得多，指导员才三十出头，但发丛里却冒出了星星点点的白头发。

在一间类似库房的小屋前，常建安发现房门紧锁，而房子里似乎有动静，觉得有些蹊跷，便让人将房门打开。

中队干部却说钥匙丢了。常建安说那就砸开。

大家刚准备砸门时，中队指导员却一下挡在了门前。

他脸色通红，神情绝望地说："首长，我媳妇和孩子在里面。他们刚从老家过来，孩子今天六岁生日，明天我就让他们走。"

指导员边说边将门打开，门推开后，大家发现指导员的媳妇正抱着儿子，缩在屋角，惊恐地看着众人。

常建安十分后悔刚才的举动，他连忙走上前，蹲在孩子面前笑着说："孩子，别怕，我们只是来看看你和妈妈。"

走出屋外，常建安把那名指导员叫到跟前。语气严肃地问道："你怎么让他们住在库房，中队不是有接待室吗？”

指导员连忙回答：“这些年中队增编，但营房没有扩建，接待室都当成了战士宿舍。首长，我知道错了，我明天就让他们走。”

常建安沉默一阵说：“马上要过年了，让他们过完年再走。另外，总队一定尽快为你们扩建营房，这里不能没有接待室。”

听到这话，指导员的眼睛红了，伤感地对常建安说：“首长，这里的接待室就不用建了，没有其他家属会到这里来，我的媳妇是农村人，而且从小和我一起长大，对我不离不弃。中队长结婚不到一年，妻子就和他离婚了，一些毕业分到这儿的年轻干部干脆就不打算找，其实在这里也没办法找，或许根本找不到。我今年要转业了，以后根本不会有家属来这里。”

“转业，为什么？”常建安一脸的惊讶。

“我中队指导员干了七年，如今副营满三年了，该走了。支队像我这种情况的不少，再不走，可就拖了支队的后腿。”

常建安的心里突然觉得很难过，边疆官兵的苦他想象过，地处偏远，环境恶劣，生活条件差，可眼前的事实却超出想象，常建安一下子不知该说什么。他知道，自己不是救世主，不能一下子解决那么多的问题，这中间有历史遗留问题，也有客观原因不能解决的问题，但是他坚信只要尽最大努力，哪怕是一点一点解决，终究有一天会好转的。

回去的路上，常建安透过车窗发现戈壁滩上有几棵枯死的胡杨，生命已逝但还在无边的旷野中顽强站立着。他听说过胡杨，千年不死，死后千年不倒，而倒后千年不朽。三千年，胡杨深深扎根在了这茫茫戈壁。

常建安的脑子里突然闪现出那名指导员的身影，他由衷地想象，边疆这些官兵和这些胡杨无异，一批批的人来了走，走了来，都将最美的青春和年华留在了这戈壁深处。同时，一种强烈的责任感袭击着常建安，他意识到，经济时代，不能和官兵空谈政治，要为他们营造良好的工作生活环境，他们远离故土，如果没有一份稳定的生活，哪来的强大支撑？在强调奉献的同时，不能忽略了作为常人的基本需求。

晚上，常建安一行回到支队，支队为他们准备了规格很高的宴会。

酒过三巡，常建安笑着问坐在一旁的支队长："支队长，谈过恋爱吗？"

支队长一时没有反应过来，想了一会儿回答说："年轻的时候谈过。"

"那你知道目前支队有多少年轻干部没有机会谈恋爱？"

支队长没有领会常建安话里的意思，可首长的问题又不能不回答。

他有些含糊其辞地说："我们当兵的时候，有许多战友有过这样的经历，不过现在时代不一样，这种情况好像不多见了。"

"是吗？给你一个任务，找个时间了解一下你们支队有多少干部有这样的困扰，另外有多少干部已经离婚或正面临着离婚。"

支队政委瞅准机会小心翼翼地隔着桌子向常建安敬酒。

"首长，我敬你一杯，感谢你对我们工作的指导。"说话时，支队政委的手在微微发抖，杯子里的酒盛得太满，竟溢了出来。

常建安说："我还没有指导呢，你就开始感谢了，你这一感谢啊，我还真想说两句，你要记住，管理是一门艺术，尤其是边疆这个地方，这门艺术更得好好研究一下，观念太陈旧不行，方法太老套不行，得有自己的想法和办法。尤其要学会尊重和理解，我是真的感觉到这里的官兵不容易，他们不仅要承受身体上的苦，还要承受心里的苦。"

支队政委不停地点头，顿时感觉心里的压力小了许多，他这一杯酒其实也是在试探虚实，从常建安的表情看，似乎没有太多不好的情绪。这些年，他也慢慢揣摩出了一些规律，领导在指导你工作的时候，即使有些教训的口气，也是好事，证明他对你怀有期望。如果领导连教训的念头都没有，那证明你的路走到头了。

在边疆北部，常建安遇到了铺天盖地的大雪，零下三十几度的寒冷并没有冷却常建安的工作热情，常建安以同样的标准审视了所有部队，真正做到了心中有数，同时，一路上，常建安都在细心观察并试图发现人才，他知道，正在酝酿中的天鹰将在不久之后面临人才需求，最终探寻的目光还要停留在眼下的各个单位中。对天鹰来说，每一个人才都是希望。

第六章

坐在值班室，雷剑一有些犯困。昨晚为了准备教案，加班到深夜。天还没亮的时候，妈妈又打来电话，问上次介绍的女孩子怎样。雷剑一压根就不知道妈妈说的是哪个女孩，含糊其辞半天。电话那头急了，又哭又骂。雷剑一吓得不敢吭气，也顿时睡不着了。三十多岁，婚姻确实让人纠结。妈妈寄来的照片不下几十张，附带的简历不下几万字，雷剑一从没有认真看过，当然也没打算认真看，在雷剑一的审美理念里，眼见为实，更为重要的是感情必须要从彼此交往中产生。雷剑一坚持原则，宁缺毋滥。雷剑一的完美主义让妈妈的相亲计划一次又一次流产，而妈妈却浑然不觉，依然乐此不疲。

一边是家人的执著和焦虑，一边是内心的彷徨和生活的疲惫，日子一天一天流逝，雷剑一也渐渐意识到，不是问题的问题总有一天会成为问题，然而，人生还得继续，还得在多种莫名的情绪里纠缠。

半醒半梦之间，值班电话响了。

总队作战值班室通知，特战大队立即出动，解救人质。

雷剑一顿时困意全无，立即命令应急小分队紧急集合。两分钟后，应急小分队携装集合完毕。

秦啸涵到总队开会，季强带部队在外场训练，迅速请示汇报后，雷剑一带应急分队火速赶往现场。

十五分钟后，到达事发现场，雷剑一向警方简单询问情况。

挟持人质的嫌疑犯是一位学生家长，孩子在学校期间摔断了腿，学校在施工时没有将一处废弃的坑及时填埋，以致于孩子在课间玩耍时摔了进去。

孩子住院后，因没钱治疗，孩子的家长找学校理论，希望学校可以承担一部分责任，可学校含糊其辞，一拖再拖。如今孩子躺在医院里，情况紧急。孩子父亲被逼急了，拿着菜刀跑到学校，挟持了正在上课的女教师，让学校拿钱。现在对方情绪很激动，派出所民警来了后，嫌犯显得十分紧张，而且情绪一度失控。

民警与嫌犯进行过谈话，也答应替他解决这件事，可嫌犯的态度时好时坏，有些不太信任民警们说的话。由于僵持时间太久，嫌犯的情绪高度紧张，怕人质的生命安全受到威胁，上级考虑实施第二套方案，对嫌犯予以击毙。

弄清事实，雷剑一又仔细观察了现场地形，然后安排狙击手占据相关位置。

在三号狙击位置，雷剑一通过望远镜观察了一下人质情况。

望远镜里一张沧桑异常而且极度紧张的脸顿时出现在眼前，雷剑一的心猛地像被鞭子抽了一下。他突然想起了父亲，小时候，家里很穷，父亲为了生计，四处奔波，和眼前这副面孔一样，疲惫、苍老，但很纯朴。

嫌犯的目光很绝望，但雷剑一却看出他并无恶意。

雷剑一连忙交待所有狙击手，先不要开枪。

雷剑一找到现场指挥人员，请求以另一种方式处置。

雷剑一近乎请求地说："我想和对方谈谈，我觉得他并没有伤人的意思。"

"可要是人质出了问题怎么办？"对方有些担心地问。

雷剑一想了一下坚定地说："相信我，我一定会确保人质的安全，真要出了问题，我承担全部责任。"

在雷剑一的坚持下，现场指挥人员只好同意雷剑一的想法。

雷剑一孤身一人向教室走去，门打开的瞬间，嫌犯更加紧张，握刀的手一紧，在人质的脖子上划了一道红红的印痕。

雷剑一心头一紧，但还是很平静地说："大哥，你别紧张，我只是想和你聊聊天。真的，就只是聊聊天，因为我觉得你特别像我的一个亲人。”

为了消除对方的顾虑，雷剑一干脆一屁股坐到了地上。

也许是一声大哥，也许是雷剑一语气里的真诚和坐在地上的举动，嫌犯的表情放松了一些。

雷剑一在说话的瞬间同时看了看人质，惊奇地发现，此时人质竟然十分平静，眼睛里一点都没有恐慌。

雷剑一冲女老师笑了笑，除了安慰她之外，就是希望她在这时能够配合自己，之前，雷剑一了解过，这名女老师正是那名摔伤学生的班主任。

“大哥，我是特战队的指导员，你知道吗？就在几分钟之前，我带着狙击手过来了，你要知道，我们的狙击手个个都是神枪手，如果他们开枪，你现在可能已经死了。你要是死了，孩子怎么办？孩子现在还躺在医院里正等着你去救他。”

雷剑一接着又说：“你特别像我的父亲，我小的时候，父亲常年在外打工，赚钱养活我们一家人，供我们读书，也是你这样，疲惫、忙碌，挣的钱还不多。所以我理解你的难处，而且我了解过，这件事情是学校的责任，他们必须为孩子支付医疗费。我知道你很爱孩子，可你现在这样不但帮不了孩子，还会害了自己。你再想想，如果孩子知道你这样对待他的老师，他的心里也一定会很难过。”

关键时刻，那名女人质说话了。

“是啊，你的孩子是我们班最聪明的，我们都很喜欢他，他一直说有个非常爱他的爸爸。”

嫌犯的眼泪突然涌了出来，但紧接着大声吼了起来：“你们学校欺人太甚，孩子的医药费一分不给，我实在没有钱，实在没有办法。为了能救孩子，我什么都敢做。”

雷剑一连忙说：“救孩子有许多办法，何必干这种蠢事，你这样为难一个女人也不是自己心里愿意的吧？我答应你，孩子的事我一定帮你处理好，我保证替你将钱要回来，把孩子的腿治好。我是一名军人，说话算数，请相信我，先把刀放下，不要让事情越变越严重，这样对你、对孩子都没有好处。”

嫌犯沉默了一会儿，最后松开人质，手中的刀也扔在了地上。

整个过程不到十分钟，雷剑一将人带出了教室。

屋外的人一片欢呼，可雷剑一却无丝毫的成就感，不知为什么，心里很难过。他十分同情这个可怜的父亲，也真的希望社会能以另一种方式关注和帮助弱势群体，而不是等到事情无法收拾时，再采取以暴制暴的方法。

雷剑一找到校长，愤怒地说：“请你立即将钱送到医院，救救你的学生，否则我还会回来找你。”

校长目瞪口呆，雷剑一没有理会他，带着战士返回了特战大队。

回到特战队后，雷剑一向秦啸涵请了个假，然后立即赶到了医院。

学校已经将钱送到了医院，孩子得到了正常治疗。

孩子的母亲坐在病床边不停抹泪，见到雷剑一时突然显得很紧张。

雷剑一没有解释，也没有说太多的话，只是给孩子买了一些营养品，给了孩子母亲一些钱，然后将自己的手机号码留给了她，让她有什么事，就找自己。

当雷剑一准备离开时，躺在病床上的孩子突然叫住了他。

“叔叔，我爸爸，他是不是回不来了？”

雷剑一的心里一酸，然后靠近床边摸着他的头笑着说：“怎么会，你爸爸出了趟远门，用不了多久就会回来，是他让我来看你的。”

“真的吗？”孩子的表情一下子变得快乐起来。

“真的，叔叔不骗你。”

出了病房的门，雷剑一突然有种想哭的冲动。从口袋里掏出烟，刚准备点着，却又发现这里是医院，只得将烟塞回了口袋。

第二天上午，那名被成功解救的女老师找到了特战大队，送来了锦旗。

锦旗上写着：人民的卫士，反恐的尖兵。

雷剑一带部队外出训练了，秦啸涵代表特战队将锦旗收下了。然而，对方却向秦啸涵提出，想见见雷剑一，她要当面感谢一下救命恩人。

秦啸涵马上说没问题，秦啸涵在对讲机里大声喊着，让雷剑一立即赶回大队。

十五分钟后，雷剑一上气不接下气地跑回大队。

看到对方，雷剑一显得很意外，而且有些紧张。昨天没有注意对方的相貌，今天才发现站在眼前的女老师，不仅漂亮而且很有气质。匀称的瓜子脸，长长的睫毛，一头乌黑的过肩长发，不着妆，没有任何修饰，浑身上下显示出一种中国传统的美。

“你好，我叫李素妍。”见到雷剑一，李素妍优雅地伸出手。

雷剑一脸色微红，迟疑了一下，但还是礼貌地伸出手和对方轻轻握了握。

“谢谢你救了我，昨天你走得急，我连说声谢谢的机会都没有。”

“那是我应该做的，不用谢。”

雷剑一在突然之间变得有些窘迫，也有些手足无措。

秦啸涵看在眼里，心里乐了，作为过来人，他懂得雷剑一的不安，也有些同情这些处在人生交叉路上的年轻干部，部队管理太严，没有时间和机会谈恋爱，根本不懂怎么面对女孩子，尤其不知道该如何面对自己喜欢的女孩子。

秦啸涵笑着说：“小李啊，你难得到我们特战大队来一趟，就让雷指导员带你四处转转吧，看看我们生活的地方。”

李素妍显得很高兴，连声说好。

离开众人的眼光，雷剑一放松了一些。

两个人走了很长一段路，都没有说话。

最终，还是李素妍打破了沉默。

李素妍说："我还要替我的学生谢谢你，我昨天去了医院，知道你也去了，谢谢你为他们所做的一切。"

听了这话，雷剑一顿时叹了口气说："没什么，我觉得他们一家真的很无辜，也很不幸。你呢？你不恨他吗？他昨天那样对你，让你经历了一场生死劫难。"

"如果理解了他的动机，也就不会有恨。再说，我是孩子的老师，孩子出事了，我也有责任。"

"你昨天怎么那么勇敢，好像一点儿都不恐惧？"

"因为我和你一样啊，相信他没有恶意。"李素妍笑着说。

"是啊，我当时就是相信他没恶意才敢那么做的。当我看到他的脸时，就想到了父亲。都是那样的纯朴，我十七岁就离开了家，现在都已经十四年了，因为离得太远，这些年很少回去。每回去一次，我都发现父亲老了许多。有时想想，自己真的挺不孝的。正应了那句话，自古忠孝难以两全，穿了这身军装，就顾不上家了。"

雷剑一说话的时候，李素妍会停下一切动作静静地看着他。雷剑一的表述和情感都是那样的真实和自然。她突然觉得站在面前的雷剑一有些像自己的学生，就像是一个单纯无邪的孩子。

李素妍看了看四周，军营的平整和单调一目了然。而且整个军营都被围墙围住，围墙外是无边的白茫茫的积雪。

"你们天天呆在这里面，不觉得很闷啊？"

"没有，可能是习惯了吧，当然也有特别难过的时候，就是特别想家、想父母的时候。你是不是觉得我们这种人特傻、特土？"

李素妍连忙解释："没有，只是觉得你们很不容易，在现在这种社会里，耐得住寂寞真是一件非常难的事。"

"如果不是严格的纪律和制度，谁能耐得住寂寞？不怕你笑话，我们这里可是成堆的光棍，不是大家不想谈恋爱，而是没有办法谈恋爱。”

“为什么？”李素妍不解地问。

“没有时间，也没有太多的心思，现在的女孩子都很现实，谁还会理会我们这种傻大兵。”

“那你呢？”李素妍扬起脸，显得很认真。

“我，我怎么了？”

“你也是光棍？”

没想到李素妍会问这个问题，雷剑一脸一红，笑着说：“是啊，我算是大龄光棍了。没办法，在部队，就得这样，不是我们不懂浪漫。我想，如果有一天我们离开了部队，也会浪漫得和你们一样。”

雷剑一话语中流露出的辛酸和绝望，听得李素妍竟有些莫名的慌乱。距离很近，她甚至闻到了雷剑一身上散发出的阵阵汗味，那种朴素的原始气息竟然让李素妍感觉很亲切。

离开时，李素妍问：“雷指导员，我们还会见面吗？”

雷剑一想了一会儿回答说：“会吧，我想应该会的。”

从特战队回来，李素妍的心就一直没有平静过，她不时打开手机，看着那个陌生的刚存储的名字，按下拨号键，又挂断，再按下，又挂断。这种情绪一直纠缠着她。

晚上，将学生的作业批改完，李素妍开始写日记。

今天，我遇到了一个单纯而又干净的男人，一个和农民一样纯朴的军人，一身的汗味，像个孩子……

李素妍的文字之间全是雷剑一。

晚上，爸爸不在，李素妍钻到妈妈的被窝里，开心地说：“妈，我认识一个军人，一名特战队员。”

妈妈狐疑地看着李素妍，不安地问：“女儿，你不是谈恋爱了吧？”

“妈，怎么可能，我们才见过两面，只是觉得他和一般人不太一样，再说，我们以后还能不能再见面都不一定呢。”

“那就好，千万别喜欢上军人，要不然你会辛苦一辈子。”

妈妈放心地睡着了，李素妍还在黑暗中瞪着眼睛。雷剑一的笑容不时在脑海里闪现，阳光、干净、真实。

没过多久，雷剑一的立功命令就到了特战大队，由于在解救人质事件中的突出表现，雷剑一荣立二等功。

开完庆功会，雷剑一跑到了看守所。

孩子的父亲最终被判了两年零四个月。

隔着玻璃，雷剑一说，“对你承诺的我都做到了，孩子的腿好了，马上可以重新上学，我会继续替你把孩子照顾好，等你从里面出来。”

玻璃那面，对方一直在流泪，一直在说谢谢。

离开看守所，雷剑一又去看望孩子。给孩子买了一个新书包，还有许多学习用品，再过些日子，孩子就要重新上学了，为了不让孩子的心里有阴影或面临干扰，在和孩子母亲商量后，雷剑一为孩子办了转学。

孩子和妈妈住在一间很小的的出租屋里，房间的布置很简陋，一张床，一张写字桌，一些衣服和零碎的物品都堆在墙角的一张破旧沙发上。做饭的灶具放在靠窗的位置。唯一值钱的物品就是摆在床头的一台21英寸的彩色电视机，是雷剑一给他们买的。

见到雷剑一，孩子显得很高兴，嘴里一个劲儿的喊着“叔叔，叔叔”。

虽然才八岁，可孩子已经懂得了人世间最基本的黑白对错，善恶美丑。

当听说可以再上学时，小家伙高兴得跳了起来，并将前些日子自己写的毛笔字拿给雷剑一看。

上次来的时候，雷剑一发现孩子在屋子里没事可做，便买来纸笔教他写毛笔字。

看着纸上的“中国人”三个字，雷剑一感到很欣慰，字虽然写得歪歪扭扭，但看得出下了一番功夫。

雷剑一一下子也来了兴致，摊开纸，一气写下了自己上学时的座右铭：

书山有路勤为径，学海无涯苦作舟。

写完后，雷剑一告诉他其中的意思。小家伙听完，连忙要将字贴到墙上。

雷剑一问，为什么。

孩子回答说：“看到字的时候就会想到叔叔，还有叔叔说过的话，我就会好好学习。”

雷剑一摸了摸孩子的头，高兴地说：“好，只要你好好学习，叔叔经常来看你。”

最终，雷剑一还是按孩子的意思将字贴在了墙上。

离开时，雷剑一将立功得到的奖金都交给了孩子母亲，让她当孩子的学费并补贴家用。

孩子母亲的脸涨得通红，坚持不肯要。雷剑一将钱塞进她手里真诚地说：“我们都是为了孩子，我答应过孩子的父亲，替他照顾好孩子。”

推开门往外走的时候，雷剑一遇到了李素妍。

李素妍穿着红色羽绒服，围着一条白色的围巾，站在门口的雪地里，估计是刚到。李素妍也没想到会碰到雷剑一，她听说了孩子转学的事，想来看看，打听了好久才找到这里。

两个人就那样呆了半天。雷剑一的心里突然涌上一股暖流。突然觉得在这条默默行走的路上，自己并不孤单。

最后，李素妍冲雷剑一笑着说：“我们又见面了。”

雷剑一也笑着说：“是啊，这么快我们就见面了，你是怎么找到这里的？”

“我问了许多人，才找到这里，孩子转学了，想看看有没有什么能帮上忙的。”

“你当然能帮上忙，我除了教小家伙写字，其他的都不会，你是老师，专业对口，可以替孩子辅导功课。”

雷剑一陪李素妍又折了回去。

看到墙上的字，李素妍笑着问雷剑一：“你写的？”

雷剑一不好意思地说：“写得不好，可小家伙非得贴上。”

雷剑一的谦虚让李素妍感到很舒服。

李素妍不太懂书法，无法从书法的角度理解雷剑一的字。但还是感觉雷剑一的毛笔字写得很好看，有力度、有布局，似乎还有人生的体验和顿悟。

在往回走的路上，李素妍发现雷剑一穿得很少，耳朵被风吹得通红。她禁不住有些担心地问：“穿这么少，你不冷吗？”

雷剑一笑着回答：“我们军人体质好，怎么会冷？”

两人分手时，李素妍对雷剑一说：“你放心吧，孩子落下的课，我会抽时间给他补上。”

雷剑一说：“那就谢谢了。”

走了很远，李素妍还在人群中转身，寻找雷剑一的身影。她似乎还能在人来人往中闻到雷剑一留下的气息。

李素妍的心再次被莫名其妙地惊动，如果说之前，雷剑一只是一个模糊的影子，那现在她可以真实地感到，自己喜欢上对方了。

夜晚，雷剑一又一次出现在了李素妍的文字里：

看来我是真的喜欢上他了，可是却不知该如何表达，他又仿佛是那样的不开窍……

回到特战大队，雷剑一就接到妈妈打来的电话。

又是老生常谈，对象，结婚。妈妈在电话里絮叨了半天，软硬兼施，雷剑一硬着头皮一一应对。

前两天，妈妈又寄来一大堆照片，雷剑一都扫了一眼就扔在了抽屉的一角。雷剑一相信爱情，但绝不相信爱情是纸上谈兵。

挂了电话，李素妍的身影和笑容再一次在脑海里翻滚。雷剑一清楚地意识到自己喜欢上了李素妍，爱情来得突然而且十分直接，没有太多的前奏，更或者是过于成熟的年龄让自己跳过了爱情来临前的琐碎和细节。即便如此，雷剑一却不愿再继续想下去，未来可能是再一次的伤痛。

几天后的一个周末，李素妍再次跑到特战大队，这次是给雷剑一送礼物，一条淡灰色的围巾。

李素妍说，是她亲手织的，是她长这么大第一次亲手完成这样一次大的工程，妈妈只是在一旁作技术指导。希望雷剑一冬天出门的时候能围着，耳朵就不会冻得通红。

围巾织得不算很精致，但却将雷剑一推到了幸福的巅峰。

和围巾放在一起的还有一封信，字很工整，也很娟秀。

剑一：

请允许我这样称呼你，于我而言，已经感觉我们不再陌生，甚至十分熟悉，我不知道这算不算一种表白，这些天我控制不住自己，想要让你知道，对你的这种感觉，或许就是爱情。一个天天站在讲台上传道授业解惑的老师的爱情，包含着女孩子的憧憬和梦想，也包含着对一个职业军人的尊敬和崇拜。之所以这么急切地想告诉你，是我意识到自己离你越来越近，却害怕你离我越来越远，你说过，你在人生的交叉路口，随时都可能做出自己的选择……

雷剑一将信看了许多遍，确定是真实的，才开始笑，直到晚饭时还忍不住笑。

秦啸涵笑着问："怎么了，中大奖了？"

雷剑一边笑边说："中大奖了，这一辈子唯一的一次大奖。"

晚上，雷剑一打电话告诉妈妈说自己恋爱了。

雷剑一说："妈，我正式恋爱了。"

电话那头开始激动，笑着说："那就好，休假的时候带回来，我和你爸到车站去接你们。"

雷剑一的妈妈喜不自禁。

挂了电话，雷剑一开始琢磨，给李素妍送点什么，想了许久，雷剑一决定亲手用弹壳为李素妍做一艘小船。

不知不觉中，春节到了，此时的边城完全被冰雪覆盖。

李素妍打电话邀请雷剑一到家中作客。

尽管做了充足的思想准备，雷剑一还是有些紧张。出门前，雷剑一精心收拾了一番，但总觉得镜子里的自己傻傻的，呆呆的。

来到李素妍的家门口，李素妍开心地将雷剑一拖到了屋里。

李素妍的爸爸是名退休教师，见到雷剑一十分热情，似乎也很满意。李素妍的哥哥嫂子也都在家里，雷剑一感觉身上总是不停地有目光扫来扫去，心里忐忑不安。

李素妍的妈妈表情很平静，看不出高兴还是不高兴。

雷剑一从不喝酒，但还是硬着头皮陪老爷子喝了几杯，所幸的是只是脸色微红，头脑还算清醒。

吃完饭，雷剑一陪老爷子下象棋，李素妍心神不定地在一旁观战，她既怕雷剑一输，又怕雷剑一赢。

几番交手，雷剑一明显处于上风，但还是在是关键时刻故意露了破绽，让老爷子赢了，李素妍心里的石头顿时放了下来。

交谈中，李素妍无意说出雷剑一的毛笔字写得好，老爷子一听顿时来了兴致，原来他是地道的书法爱好者。

老爷子将雷剑一拉到书房，借着酒劲，老爷子挥毫泼墨，写了几个大字，气势非凡。

最后将笔交到雷剑一手中，雷剑一推辞不过，只好铺开一张宣纸，想了想，写了杨慎的《西江月》：天上乌飞兔走，人间古往今来。沉吟屈指数英才，多少是非成败。富贵歌楼舞榭，凄凉废冢荒台。万般回首化尘埃，只有青山不改。

雷剑一的表现彻底征服了老爷子，短短的时间里他打心眼里喜欢上了雷剑一。

离开的时候，李素妍将雷剑一送到门外。

李素妍开心地说："爸爸很喜欢你。"雷剑一说："我也感觉到了，我们在一起很投缘。"

"那你什么时候带我去你们家？"李素妍笑着问。

"我休假的时候吧，我带你去洞庭湖，去看我们那里的岳阳楼。"

"好啊，我等着。"趁着雷剑一不注意，李素妍飞快地踮起脚尖，在雷剑一的脸上亲了一口，然后快速地转身离开。

街上，灯火阑珊，人来人往，冷冷的风并没有冷却一个城市的温度。

雷剑一拦了辆出租车，准备回大队。

在车上，雷剑一接到了刘明的电话。听语气，刘明肯定又喝了酒，一张口就骂骂咧咧：

"你小子，这么久也不给我打电话，立了功就不认识兄弟了。"

雷剑一没有辩驳，他的心还浸泡在李素妍带给他的幸福和甜蜜里。

雷剑一随口问了一句："你现在怎么样？"

“还能怎么样，老样子，守卫着天边的太阳。”

电话最后，刘明说：“今天去喝了彭娟的喜酒，她还是和那不靠谱的家伙结婚了，那家伙还真有钱，场面搞得真他妈的大。”

听到彭娟的消息，雷剑一已经很平静了，那段曾经的心痛已经虚化成岁月里的微尘，雷剑一相信，每个人都会从过往和经历中知道自己想要什么，彭娟也一样。

前脚刚跨进大队的门，李素妍的短信就到了：剑一，到了？

雷剑一连忙回复：刚到，你的家人对我印象怎么样？

很快短信回复了过来。

他们对你都很满意，只有妈妈害怕跟着你会吃苦受累。别担心，他们都听我的。

那你呢？害怕吗？

我才不怕呢，无论苦累，一生相随。

雷剑一幸福地独自笑了。熄灯号响起，悠长而舒缓，雷剑一第一次发现，军营的号声并不单调，细细一听，甚至还有另一种味道。

每个周末，李素妍都会跑到特战大队，拉着雷剑一往外跑。秦啸涵在批假时都会嘱咐两句：“别担心时间，尽情地玩，有什么事我替你挡着。”

从特战大队到外面坐车的地方有好长一段路，每次李素妍走不动了，都会爬到雷剑一的背上，雷剑一背起她很轻松，有时候还在雪地里飞快地跑起来，吓得李素妍在背上不停地尖叫。

有一次，李素妍问：“如果有一天我老了，你还会像这样背我吗？”

雷剑一说：“当然，只要我背得动，只怕到那时我也走不动了。”

“那我们就互相扶着”，李素妍开心地想象着，似乎幸福就在不远处，伸手可及。

第七章

一个月时间，常建安将基层团以上单位都跑遍了，一路上跑坏了四个轮胎，整个人瘦了一圈，也黑了许多。

随行人员更是筋疲力尽，训练处长回机关第一件事就是跑到宿舍，蒙头大睡。随后见人就说，这一趟将几十年的路都跑完了。

在曾仁成办公室，常建安刚将烟点着，又给掐灭了。

曾仁成笑着说："怎么，想戒了？"

"哪里，刚抽上，戒不了了，这几天上火，嗓子痛，先忍忍吧。"

常建安的率直和随意让人没有丝毫的距离感，虽然是刚刚接触，曾仁成却感觉两人似乎相识已久。

常建安是第一次到曾仁成的办公室。

他的目光四周扫了一圈，最后停留在墙上的一副字上。

隶书写的四个字：积健为雄。

常建安知道，这是出自诗歌《雄浑》里的诗句：反虚入浑，积健为雄。诗中的"健"不是单纯的肌体强健，还包含精神境界，艺术修养和意识形态。

常建安不由得赞叹："好字，好境界。"

曾仁成笑着说："一位朋友送的，感觉写得好，就挂上了，算是一种激励吧，我习惯以外来的力量推动自己，没想到常总对传统文化也这么感兴趣。"

常建安也笑着说："搞军事的也得有文化嘛，书法是中国文化之根，而中国的哲学更是有其独到之处，其实无论社会发展到哪一步，我们依然还在沿用古人的方法和理念，甚至用于决策上。"

“是啊，我们历来都有自己的精神重心，也有自己的文化和思维习惯。”

曾仁成让公务员给常建安倒了一杯水，并交待放几朵菊花。

边喝水，常建安边谈起了这一趟的感受：“基层官兵的苦超出了我的想象，尤其在南疆，有些干部家属不远万里找到那里，结果却只能住在堆杂物的库房里，这些是我在大城市里根本感受不到，也无法想象的。”

曾仁成有些无奈地说：“这些情况我们也知道，这些年一直在努力改善基层官兵的工作生活条件，但摊子太大，顾了这头，顾不上那头，而且边疆经济相对落后，地方政府支持力度有限，主要是没钱啊，有钱啥都好办。”

常建安本来想说说训练上的事，但看了看曾仁成的表情还是忍住了。

雄关漫道真如铁，而今迈步从头越。常建安纵有雄心万丈，也得一步一步来。

回到办公室，常建安收到了女儿的短信。

爸爸，一人在外，注意身体，我们都很想你。

都说女儿是贴身的小棉袄，一点不假，一丝暖流顿时从常建安的心底漫过全身。

晚上，常建安躺在床上，翻来覆去睡不着。

基层官兵吃不好，住不好，必须要管，而军事训练更是要抓。当前唯一的办法是两步并做一步走，两副担子一肩挑。

而这副担子有多重，常建安的心里没底。常建安只知道一点，无论多重，都得挑起来，在向总部首长保证的那一天，就意味着这一艰难时刻的到来。

星期一上午，总队召开常委会，这是常建安到任后开的第一次会，气氛显得有些紧张，也很严肃，谁也不知道刚上任的常建安那三把火会从哪里烧起来。

会上，常建安说出了自己的想法。当前总队面临着两个主要矛盾。一是社会的快速发展和我们官兵比较落后的物质生活条件。二是严峻的反恐斗争形势和我们相对薄弱的反恐作战力量。为此常建安要求当前要集中精力做好三件事：

第一，大力加强基层建设，尤其是要积极改善官兵的物质生活条件。

第二，各支队立即组建反恐分队，总队定期进行骨干轮训，军事考核并排名。

第三，总队筹建反恐基地并开始组建“天鹰”反恐突击队。

“天鹰”的提出让众人很意外，这个陌生的名词一下闯入了大家的意识里，似乎还带着一种神秘色彩。常建安进一步解释：“‘天鹰’是总部首长为我们突击队命的名，象征着正义、勇敢、胜利，目前我们正在谋划阶段。”

会场很安静，沉默往往也是一种态度。

众人的沉默在常建安的意料之中，理解、信任和支持需要时间，需要彼此间不断的磨合。

常建安喝了一口茶，是妻子为自己准备的铁观音。

很重的口感，浓浓的香气里带着一丝苦涩，常建安很喜欢这种感觉。可他也突然想起了妻子临行前说过的话：为官就像品茶，煮茶要注重火候，沏茶更要注重水温。

一个从未涉足官场的女人关于做官的理论从何而来？还如此精辟，真是让人费解。可眼下常建安却顾不上太多了，和时间赛跑也就意味从一开始就要跑到时间前面。

“大家都谈谈吧，说说自己的看法。”常建安提议说。

曾仁成也说：“你们也都说说自己的想法。”

大家都开口了。

“钱。”

“装备。”

“时间。”

“人才”

各种困难和疑问像零碎的雨点砸在了会场，常建安知道，大家提出的那些困难其实都很客观。

待场面安静，常建安接着说：“困难我会想办法，而且我相信都会解决。这里刚刚发生了爆炸袭击事件，硝烟未尽，恐怖分子的破坏手段，发展之势早已超出了我们的预想，我们的部队能不能适应新形势下的任务需求？我们敢不敢立在风口浪尖说自己可以拉得出、打得赢？我想，天鹰，终究是一个时代的产物，也是我们在与邪恶抗争过程中的必然手段。为此我希望大家树立信心，共同为锻造这样一支战无不胜的部队而努力，我们最终要还这片土地一片晴朗的天。”

说话的瞬间，常建安的目光和所有人交流了一遍，由此获得了更多的信心和力量。常建安相信每一名职业军人都不是那种靠琐碎支撑生命的人，他们的血都是热的，都需要一种和职责相对称的理想，这一点，在向军旗宣誓的那一天就已注定。

天鹰，从一开始就受到了所有目光的关注。

总队参谋长纪律强，回到办公室后坐立不安。

会议上总队长说的那些话仿佛一把辣椒面撒在了他的心里，火辣辣的痛。这些年，部队训练标准不高，自己有着不可推卸的责任。一味的保安全，却失去了战斗力。

下班回到家，饭还没有做好，纪律强和儿子下了一盘棋。

儿子曲国栋，刚刚警校毕业，在市公安局刑警队上班。

不到十分钟，纪律强一败涂地，阵地全无。

曲国栋笑着说：“爸，你有心事，而且是官场上的事。”

儿子的自信和一语中的让纪律强有些好奇。

他故意装作不在乎的样子看着儿子说："你怎么知道，说得和真的似的？"

"察言观色啊，现在像我们这样的年轻人要想从政，这是首要条件。书上说，做官的人到了你们这个年龄和位置，除了官场上的事不会为其他的事发愁。"

儿子的这一席话更是激起了纪律强的好奇心。

他又问道："为什么？"

"人一上了年纪，官越当越大，生活条件越来越好，什么也不缺，自然不会为了柴米油盐烦恼。但正是在这种情况下危机感越强，由于优越惯了，就更害怕失去这种优越。"

儿子的理论刺痛了纪律强，可也不得不服。

他只好生气地问："你都看些什么乱七八糟的书？"

"《官场百事通》。"

"以后不准看，净是些不入门的东西。"

看着父子俩摆起了龙门阵，气氛似乎越来不对，纪律强的妻子吴越桦在一旁嚷了起来："吃饭了。"

饭桌上，纪律强断断续续和家人说起了新任总队长的事。

儿子一听，大声叫好："是好事啊！对边疆来说，组建专业反恐突击队可是一件天大的好事。"

纪律强瞪了他一眼。

要在前几年，纪律强一定会举双手赞成，他也希望这片土地上有一把利剑，战无不胜的利剑。可眼下自己面临退休，进——面临风险，退——却又不甘。

躺在床上，纪律强愁眉不展。

吴越桦说："实在不行，你就退吧，照目前情况看，你上去的可能性不大了。退下来过几天安心的日子，别让自己太累。”

纪律强叹了一口气说：“我想过退下来，可不是没到年龄吗，挣扎到今天这一步，就是退也得全身而退，其实，我是真的想好好拼一把，可是担心这腿一迈出去，就摔一跟头，更或者走到一半，就得原地转身，到那时候会更难过。”

“实在不行就装病，谁也不得罪，而且也不用承担责任。”

妻子的话让纪律强的心里滑过一丝悲凉，一个曾赤诚为国的军人竟会落到装病逃避的地步，是否真如儿子所说，官越大，危机感越强？

晚上，曾仁成来到了常建安的房间。

时针指向了十二点，在内地这算是半夜了。

常建安正趴在桌子上拟制组建突击队的方案，看到曾仁成进来，他连忙起身招呼：“政委，这么晚了，你还没休息？”

“你不也没休息吗？”

扫了一眼桌上的方案，曾仁成心里一热：“建安，别太累了，我们这个年龄可经不起折腾。”

常建安笑着说：“没事，搞了一辈子军事，我这身体结实着呢。再说，不抓紧不行啊，我在会上说的那些是光有想法，如果没有可行性方案，一切都没有意义。其实这次走基层让我感觉最痛心的是部队的训练情况，许多单位管理严格，秩序正规，但却成了绣花枕头，训练走走形式，怕磕着，怕碰着。这样无疑是抓了芝麻，丢了西瓜。”

常建安语气真诚，也很中肯。

曾仁成静静地听着，没有说话，准确的说是不知该说什么。

常建安接着说：“政委，我这次是带着任务来的，临行前向总部首长立下过军令状，因此压力很大，做事难免有些急，不妥的地方你多担待些。”

一听这话，曾仁成显得有些不好意思。

“建安，你不说我也知道，这次爆炸事件充分说明了恐怖势力在边疆地区的发展和经营已极具规模，反恐斗争刻不容缓。总部突然派你这个训练专家来一定是有所打算。这些年，总队的路确实走得有些偏，可我在军事方面是外行，有些事情看到了，力却尽不到。现在你来了，对总队来说是个机会，可以推动总队范围内的军事训练变革和信息化建设，我向你保证一点，无论你有什么想法，或者干什么，我都尽全力配合。”

常建安感激地望着曾仁成，曾仁成的话无疑给了自己很大的信心和力量。

曾仁成走后，常建安再次回到文字里。

半夜一点钟，手机突然响了。

常建安一看，是妻子的电话，连忙接了起来。

“这么晚了，还打电话，是不是家里有什么事？”常建安不安地问道。

“没事就不能打电话了，我本来是打着试试，没想到你的手机还真开着，这么晚了你还没睡吗？”梁静茹在电话那端温柔地问着。

常建安连忙打了一个哈欠，装作很困的样子说：“我睡了，只是忘了关手机。”

“你别骗我了，你睡觉前关手机的习惯从没有变过，是不是有啥不顺心的事？不管什么事自己都要想开些，别和自己过不去。”

“我知道了，你怎么也这么晚没睡？爸妈和孩子都还好吧？”

“你就知道他们，咋不问问我好不好？”

常建安没有说话。

梁静茹连忙解释说：“和你开玩笑的，生气了？我就是有些想你，一个人睡不着。”

常建安笑着说：“老夫老妻，还这么肉麻？好了，不和你说了，挂了吧。”

电话挂了，常建安推开窗户，黑暗中一股凉风扑面而来。常建安顿时清醒了许多，紧接着又开始琢磨他的方案。

第二天，纪律强找到了常建安的办公室。

对于纪律强的到来，常建安并不意外，他早已经习惯了在接触一个人之前先细心观察并了解对方。

纪律强到门口喊了一声“报告”，声音很大，整个楼道都能听得见。

“进来。”常建安听出了纪律强的声音，从椅子上站了起来。

见到纪律强，常建安笑着说：“参谋长，你来得正是时候，我正想找你。”

常建安的先声夺人让纪律强想要说的话一下子咽了下去。

“各支队组建反恐分队的装备我会尽快要下来，具体的事交给你负责。你不仅要将装备配发到位，更要保证人员、编制以及训练机制的合理配套，要在最短的时间里实现人装的有效结合。”

纪律强木然地点点头，紧接着又红着脸吞吞吐吐地说：“首长，我想，我想休一段时间假，最近身体不太舒服，总感觉头晕，可能是血压有些高。”

犹豫了半天，纪律强还是张了口。

听了纪律强的话，常建安没有说话。只是伸手从桌上将一盒刚打开的烟取了过来，弹出一支扔给纪律强，由于距离较远，烟在空中划了一条长长的抛物线，精确地落到了纪律强的身前，纪律强连忙伸手接住。常建安自己将烟点着，然后又将打火机扔给纪律强。

整个递烟扔烟到点烟的过程都在沉默中进行，纪律强心里摸不准常建安的想法，只好低着头不吭气，拿在手里的烟也没有点，打火机就在手里捏着。

两分钟过后，常建安开口了，而且一口气说了很多。

“纪律强，一九六二年出生，八零年入伍，身高一米七五，体重七十四公斤，血型B型。毕业于石家庄陆军学院侦察专业，先后任侦察排排长、侦察连连长，武警大队大队长，武警支队支队长，武警总队副参谋长、参谋长。

参与大小反恐战斗、处置突发事件二十余次，荣立一等功一次、二等功两次、三等功五次。”

“我说得对吗，曲参谋长？”常建安将剩下的半截烟使劲摁进烟灰缸里，然后笑着看着纪律强。

纪律强惊讶地点点头。

“一个有理想，有远见，有抱负的军人为什么在关键的时候选择逃避？因为看不到希望还是因为从来就没有过希望？”

纪律强低着头没有说话。

常建安说：“我这个人从来都不服输，不达目的不罢休，你不用害怕承担责任，真要有事我一个人担着。因为我了解你，也知道你的能力，你熟悉这里的部队，完成眼前这些任务必须有你参与，为此我希望你能抛开顾虑，在关键时刻帮我一把。”

纪律强低着头，还是没有说话。常建安从桌上拿起一沓文件塞到纪律强手里说：“这是我这些日子草拟的一份方案，你看看，看完后再决定请不请假，到时候无论你的决定是什么我一定批准。”

纪律强张了张口刚准备解释些什么，但瞬间又合上了嘴，只是无声地敬了个礼，立即转过身走出了办公室。

临走前纪律强还没有忘记将打火机放到常建安的办公桌上。

回到家，纪律强没有来由地向妻子发了一通火。

纪律强将军帽用力掼在了沙发上，军帽从沙发上弹了起来，然后骨碌碌滚到了地上。

纪律强冲着吴越桦吼道：“出的什么鬼主意，让我把人丢到家了。”

吴越桦似乎还没有意识到自己主意的不对，不解地问道：“怎么了，装病行不通？”

“什么叫行不通，人家早就知道我会来这一手，原本就不该征求你们女人的意见。”

吴越桦也不甘示弱：“你受了气和我们女人有什么关系，还把气撒到我头上。”

妻子的反击让纪律强冷静了下来，如果不是自己立场不定，怎会听从别人意见，这事谁也怪不了，就怪自己顾虑太多。

纪律强沉下语气对吴越桦说：“快去，把我的作战训练服找出来，看来，不干出点样子，这脸面是找不回来了。”

几天后，总队又一次召开常委会，通过了常建安拟制的方案。

走出会场，常建安看了一眼纪律强，纪律强脸红了一下，避开了常建安的目光。

纪律强跟在常建安身后，来到了常建安的办公室。

进门后，纪律强轻轻将门关上，然后将前几天常建安给他的方案小心地放在了办公桌上。

这份方案纪律强从头至尾看得十分仔细，他由衷地钦佩常建安对于部队训练方面的研究，每一个环节都考虑得十分细致。

“首长，你放心吧，我一定会尽力完成好任务。”

常建安欣慰地笑了，纪律强的敢于担当让自己省了不少心。

转眼间，春节到了，常建安没有回家。利用放假时间给地方政府领导拜年，表面是拜年，实际是要钱。一些领导先是十分不快，但一听常建安的解释，又看到常建安的诚意，都纷纷表示支持。每争取一份支持，常建安的心里就轻松一分，也知道自己离理想更进了一步。

春节后，向总部请示配发的装备很快就批了下来，速度之快和配备数量都超出了所有人的预料。

配发这些装备让司令员魏冉升心疼得嘴唇直哆嗦。

魏冉升打电话对常建安说：“你也真能狮子大开口，这一下子几乎将我的老本折腾光了。”

常建安笑着说：“首长，这点东西对你来说那不是九牛一毛嘛。”

魏冉升也笑了：“你小子，我虽然是有些心疼那些装备，可你要知道我的真正用心，装备我给了你，你可要好好利用，说真的，这次能一次给你们那么多的家伙，我可没少矛盾，可我知道好钢必须用在刀刃上。”

常建安坚定地说：“放心吧，首长，那些装备放在仓库里会生锈，可放在我这里，我就要让它真正发挥作用。”

魏冉升开心地笑着说：“好，我相信你，可你也不要太操之过急，做任何事都有一个过程，别太难为自己。”

纪律强在接收新式装备的时候，不停地用手抚摸着那些富含高新技术、他从没有见过的装备，眼睛都快发直了，仿佛一个穷光蛋一下见到了大堆的金银珠宝。

常建安在一旁笑着说：“纪律强参谋长，别看了，这些都是你的，但是我有个条件，要让这些铜铜铁铁迅速变成战斗力，而且我们没有太多的时间，你有没有信心？”

纪律强真诚地望着常建安说：“常总，相信我，只要还在部队一天，我就站好最后一班岗，尽好最后一份力。”

纪律强的承诺像一个大大的热水袋，稳稳地塞进常建安的心窝里。

常建安欣慰地说：“曲参谋长，这才是我眼中真正的纪律强，一个血性汉子，一个真正的军人，我给你的底线是，不怕出问题，不怕担风险，但是要出战斗力。我这边开始组建‘天鹰’，一段时间后我们实施合演，要让整个武警部队看到我们的反恐水平，要让全国人民看到我们的反恐力量，更要让潜伏在暗处的恐怖势力看到我们的战无不胜。你明白我的意思吗？”

常建安的肯定和信任激发了纪律强一股莫名的豪情壮志，站在常建安面前，他突然觉得自己像是一个等待冲锋的战士，而在发起攻击的那一刻，耳边只能听见冲锋号的声音。

天鹰突击队的编制很快就批了下来，副团编制。

地方政府的资金也陆续到位，一些功能齐全的训练设施和反恐训练场地正在建设当中。

常建安一直在奔跑，以常人无法想象的速度在各种事物之间奔跑，虽然累却很开心，把梦想拆成细节，其实就是一点一点心甘情愿的疲惫。

当从繁杂的事务中抽身的时候，常建安开始面对“天鹰”的实质性问题，网罗人才，挑兵选将，在任何一场战斗中，核心要素还是人。

常建安要求干部部门、警务部门睁大眼睛，挑选人才，同时要将目光放至全国，要将一切有可能的人纳入视线。

常建安明确规定了几个基本条件，至少是高中毕业，身高一米七五以上，思想、身体素质要好，有一定武术特长的可以优先考虑。

一段时间后，各种简历雪片似的飞到常建安的办公桌上，常建安一份一份审核。常建安抱定一个信念，剑不怕钝，再钝的剑都可以磨利，就怕铸剑的不是好钢。为此，常建安决定先成立一个人数较多的预备队，是骡子是马先拉出来遛遛。

看到常建安的样子，曾仁成乐了，笑着对常建安说：“你怎么像是在挑媳妇。”

常建安说：“这比挑媳妇可难多了，媳妇挑不好只会毁一家，突击队员挑不好，可就毁了一支队伍。”

曾仁成在看那些特招队员的简历时有些担心地问：“这些人行吗？什么少林寺的、武术学校的、还有体育学院的，怎么像是在开武林大会。”

对于曾仁成的比喻，常建安也乐了：“管他黑猫白猫，能抓住老鼠就是好猫。”

第八章

雷剑一终于将小船做好，不怎么美观却很精致，雷剑一的手在打磨那些弹壳时留下一些大小不一的伤口，但一想到能给李素妍一份惊喜，雷剑一丝毫没有觉得疼痛。

星期天中午，李素妍打电话让雷剑一出去吃饭。雷剑一请好假，带上小船就去了。

在餐厅，雷剑一见到了李素妍，同时还看到一个男人，坐在李素妍的对面，戴着眼镜，上身穿着一件白色的衬衣，纤尘不染。

见到雷剑一，李素妍显得很开心，连忙向坐在对面的男人介绍："这是我男朋友，雷剑一，当兵的。"同时也向雷剑一介绍："这是我大学同学江浩，刚从美国回来。"

雷剑一很客气的和对方握了握手。

雷剑一将小船交给李素妍，李素妍看了一眼，然后随手放在了桌子的一角。

李素妍的漫不经心让雷剑一的心里顿时涌上一股强烈的失落感，手上的伤口仿佛一下子全部开始痛了起来。

坐定之后，雷剑一才发现这里是这座城市最好的西餐厅，之前听人说起过，却从未来过，甚至从没有想过会到这里吃饭。

席间，江浩送给李素妍一个首饰盒，盒子里装着一串项链，是从美国带回来的，看上去很名贵。

江浩说："李素妍是大学时的班花，也是出了名的冷美人，不少男孩子都对其有意，却无果。"

首饰盒和小船紧紧挨在一起，太阳从窗外挤进来，给了它们一个明亮的舞台。雷剑一的表情一下子僵住了，阳光下，小船看起来暗淡无光，是那样的不起眼，甚至很狼狈，而银色首饰盒却闪耀着高贵的光芒。

由于受西方文化的熏陶，江浩的语言很随意。甚至说道，在李素妍和雷剑一没有结婚之前，他都有可能追李素妍。

李素妍只当是玩笑，一笑而过。而雷剑一却认真地意识到，自己与眼前的环境有些不协调，和小船一样，在高贵和光亮中无所适从。

无意中聊起国内成倍增长的房价以及老百姓越来越疲软的购买力，江浩更有一种指点江山的豪气。

江浩回国是投资房地产的，准备选定在国内二线城市开发商业地产，不难看出他有这个实力，从李素妍的表情中也可以感觉到她为同学的成功感到极端骄傲。

江浩不时聊到国外的种种制度，还有和李素妍当初在一起上学时的趣事，李素妍也很投入。而雷剑一一句话也插不进去。更糟糕的是，他从没有吃过西餐，面对服务员端上来的一大堆刀刀叉叉，无从下手。

李素妍没有注意到雷剑一的不安，依然和江浩在回忆中频频牵手。

作为军人，长久养成的自尊和孤傲使雷剑一突然感到了委屈和失落，但并没有自卑，他在以一种属于自己的方式寻求着平衡、解脱和满足。但对于爱情，雷剑一悲哀地意识到，自己可能又要受伤了，而唯一避免受伤的方式就是离开，故作骄傲地离开。

雷剑一起身借口去卫生间，然后逃离似地离开了餐厅。

周末的大街，人来人往，热闹非凡，雷剑一却感到异常孤独。

天桥下，有一个残疾人在乞讨，雷剑一跑过去，将口袋里的零钱一股脑放在他面前的破碗里，然后蹲在他对面，足足看了五分钟，直到心酸得想流泪。

回到大队，雷剑一给李素妍发了一条短信。

素妍，我先走了，不怕你笑话，我还不会吃西餐，这双手握了十几年的枪，却不会摆弄那些零碎刀叉，因为怕伤了你的自尊，所以没有向你们打招呼，替我向你的同学说声抱歉。

收到雷剑一的短信，李素妍才意识到雷剑一的离开，她抬头看了看窗外，只有一片白花花的阳光和阳光下走来走去的人。

没有看到雷剑一。

江浩的热情还极高，不停地说东说西。毕竟是多年未见的同学，即便极度不安，李素妍还是保持了平静。离开时，江浩要开车送她回去，被李素妍拒绝了。

离开时，江浩摇下车窗，留下了一句话：

“素妍，你是我回国后第一个想到的女孩子，你给我的感觉十分特别，希望你能考虑我的存在。”

奔驰汽车绝尘而去，搅起的风掀起了李素妍的裙角。

李素妍木然地点了点头，她知道江浩的话意味着什么，却不知道雷剑一的突然离去会是一个什么样的答案。

江浩走远后，李素妍连忙拨打雷剑一的手机，但已关机。

雷剑一正坐在宿舍里，抽着烟，听着他喜欢的歌，一直很熟悉的旋律竟然涌出大量的悲伤。

雷剑一不得不承认，在城市里，爱情是一件买不起的奢侈品，尤其对于军人，没有金钱，没有时间，更没有生于此地的优越感。

李素妍将小船捧在手里，仔细端详着。

上百只铜制的子弹壳被打磨得锃亮，又一只一只不同角度地紧紧镶嵌在一起，可以想象其制作之艰难。

当意识到自己的无心给雷剑一的真诚带来的伤害时，一滴眼泪重重落了下来，砸在了小船上。

李素妍找到特战大队，哨兵不让进，李素妍就站在门外不停地打雷剑一的手机。

晚点名时间到了，站在门外，李素妍几乎都可以感受到雷剑一就站在不远处的排列整齐的队伍中，但却无法让对方感受到自己的愧疚和存在。

过了一会儿，远远地传来歌声，是雷剑一曾和自己提起过的《当你的秀发拂过我的钢枪》。浑亮的声音穿过夜幕，一声一声击打着李素妍的心：

当你的秀发拂过我的钢枪
别怪我保持着冷峻的脸庞
其实我有铁骨也有柔肠
只是那青春之火需要暂时冷藏
当兵的日子短暂又漫长
别说我不懂情只重阳刚
这世界虽有战火也有花香
我的明天也会浪漫的和你一样
当你的纤手离开我的肩膀
我不会低下头泪流两行
也许我们走的路不是一个方向
我衷心感谢祝福你啊亲爱的姑娘
如果有一天脱下这身军装
不怨你没多等我些时光
虽然那时你我天各一方
……

李素妍终于理解，军人心理上的敏感和脆弱。也许自己从没有真正了解过军人，这个特殊群体的情感、强烈的自尊以及一眼可以看到底的真诚。

深夜，雷剑一打开手机，再次给李素妍发了一条短信。

素妍，感谢你让我拥有最美的幻想和期待，还有一份真挚的情感，可我知道在这座并不属于我的城市里，幻想永远只能是幻想，祝福你，会有一个幸福的未来。雷剑一。

收到短信，李素妍连忙将电话打过去，电话再次关机，此后，雷剑一的手机再没有打通过，雷剑一将手机号换了。

台灯下，雷剑一将母亲寄来的照片一一摊开，闭上眼睛，随手摸出一张，然后将照片上陌生的笑容装入信封，告诉母亲休假回去就订婚。

第二天一早，李素妍收到江浩送来的一大束红玫瑰，想到雷剑一，李素妍将脸埋到花丛中，苦涩地笑了。

此后，每天都会有花送到，还有一些贵重的礼物：限量版的LV包、真丝的连衣裙……

李素妍从未想过拥有那些东西，但却也不得不承认，那些都是一个女孩子的梦想。

物质上的满足渐渐冲淡了李素研对雷剑一的思念，李素妍相信，时间会愈合一切伤痕。江浩到家里那一天，爸爸喝多了，没有拉着江浩下棋，更没有谈论书法，看得出爸爸是不高兴的。可由于疼爱自己，所以他选择了沉默。爸爸也没有提起过雷剑一，李素妍也知道，爸爸相信自己还爱着雷剑一，却又挣脱不了江浩带来的另一种快乐。

清晨，拉开窗帘，阳光滑到了房间的地上。

李素妍努力回忆昨夜梦里的情节，找到了雷剑一。依稀记得雷剑一站在离自己不远的地方冲自己傻傻地笑，伸出手却怎么也抓不着。

吃过早饭，江浩打电话邀请她出去玩，李素妍化了点淡妆，提上包，跑下了楼。

江浩的车就停在家门口。

上了车，李素妍才知道自己并不是主角，车里还有另一个男人和两个女孩子。

两个女孩子都很漂亮，是国际关系学院的学生，也很会交际，言辞之间让两个男人乐不自禁。

他们言语间的暧昧和粗俗让李素妍觉得自己像是一只生了锈的古色的花瓶。

夜晚，在KTV暖暖的声色中，李素妍缩在一角。

江浩喝得有些醉了，抱起其中一个女孩就亲，半推半就之间两人乱作一团，李素妍突然觉得有些恶心，起身想要离开。

发现李素妍要走，江浩起身抱住了她，并将头往李素妍身上蹭。

一股酒气迎面窜了过来，李素妍用力推开了江浩。

李素妍逃也似的离开了夜总会，走出门外，一股清新的空气冲入口鼻，李素妍深吸了一口。

李素妍没有坐车，徒步往回走。

城市的夜晚喧闹异常，一个中年人抱着一把旧吉他在地下通道高声唱着网络歌曲，声音有些嘶哑，却将李素妍的心再次撕裂。李素妍将江浩送给自己的那串项链解了下来，放到了歌手面前的那个纸盒里。

走了一个多小时，李素妍才到家。腿有些肿了，蹲在家门口，李素妍拼命地想雷剑一，比任何时候都想，她想起雷剑一背着她在雪地里跑的情景。

新兵连的生活即将结束，新兵开始考核。

赵小波的射击成绩在新兵中排名第一，“八一”式半自动步枪，一百米射击一练习，五发子弹五十环，满分。沈思远的军事综合成绩排名第一，两个人都获得了中队嘉奖。

正在这时，总队特战大队到各部队挑选新兵，这是特战大队的特权，每年都会从新兵当中挑选军事素质过硬的战士补充到特战大队。沈思远和赵小波都被选中了。第一眼看到赵小波，季强没什么好感，总觉得对方身上自由散漫的习气太重，然而，赵小波的射击水平让他不得不考虑，特战大队需要这样的射击人才。

到特战大队第一天，赵小波就给苏彤写信，告诉她自己成了一名特战队员，一名能够与罪犯面对面搏杀的特战队员。

然而，苏彤的回信遥遥无期，赵小波等待无果后只能想象，是苏彤太忙了，一个女孩子在那个陌生的大都市打拼必然有太多的不容易。

而另一件事却让赵小波欣喜若狂，他如愿以偿地摸到了梦想中的狙击步枪，以前只在网上看过，是性能极优的88式5.8mm狙击步枪。

赵小波恨不得将枪整天抱在怀里，没有苏彤的日子里，枪成了他最大的精神支柱。然而，接触狙击步枪的时间却很短，这种枪目前还没有普配，新特战队员必须从基础练起，从自动步枪射击低练习打起，最后确定为专业狙击手才配发专用枪。

在低练习的自动步枪射击训练中，赵小波据着枪，却将头靠在枪面上睡着了。

赵小波相信，这种低层次的射击，不用训练，他也能在考核中稳拿第一。

虽然伪装得很巧妙，拉低帽檐，侧着脑袋，但还是让季强给看了出来。

“全体起立。”季强下达口令。

队员们迅速起身，只有赵小波还趴在地上，队员们都哄笑起来。

沈思远脚尖一挑，将一块小石子向赵小波踢了过去。

石子正好击中赵小波的大腿，赵小波一下子被惊醒，一看四周的情况，立即像电打了一样跳了起来，脸上还挂着一道睡觉留下的痕迹。

“赵小波。”

“到！”

赵小波揉了揉眼睛。

季强黑着脸。

赵小波站得笔直，心里暗想，完了，完了，“魔兽”要开刀了。

“你射击不用训练了，我知道你枪打得好，我也不浪费你的时间。你武装越野成绩不行，这样吧，他们训练射击你训练武装越野，你现在就背上枪绕训练场跑二十圈。”

一圈四百米，二十圈就是八公里。

赵小波苦着脸小声哀求季强：“大队长，按常规五公里才十二圈半，二十圈是不是……”

赵小波的话还未说完，就被季强打断：“我说的是五公里吗？快跑！”

“是！”赵小波背上枪跑上了跑道。

快速跑了一百米后，赵小波放慢了步子。

一圈过后，他在起点处，碰到了季强。

季强手里握着一只秒表，笑着说：“赵小波，二十圈，三十分钟，如果跑不回来就重跑，现在已经过了两分钟了，你自己看着办吧。”

赵小波一听连忙像兔子般窜了出去，心里暗暗骂着：“该死的魔兽，我要是大队长，我罚你跑一百圈。”

可骂归骂，脚底下的活可不敢耽误，他知道“魔兽”是一个说到做到的人。

十圈过后，赵小波的腿已经开始发软，武装越野一直是他的弱项，他最怕的就是跑步，其他队员的射击训练都已经停止，站在训练场边上看着赵小波跑。

沈思远大声喊着：“小波，加油。”

赵小波冲他摇了摇头，沈思远知道赵小波的跑步水平，现在正是他的极限，只要突破极限接下来就轻松多了。

沈思远禁不住冲上跑道，拉起赵小波的手，飞快地跑了起来，跑步是沈思远的特长，有名的飞毛腿，赵小波一下子感到轻松了许多。

季强一看就火了，大声吼了起来：“沈思远，你他妈的给我回来！”

沈思远无奈地放开了赵小波的手。

十七圈时，赵小波的步子明显感觉迈不开了，沈思远一着急连忙喊了句：“赵小波，想想苏彤。”

这莫名其妙的一句话竟然像一支兴奋剂一样注入了赵小波的体内。

苏彤，苏彤。

赵小波脑海里顿时浮现出苏彤的影子，立即觉得劲力大增。

二十圈，赵小波终于跑到了终点，二十九分十五秒。在终点处，季强问道：“赵小波，苏彤是谁？”

赵小波红着脸说：“我同学。”

“是吗？我可告诉你，战士不准谈恋爱。”季强黑着脸说。

沈思远接过赵小波的枪，庆幸地说：“小波，你还好在三十分钟内到了，要不你可真得再跑一趟，大队长可是那种说到做到的人。”

赵小波一脸不在乎地说：“再跑一趟也没啥，我赵小波什么时候胆怯过。”

沈思远一瞧见他那副天不怕地怕的德性就想笑，递过一张纸巾说：“先擦擦汗吧，你就是嘴硬。”

赵小波笑着说：“说真的，要不是你今天提到苏彤，我还真不一定能在三十分钟内跑到。对了，你是怎么想到这个主意的，蛮管用，当时一想到苏彤我就感觉浑身有使不完的劲。”

“我也是无意中才发现的，每次跑步到了极限时我都会想到我妈，我妈对我期望很高，所以我不想让她失望。我知道你也不想让苏彤失望，所以我就让你试着想想苏彤，没想到还真行。看来我们每个人都有着自己想象不到的潜能，只不过没有发现罢了。”

“最近苏彤给你写信了吗？”沈思远问。

赵小波的神情暗淡下来，摇摇头说：“没有，也许她很忙吧，不过我今天梦见她了，就在刚才。”

沈思远笑着说：“原来梦见苏彤了？看来这顿罚值。”

常建安静静地坐在椅子上，面前的办公桌上放着总队特战队人员花名册和所有特战队员的档案，常建安用了两天时间将所有人员都过了一遍。

要组建突击队，不能不考虑原来的特战大队，毕竟他们有着一定的反恐作战经验。

看得累了，常建安站起身，揉了揉眼睛，走到窗前，八楼的高度让他的眼界一下子开阔了起来。远处有几幢高楼正在修建，这个城市的面貌和国家的面貌一样日新月异，可是常建安却又感慨，这片土地上到底埋藏着多少凶险？已知的，未知的，还有正在蔓延和发展的，在这些凶险面前该如何充分发挥武警部队的职能作用，保障社会稳定发展，保证百姓安居乐业？常建安的心又开始揪成一团。

特战队大队长季强，身高一米七六，体重74公斤，自幼习武，高中毕业后特招入伍，后保送至武警特警学院，连续三年被评为优秀学员，本科学历，擅长射击、攀登、搏击。执行处突任务27次、解救人质5人、抓捕逃犯13人，击毙凶犯7人，荣立三等功三次、二等功两次。

常建安的脑子里一直盘旋着这些数据，那些骄人的成绩集中放到一个人身上不能不说其优秀。可直觉却告诉常建安，季强似乎不是他想要的那个人。

常建安需要的是一个精英部队的核心，是一个在未来反恐作战领域愿意牺牲一切的人，这个人还必须具备凝聚一个精锐团队的品质和能力。

季强行吗？常建安心里没底，多年的作战研究使他养成一个习惯，任何关键的环节只相信自己。

回到办公桌前，常建安点燃一根烟，他明显感到最近烟瘾大了很多，临行前向妻子承诺的话很多都没有做到，可眼下已经无法控制了。

腾起的烟雾让常建安的思维异常清晰活跃，他用力将抽了半根的烟摁在了烟灰缸里，然后拿起桌上的电话。

“给我接特战大队大队长。”

“电话接通了。”

“喂，你好，我是季强。”

“我是常建安。”

“电话那边沉默了几秒，紧接着语气紧张起来。”

“首长，请问有什么指示？”

“半小时后我到你们特战大队。”

不等对方答话常建安就将电话撂下了。

坐在车上，常建安开始计算时间。

他告诉季强半小时后到，其实只需二十分钟，常建安想知道季强在二十分钟里能将部队捣腾成什么样子给自己看。

十九分钟，常建安的车就到了特战大队的门口，远远就发现季强和大队党委一班人已经列队站在了门口。

反应还算快，有超前意识，能在预定时间之前做好准备工作。

第一关算是通过。

在特战大队会议室，季强准备汇报当前工作。

常建安摆了摆手说：“我们还是到处转一转吧。”

特战队员都在训练场上训练，从训练课目和场地安排看，是有所准备的，就等着演示给常建安看。

走到训练场边缘，常建安对季强说：“将部队集合起来。”

季强快步跑到训练场中央下达了集合的口令。

特战队员整齐的列队，站在太阳下面，纹丝不动。特战队员的素质果然不一样，常建安再次感到很欣慰。

季强站在队伍面前，不知所措，微微偏过头看了看常建安，等待下一步指令。

“季强。”

“到。”

“转过身。”

边答“是”，季强边向后转体，和部队同一个方向站立，动作很标准，也很利索。

“你将三班的人员由前至后点个名，顺序不能错。”

季强心里一激灵，加上紧张，在说出班长名字之后便沉默了，特战队有一些新补充进来的队员，季强还来不及完全熟悉他们。

秦啸涵在一旁急得直冒汗，可总队长就在面前站着，他根本不敢提示。

沉默了一会儿，常建安说：“要不这样吧，你自己挑一个你认为熟悉的班。”

还是沉默。

一丝不满从常建安心里滑过，但他没有表露出来。

常建安笑着说：“季大队长，我们换个方法，让教导员随便点个战士的名字，你说说他的简历。教导员，开始点吧。”

秦啸涵看了看季强然后喊了声——张义。站在队伍最左列的一个高高的战士连忙高声答了声“到”。

季强这下心里有底了，因为教导员点的这个人是大队的训练尖子，对他的基本情况自己还是了解的。他知道秦啸涵这是在暗地里帮自己。

季强调整了一下呼吸赶紧答道：“张义，山西大同入伍，1985年出生，团员……”

一口气说到这，季强停住了，他不知道接下来该说什么，确切的说他对张义的了解也就这些。

常建安走到张义面前说：“我来补充一下——张义还有一个哥哥，一个妹妹……我说得对不对，张义？"

"是的，首长。"张义高声回答。

季强心里一阵沮丧，觉得十分委屈，这些都是教导员做思想工作时该了解的东西，自己是军事干部，平时只管训练和管理，没必要关注战士们的这些细节。

季强心里在想，脸上还不能表露出来。他跑到常建安面前报告说："首长，是不是要看一下部队训练情况？"

常建安看了一眼季强，摆了摆手说："算了，改天吧。"

常建安径直坐上车回去了。

车子走远后，季强问秦啸涵说："总队长是什么意思？我怎么没弄明白？"

秦啸涵摇了摇头不安的说："我也不知道首长这是唱得哪出。"

季强又跑过去问张义："你和总队长认识吗？"

张义摇了摇说："我不认识总队长，今天是第一次见到。"

季强冲部队一挥手大声吼道："部队带开，继续训练。"

部队带开后，季强一屁股坐到了地上。

前些日子听人说特战大队有所变化，变为副团编制，自己正营干了三年，正好赶上。这些日子带着部队拼命搞训练，就等着给首长汇报。没想到总队长来了个声东击西，现在看来，一切都可能成了泡影。

季强抬头看了看头顶的天空，朵朵白云镶嵌在蓝蓝的天上，干净、透明。

季强还是第一次这样认真的打量着自己头顶上的这片天，也是第一次发现它是那样的美。一切顺其自然吧，季强突然觉得心里豁然开朗，有些东西一旦放下就会发现自己顿时轻松百倍。

整整三十天，雷剑一仿佛过了三十个世纪。他将李素妍送给自己的围巾放在箱子的一角，可其散发出来的味道却仿佛渗透到了空气里，无处不在。

雷剑一拼命的透支自己的体力，把自己一次次累倒在训练场、搏击场上，每一次精疲力尽过后，心里会舒服好多。

秦啸涵发现了雷剑一的反常，替他难过却又无可奈何。雷剑一是他见过的最优秀的年轻干部，可是感情上的挫折谁也帮不了。

吃过早饭，季强找到雷剑一。

昨天，新来的特战队员赵小波半夜躲在被窝里用手机，被查铺的季强发现，手机被没收，季强要雷剑一给出处分意见。

在雷剑一的办公室，赵小波很坦白地说：

指导员，手机是家里偷偷寄过来的。“昨晚为了给女朋友打电话，被大队长抓住了。”

看到赵小波委屈的样子，雷剑一哭笑不得。

“你知不知道战士不准用手机，也不准谈恋爱。”

赵小波回答得很快：“我知道，可我是为了她才当的兵，我写信她也不回，都好长时间了，实在没办法。”

雷剑一停了好长时间后笑着问：“打通了吗？”

没有，她的电话换了。

赵小波的绝望和率真让雷剑一的心里仿佛有什么东西被触动了。

曾几何时，自己不也是这样吗？单纯、执著甚至有些倔。因为找到了自己的影子，所以雷剑一并没有责骂赵小波的意思。

“别再让大队长逮住了，以后有什么困难就找我。”

赵小波难以置信的望着雷剑一，即使是很感激很庆幸，他还是交出了手中捏着的那份检查。

就一张纸，字写得很大。一系列的排比句：

我再也不训练时睡觉了，再也不躲在被窝里打手机，再也不谈恋爱。

“你的错误还不少啊，不过不是再也不恋爱了，而是暂时不要恋爱。”然而正是赵小波的身份检查提醒了雷剑一，大队长那里也是要有所交待的。

“这份检查不行，你重写一份，要深刻认识到自己的错误，全面一些，诚恳一些，至少要让大队长满意。”

赵小波连忙点头。心想又要找沈思远了，从新兵连到现在，每次检查过不了关，最后都是沈思远帮他。

雷剑一找到秦啸涵，说了赵小波的事，希望他能和大队长沟通一下，处分就算了。

秦啸涵答应了，却也有些不解的说：“季强好像对这个赵小波极为不满。”

雷剑一说：“可能是赵小波的性格不太对大队长的胃口吧，大队长是一个眼睛里揉不进沙子的人。不过我觉得赵小波不是一个难带的兵，只要性子撸顺了，会是个好兵。”

秦啸涵拍了拍雷剑一的肩膀，语重心长的说：“剑一，工作上的事我知道你没问题，我是有些担心你自己的事，别太难为自己，学会释放。”

雷剑一笑着说：“教导员，你放心吧，我会的。”

“你们之间真的没有希望了吗？”

“谁呀？”雷剑一装出一脸茫然。

“别跟我装迷糊，你知道我说的是谁。”

“雷剑一的脸一红，抬起头看看天。他是害怕秦啸涵看出他的失落和难过。”

第九章

边疆南部，三月的世界尘土飞扬，黄沙蔽日。空气仿佛被凝固了，整个天空变成了黄色、深黄，甚至是暗红，没有阳光，路上几乎没有行人。

烈士陵园坐落在城郊向北三十公里处，从市中心出发，途中经过二十公里的白杨林带，然后是一段颠簸的土路。陵园不是很大，十几亩地的面积，规则整齐地分布着一百多个陵墓，其中有几个是在历年反恐战斗中牺牲的武警官兵。陵园四周本来种了些树木和花草，如今都变成了高高低低的野草。

蔽天的飞沙里陵园如同一个孤独的老人，静静卧在无边的昏黄里，袒露出一副憔悴蜡黄的脸。高高的人民英雄纪念碑寂寞地矗立在陵园中间，像一个大大的惊叹号，碑上用飞舞的行草刻着“人民英雄永垂不朽”八个字。因为是清明节，纪念碑前摆着许多花圈，有大的，有小的，有红的，有绿的，那些花圈都被风吹得东倒西歪，形成了一长串省略号，像是英雄们壮烈但未了的人生。

田长风静静地坐在陵园里两个并列的墓碑前，一脸的悲戚。魁梧的身躯，浓黑的眉毛，大大的眼睛，高高的鼻子，皮肤白皙，兼有着南方人和北方人共有的相貌优势。

江上之歌，怜以同病，秋风鸣鸟，闻者生哀……

城郊开阔之地偶尔吹来的缕缕春风没有丝毫柔情，挟土而来，卷尘而去，仿佛要把满世界的悲伤撕碎再扬起，而就是不让它落定尘埃。

田长风已经整整坐了一天，一动不动，脸上落满了灰黄色的尘土，眉毛也变成了两条黄线。

黄昏之际，一缕弱弱的斜阳穿透层层尘土落在了墓碑旁。田长风终于站起了身，用手将墓碑上的尘土轻轻拂去。

一行清晰的字出现在眼前：

烈士田勇之墓。

田长风的眼睛瞬间模糊，一丝骨子里透出的伤感从记忆里复活，并迅速侵占全身。

田勇是田长风的堂弟，二十岁那年，田长风和弟弟带着同一种理想，穿越南北之间的距离，来到关外的军营。新兵下连后他们又分到了同一个中队。可后来，在一场反恐战斗中，弟弟悲惨地死在了暴徒的棍棒之下。

弟弟喜欢写诗，对未来充满幻想，田长风记得弟弟刚参军时写了一首诗，表达了对西部的热爱，没有题目，像一缕独立行走的灵魂。

我一头撞开你的胸膛
跌倒在你脚下
我满含热泪贪婪地注视你
苍凉的西部
我为你迷茫了千年
痛苦了千年
只为你的远古和传奇
我满身疲惫
满眼渴望
请容纳理解我
以你万年的孤独接受我的热烈
你就是我生命的终点
灵魂的神祇
……

田长风不理解弟弟为什么会对西部会有那么强烈的渴望和期盼，可结局也正如弟弟所说，将生命留在了这里，承受了戈壁滩上一年一度黄土的覆盖。是宿命还是偶然？都已不再重要，重要的是弟弟的一切都已终结，人的一生所有的想法和行为与生命的离去相比太过轻飘，在这离故乡有万里之遥的边关，弟弟为了自己的想法献出了最珍贵的东西，遗憾的是这种失去永远无法弥补。

十几年来，田长风没敢回老家，害怕面对失去了儿子的叔叔婶婶。弟弟是他们家中的独子，如果看到自己他们会更伤心。而对于质朴单一的农村人来说，那种伤心甚至是一种毁灭，会尘封了他们对于生活的所有情感，包括快乐。

田长风选择了毁灭自己，毁灭了对家乡的渴望，以一种残忍的隔绝，祭奠着弟弟的英魂和亲人那丝虚幻的平静。

过了很久，田长风又伸手轻轻地将旁边一块墓碑扫干净了，那里长眠的是他的班长。

班长也是牺牲在那次战斗中。

所有的往事清晰地印在脑海里，像烙铁一样烙在了心灵深处，反复结疤，又反复脱落。那些结疤和脱落的过程让田长风欲哭无泪，可田长风知道无论记忆多么深刻，多么悲惨，发生在这片土地上的一切辛苦和悲壮到最后只剩下两个词语：军人，使命。

田长风低下头，就着墓碑挡着风，点燃了一根烟，倒插在班长的墓碑前。班长生前是一个地道的烟鬼，他的口头禅是：饭后一根烟，赛过活神仙。班长说那话用的是地道的四川方言，配上他那独特的抽烟动作倒真让人感觉像神仙一样快活，没想到最后神仙没做成，倒成了流浪于异乡的一缕孤魂。

两个墓碑中间一字排开三只酒杯，杯子里盛满了酒，田长风端起其中的一只酒杯，又在重复着那句说了十几年的话： 班长，弟弟，安息吧，相信我会以忠诚和热血继续捍卫这片热土，我会一直在这里陪着你们……

田长风实在不知道能够说些什么，从一名战士到一名正营职大队长，十几年的光阴让他的心变得茫然而又麻木。那些承诺性的话语远远不能表达自己对于弟弟和班长的怀念之情，犹如生命之重和其他事物之轻一样，对等不了也承载不了。可田长风知道，自己无论如何也不会轻易离开这片土地，因为他的事业担负着三个人的梦想和生命的重量。

一滴眼泪落到了酒杯里，田长风猛地仰起头，突然看到一只鹰在空中缓缓盘旋，舒展着双翅，姿态优美。但在暮色中却透着一股莫名的苍凉，仿佛在昭示着什么、守候着什么，又在叹息着什么。田长风突然想，这只鹰在黑暗中将以怎样的心情收起自己的翅膀，栖于何处？是否也和自己一样孤独？

田长风将杯中的酒一滴不剩地洒在墓碑前，烟卷早已被风吹灭，剩下半截斜斜地插在土中，如同一个没有说完的故事。离开时，田长风回头看了一眼，墓碑又是灰黄一片，仿佛从没有人来过。

刚回到大队，田长风就接到了妻子从老家打来的电话，妻子在电话里说要来边疆看望自己，语气很生硬，没有从前渴望相见的那种急切和柔情。

妻子说：“长风，我去看看你吧？”

田长风握着电话的手在微微发抖，嘴里不清不楚的说着：“你要来，就来吧。准备什么时候动身？”

“就这两天，你有什么需要我带的吗？”妻子在电话那端很小心地说着，仿佛害怕碰碎了什么，又仿佛在暗示着一些事情。

“不用了，那么远，你平安过来就好，到时我让人去接你。”

“长风……”

妻子欲言又止，沉默了半天，剩下的话终究还是没有说出来。

放下电话，田长风伤感的意识到，自己和妻子的缘分已经到头了，剩下的只是那些世俗的约定。她此次前来必是寻求一个双方都能接受的结果。

大队通讯员敲门进来，田长风交待道：“通知各中队，大队点名。”

通讯员吴涛大声的答了句“是”后，便像兔子一样窜了出去。

吴涛深知田长风的性格，雷厉风行，所以他学会了如何适应田长风的节奏。

不到一分钟，急促的哨声在每个中队的楼道里响了起来，三个中队迅速集合，然后不约而同的一路歌声带到了大队部门口。

田长风早就扎好了腰带，戴好了帽子站在那里。

田长风习惯了在这样一种黄昏中检阅自己的部队，他不是将点名当成了一种制度，而是一种与战士们亲近的时机，他一遍一遍喊着战士们的名字，听到他们的回应，他才能找到一种真实感。这种真实感能够让他找到自己存在的实际意义，和平时期的武警军人、边疆军人的存在意义。在无数次的品读过这种意义后，他真实地理解眼前的这些战士，甚至能捕捉到他们内心的一些想法，包括个人想法，所以他尊重战士，也尊重他们的理想。

无论如何，他们在奉献着自己的青春和热情，在一个远离繁华和故土的戈壁深处。

点完名，田长风感觉到了一种前所未有的疲惫，是对弟弟的怀念？是因为妻子带给自己的惆怅，还是因为这没完没了的沙尘？这种不多见的疲惫几乎让他陷入痛苦，他知道自己骨子里那种温柔的天性十分活泛，那是父母给予自己最不幸的特点。

此时，天边的太阳只剩下淡淡的一丝光亮，黑夜即将来临。田长风缓缓地踱着步子走到院子里的林荫道上，初春的杨柳冒出了新绿，长长的枝条在暮风中温柔地摆动。

田长风忽然想起下午在陵园上空见的那只鹰，喜欢写诗的他立即随口吟道：

戈壁苍茫月如钩
风裹忧伤缕缕游

鹰击长空意何往

可知红尘点点愁

……

转眼间，离开故乡已经十几年了，这些年月在他乡，在边关收获了太多的离愁和别恨。其实真的是有些想念和牵挂家中的亲人了，不知他们如今可好？

不知何时，一阵悠长的军号声响起，牵扯着田长风的思绪百转千回。

回到宿舍，坐在办公桌前，拧亮台灯，在熟悉的微弱的灯光下，田长风开始写日记，多年以来，他习惯了在文字中和自己对话。

又是一年清明，还是漫天黄沙。妻子说要来看我，我知道，其实是为我们的情感和婚姻找一个归宿，是聚也好，散也罢，对我来说都是一种解脱，与我结合是她的不幸，虽然我一直在尽力消弭这种不幸，但心有余，力不足。这么多年的精神折磨让彼此都失去了信心，但我知道，终归是我在亏欠，无论她提什么条件，我都答应。上天给了我一种流离失所的命运，又让我选择了一种进退两难的职业。何为军人？何为边疆的军人？只有在慢慢咀嚼和承受中才能悟透，才能读懂。而我为此经历了十几年的时间。我清醒地知道，一个时代如何沦落并不可怕，那是事物前进和发展的必然，可是一个时代的军人要是没了信念和强大的精神存在，那么这个时代将彻底失去自由和空间……

日记最后，田长风信手写了一首苏轼的《明日黄花》。

佳节若为酬，但把清樽断送秋。万事到头都是梦，休休，明日黄花蝶也愁……

两天后，妻子李思婷来了，不出田长风所料，一见面妻子就说：“长风，我来是想和你商量件事……”

田长风说：“我知道了，无论你说什么我都同意。”

以前李思婷过来都会住在田长风的宿舍，这次田长风将她安排在了附近的招待所，每天让大队通讯员吴涛给她送饭。不到两天，离婚手续全都办完了，田长风默默地做着一切，麻木的心偶尔会感觉到疼痛，但更多的是理解。结婚六年来，田长风和妻子一直两地分居。两人相隔万里，在妻子一再请求下，田长风曾多次答应妻子转业回老家，可总是下不了决心，他知道自己再也不能耽误妻子的将来以及她本不该和自己一样凄凉的人生了。

星期六中午,一吃过饭，田长风便叫来通讯员吴涛说：“我现在要去车站送你嫂子，我手机随时开着，有事就赶快给我打电话。”

吴涛点了点头，看到田长风匆忙离开的身影突然觉得心里有些发酸。一直跟在大队长身边，吴涛十分理解大队长的苦和不幸。

吴涛刚准备转身往回走，突然一拍脑袋。嘴里嘟囔着：“咳，差点忘了。”

吴涛连忙跑过去追上了田长风。嘴里喊着：“大队长，大队长。”

田长风扭过头问道：“怎么了？慌慌张张的？”

吴涛从口袋里掏出一个红色的小木盒递给田长风说：“这是我专门请假外出买的，送给嫂子的礼物，可不能让嫂子白来一趟，玉是这里的特产。”

田长风笑着打开盒子，看到一块雕成佛状的红玉躺在里面。

男戴观音女戴佛。

田长风的眉头一皱。大声问：“多少钱？”

吴涛十分了解田长风的脾气，笑着说：“不值钱，老板说只要是军人去买，都只收成本价。”

田长风抬起手腕看了一下表，发现时间差不多了。

他瞪了吴涛一眼说：“先放过你，回来再和你算账。”

吴涛吐了吐舌头，一扭身赶紧跑开了。

田长风拦了一辆出租车向火车站赶去，他和妻子约好了，在火车站见面。

不知为什么，他此时特别害怕见妻子。

昨晚在招待所和妻子告别时，妻子再一次求他，希望他可以考虑转业。田长风只是沉默，离开时他悄悄将存折放在了妻子的行李箱里，那里面有自己这些年的积蓄，算是对妻子的一种补偿。

远远的田长风便看见妻子在火车站旁的路边站着，还不时向路的这头张望，她长长的头发上别着一支红红的发卡。

田长风的心里一热，那支红发卡是当年妻子到边疆来看望自己时给她买的，许多年了，妻子现在将它戴上，说明妻子还深爱着自己。

难过中田长风揪了一把自己的头发，用力，再用力，竟然没有一丝疼痛的感觉。

离妻子越来越近，快靠近跟前时，突然，手机响了起来，田长风连忙从凌乱的思绪中跑了出来，电话接通了，是吴涛的声音："大，大队长，有紧急任务，作战值班室通知马上开会。"

田长风没有犹豫，连忙冲司机说："师傅，快调头。"

司机疑惑地看了看田长风，但还是连忙将车头调了过来。

"快，快，越快越好，送我回武警支队。"

田长风忍不住催促着司机。

司机一踩油门，出租车"嗖"地窜了出去。

在观后镜中田长风看到妻子的身影越来越小，越来越淡，到最后什么也看不见。

思婷，一路顺风，田长风心痛地祝福着。

田长风满头大汗的赶到支队作战会议室，发现里面坐满了人。

支队长李忠黑着脸瞪了他一眼，然后骂道："田长风，你干什么去了，你看你还像个军人吗？"

田长风没有说话，赶紧找个位置坐了下来。

参谋长张志刚在介绍作战任务：沙依县巴布乡一伙暴徒在今日凌晨六点钟杀害了乡政府四名人员，抢走了派出所两支“五四式”手枪，二十发子弹。

根群众反映，这伙暴徒大约有十余人左右，手中可能还有自制的武器，现正向边境线逃窜，准备出境，公安部门要求我部协助公安部门迅速实施抓捕，绝对不能让这伙暴徒逃出境外。

受领任务后，田长风赶紧集合大队的快反分队，三十名战士，在三分钟内已全部集合登车完毕，向预定地点进发。

在车上，田长风作了简单动员，他是真有些担心这些战士们。

这次任务十分突然，而且对手又是穷凶极恶的暴恐分子。

从事情的发展不难看出，这伙人蓄谋已久，并且有一定的反侦察经验，好像经过专业训练，极不容易对付。

而眼前这些战士都还十分年轻，也没有过多的战斗经验。

田长风不时地看着手表，不停地督促着车上的战士：“你们再检查检查自己的装备，看看防弹衣穿好没有？然后相互检查一遍。”

一车人都在沉默，只听得见很小的各自检查装备的声音。

战士们从大队长脸上凝重的表情都看出了事态的严重性，一丝强烈的恐慌不约而同地掠过每个人的心头。

田长风看出了他们内心的恐惧。

可战斗临近，没有太多的时间做思想工作了。

平时一直强调战斗精神，可真正的战斗精神只有来自于实战，只有在血淋淋的场面中才会产生。

田长风看了一眼坐在自己身侧的特勤中队中队长刘明，他是自己带出来的兵，军事素质十分过硬。

可田长风也明显感觉到刘明的身躯在微微发抖，脸上的表情很苍白。一个有着作战经验的战斗员都如此紧张，看得出大家对这次战斗的准备明显不足。

车停了，田长风第一个跳下了车。

沙依县公安局长迎了上来。

简单交换了意见后，追捕任务便展开了。

田长风将部队分成三组，呈三角队形相互掩护着前行。

部队一进入沙漠，气候便变得恶劣起来。风大，沙也大，大部分的时间里都是风沙迷得人眼睛睁不开，所有人都半眯着眼睛向前奔跑。战士们携带的装备比较重，在太阳底下行进了一段时间后不仅疲惫而且口渴。棘手的问题是部队在出发时没有准备太多的水，到了中午，部分战士出现了体力不支和脱水现象。

刘明有些担心地对田长风说："大队长，如果天黑之前我们再追不上，后果将不堪设想。"

田长风望了望风向和罪犯在沙漠中留下的一些痕迹说："我敢断定他们跑不远，我们的行进速度很快，我相信不出一个小时就可以赶上他们。"

一个多小时后，阳光十分刺眼，周围大大小小的土黄色的山丘像一道道天然屏障。但此时仿佛都张着一副副狰狞的面孔，因为每一个山丘后面都可能藏有暴徒，随时会射出一颗子弹。

突然，刮过一阵狂风，卷起一团铺天盖地的黄沙。

就在所有人都眨眼的那一刻，在一个比较隐蔽的土丘后面探出一颗脑袋。

田长风大喊了一声："准备战斗。"

枪响了，不知是谁先开的枪。

这枪声在渐渐隐去的黄沙过后，激烈地响彻了整个沙漠，空寂沉闷的场面一下子变得沸腾而惨烈。

枪声、喊叫声交织在一起。

子弹击起的尘土飞扬了起来，使视线越来越模糊。

一名战士腿部中弹倒了下去，撕心裂肺的疼痛让他嚎叫不已。

但此时，暴徒差不多死伤殆尽。

田长风指挥部队迅速向土丘靠拢。暴徒十分凶顽，无一人放弃抵抗。枪声停下来时，土丘后横七竖八的躺着七、八具尸体。

当部队正准备向暴徒的尸体靠近时，突然，田长风眼睛的余光感到了一丝光亮，是从侧面反射过来的金属光亮，他心里一惊，凭经验田长风知道旁边还藏有人。

果然，在一旁不远的沙堆后一名暴徒正在向一名战士瞄准。

一中队中队长刘明也发现了，刘明离那名战士比较近，可以将其扑倒。

但刘明不知为何在一瞬间愣住了，没有动。

田长风来不及考虑，侧身扑了过去。

砰，砰，两声枪响，田长风一头栽在了地上。

那名暴徒也中弹向后倒去，是刘明开的枪。

“大队长……”

当大家都明白过来，扑向田长风时，田长风已经晕了过去，疼痛之际他闻到了一股浓浓的硝烟味。

刘明一直站在那里没有动，等他明白发生了什么的时候，一切都已经晚了。

刘明无力地坐到了地上，双手抱住了脑袋，他清醒地知道如果不是自己胆怯，不是自己迟疑，大队长就不会出事。

硝烟渐渐散了，阳光还是一样刺眼，茫茫大漠又陷入死一样的沉寂。

大片的血迹渗进了沙漠的黄沙之中。

一阵风吹来，黄沙掩埋了所有的痕迹，仿佛什么也没有发生过。

除了人的记忆以及心灵上的伤痛。

第十章

田长风仿佛做了一个长长的梦，醒来时他看到了一支红红的发卡。

一滴眼泪从眼角滑落，田长风悲伤地想，自己是不是已经不在尘世了？田长风曾经许愿，如果有来生，他还会娶李思婷为妻，到那时自己一定会好好爱她，好好照顾她。

妻子的脸庞渐渐清晰，田长风咬了一下舌头，有点痛，这不是梦。

妻子不是走了吗？怎么会在这里出现？我这是在哪？田长风嘴巴动了动，却没有出声。

过了很久，田长风才真正清醒过来，自己没有死，田长风在清醒的瞬间看到了四周的洁白以及从窗户外挤进的一缕阳光。

“你醒了。”站在床边的李思婷发现田长风睁开了眼睛，眼里的欣喜一览无遗。

“你知道吗？长风，你已经昏迷了三天了，我真的害怕你再也醒不来了。”李思婷的眼泪不停地流了下来。

田长风微弱地说：“我福大命大，死不了。”紧接着他似乎又想起什么，连忙问道：“思婷，你不是走了吗？为什么会在这里？”

一听这话，李思婷的泪水更是像断了线的珠子一样滚落下来。她哀怨地说：“我在包里看到了你留下的存折，那可是你这么多年的积蓄，我怎么能要呢？我将车票退了，回来还你的钱，没想到却碰到你出了事，你说我能走吗？”

“那不是耽误了你的工作吗？你只有那么短的假期。”田长风担心的说道。

“没事，我已经向单位领导解释过了，他们都同意我暂时留下来，只要你好了，比什么都强。”

“思婷，是我连累了你。”田长风愧疚地说。

“长风，你别这么说，这么多年的夫妻，怎么能说这样的话呢？我怎么会怪你呢？和你离婚也是迫不得已的，你在我心里的位置这一辈子都不会有人能够替代，我爱你，直到现在我承认我依然爱你。虽然你不是一个好丈夫，但我知道你是一个好人，是一个好军人。”

田长风没有说话，仰着头一动不动地看着洁白洁白的房顶，他感到身体的某个部位和伤口一样疼痛。

下午的时候，部队领导过来了，带来了一大捧鲜花和一大堆营养品。

一看田长风醒了过来，支队长李忠的大嗓门就吼了起来，那张仿佛永远黑着的脸也露出了笑容。

“小田，你小子终于醒了，吓死我们了，你要是光荣了，我得内疚一辈子，那天我还当着那么多人的面骂了你。那天是我错怪了你，你可别怪我，好好养病，早日康复。”

田长风突然想起那天为了送妻子耽误开会的事，冲支队长笑了笑说：“支队长，你骂得没错，我那天差点误了大事。”

支队长李忠瞟了一眼站在一旁的李思婷不解地问：“这位是……”

田长风有些尴尬的说：“是我的前妻，那天我就是去送她。”

“那怎么还在这儿，不是送走了吗？”李忠有些丈二和尚摸不着头脑。

“我不是出事了嘛，她又回来了。”

李思婷刚想开口说话，田长风连忙替她解释。

“这就对了嘛，一日夫妻百日恩，再说长风是这么好的同志，有什么事你们再好好商量，别动不动就离婚。”

李忠是个直性子的人，不懂得男人和女人之间的弯弯角角。他又冲着脸都已经红透了的李思婷说：“姑娘，我跟你说，田长风是我们支队几百名干部中十分优秀的干部，不但人好，而且工作出色，你听我的，再给他一次机会，需要我们部队做什么的，你说话，我一定做到……”

田长风一看李思婷的表情连忙打断支队长的话：“支队长，在这次任务中其他战士没什么事吧？”

“没事，只有一名战士腿部受了点伤，你们这次任务完成得很出色，受到了总部和总队的表彰，我们给你报了二等功，应该马上可以批下来了。”

“二等功。”田长风感到有些惊讶。

他沉默了一会儿对李忠说：“支队长，受伤的战士呢？他立的是什么功？”

“三等功。”

“支队长，要不将我的和他换换吧，对于一个战士来说，二等功可以换一个上学的机会，我已经是干部了，要不要都无所谓。”

“谁说无所谓。”李忠的脸一下子又黑了下来。

“你小子只知道想着别人，二等功对一个干部的影响大了，你要知道这是许多人军旅生涯几十年也奋斗不来的，而且这次你连命都快丢了。再说，立功是你我能说了算的吗？军功又不是商品，可以换来换去，这是一种荣誉。”

李忠说得可能有些激动，旁边的张志刚参谋长悄悄碰了一下他的胳膊，李忠才反应过来，闭上了嘴。

参谋长补充说：“你好好养伤，听说总队首长还要来看望你，你要做好准备。”

正在大家都忙着说话时，田长风的主治医生拿出一块断裂的玉对田长风说：“是这块玉替你挨了子弹，救了你一命。”

田长风一看是通讯员吴涛让自己送给妻子的那块红玉，那天没顾得上送给妻子，放在了上衣口袋里，没想到却救了自己一命。

病房里的人一时都议论纷纷，就连支队长李忠都嚷着说：“我这个人一生不信邪，可今天这事真有点巧，人家都说玉有灵气，赶明儿我也买块玉带上。”

等众人都离去时，太阳已经下山了，红红的晚霞映在透明的窗户上有种晶莹而成熟的美。

李思婷静静地立在窗户边上，呆呆地看着窗户外面，看不清她脸上的表情。

过了很久，一行眼泪从眼角滴落下来，她没有伸手去擦，任其从眼角滑到嘴角最后落到地上。

李思婷背对着田长风平静地问道：“这就是你常和我说的天边的太阳吗？”

“是的，你不觉得它很美吗？”田长风问。

“美，是很美，可你还记得家乡的红蜻蜓吗？我们小时候常常一起拿着扫把追打的红蜻蜓？在晚霞中自由地飞翔。”李思婷含着眼泪陷入了陶醉。

“记得，我怎么会不记得。”田长风痛苦地回答。

“长风，转业和我一起回家好吗？我一定会好好陪在你身边，我们生一个孩子，过上正常人的生活。”

沉默了很久，田长风没有说话。

“我知道你的理想和痛苦，更理解你所选择的事业，可你也是个常人，你应该有自己的生活，不能永远活在回忆和虚幻的空间里，我曾想过到边疆陪着你，可你知道，我们家就我一个孩子，我的父母需要我照顾，而且我也没有办法放弃我的工作，在这里我什么都干不了。”

“你不知道这么多年我等你等得多么辛苦，我都快忘了我是个女人。”

“对不起，思婷。”田长风真诚地道歉着。

夕阳西下，夜色完全笼罩了整个城市。李思婷坐在床边慢慢喂田长风吃着医院准备的流食，一勺一勺十分小心。

突然，吴涛从门外闯了进来，一副失魂落魄的样子。

一进门就大喊了起来："大队长……"

但在看到眼前的情景后，剩下的话又咽了回去。

田长风一看骂道："慌慌张张干什么，我又没死？"

"他们都说你不行了？"吴涛解释说。

"谁说的？我不是好好的吗？"田长风笑着说。

吴涛使劲盯着田长风看着，问道："大队长，你真的没事？"

"我没事，再过几天就可以出院了。唉，对了，你还是我的救命恩人呢。"田长风举着那块被子弹击中的玉对吴涛说："是它救了我。"

吴涛站在那里傻傻地笑。

突然，田长风仿佛想起了什么，连忙问："你怎么来的？"田长风知道医院离部队有几十公里的路，而且战士晚上根本不让外出。

"我翻墙偷跑的，没事，大不了给我一个处分，再过几个月我就复员了，他们说你伤得很重，我也顾不了那么多了。"

"你小子，真要给了一个处分，你两年都白干了。这样吧，今晚你就别走了，晚上回去危险，我给教导员打个电话。"

田长风拨通了教导员的手机，还没开口，电话那边就传来了教导员的娘娘腔。

田长风平时最不喜欢教导员婆婆妈妈的劲，说话也没有一丝阳刚之气。田长风甚至怀疑他是不是女人投胎投错了，生了个男儿身。

"大队长，你一定是说吴涛那小子的事，你不说我也知道，那小子这两天魂不守舍的，我知道他会瞅机会去找你，今天是我故意给他留了个空子。回来你让他给我捎上一只烤鸭就行。听说你好多了，祝贺你大难不死，要好好养身体，赶紧回来，大队还有好多事等着你处理呢。"

今天娘娘腔的话突然变得十分简短，也使田长风感到了一丝暖意。

挂了电话，吴涛连忙问道："娘娘腔咋说？"

田长风瞪了他一眼说："什么娘娘腔，是教导员。"

"可我们战士平常都叫他娘娘腔。"吴涛小声分辩着。

"那你也不能叫，他知道你出来了，让你回去给他捎一只烤鸭。"

吴涛一听高兴坏了，兴奋地说："别说一只烤鸭，就是十只也行，教导员人瘦得很，吃烤鸭倒厉害，一次一只，连骨头都剩不了多少。"

田长风一听笑了出来，连李思婷都忍不住笑了。

她觉得这个通讯员挺好玩，而且人很好。自己来这几天都是他陪着，整天给自己讲田长风的好处，听得自己耳朵都快起了茧子。

深夜，病房的灯还亮着，田长风躺在病床上睡着了，李思婷和吴涛坐在旁边小声的说着话。

李思婷说："吴涛，你和你们大队长的关系怎么这么好？"

吴涛想了想说："大队长是个好人，是他彻底改变了我。我家里的条件比较好，从小娇生惯养，十分任性，谁的话都不肯听，家里的人管不住我了，就将我送到了部队。一到部队，坏毛病都暴露了出来，成了全中队最难管的刺头兵。后来，大队长听说了，就把我调到大队部当通讯员。一开始我依然不肯听招呼，喜欢违反纪律，大队长说什么我都不听，连父母的话都不听的人哪还会听别人的话？反正是无药可救了。一天深夜，我肚子疼得厉害，满屋子叫唤，大队长知道后，连忙背着我跑到了卫生队。卫生队的医生说是急性阑尾炎，要马上送医院。当时已经是四点钟了，没办法派车。而且我们部队那个地方比较偏，晚上根本打不上车。结果大队长直接敲开了支队长家的门，用支队长的车将我送到了医院。医院的值班医生不紧不慢的，说先观察观察，当时我已经痛得直冒汗。大队长发火了，那是我第一次见大队长发火，差点就和医院的医生打了起来。最后还是医院妥协了，连夜给我做了手术。从那以后，我突然意识到其实在我的身边一直有许多人在关心我，在担心我，只不过是我自己不懂得珍惜，也不懂得感恩。后来我鼓起勇气给爸爸妈妈写了一封信，承认了我这些年所犯的错误，真诚的向他们道歉，他们也从我的信里知道我在部队里经历的一切，知道了大队长。我爸妈想给大队长寄一面锦旗，想了半天不知该说什么，最后只好写上‘好人一生平安’，对于家乡人来说，这就是最好最深地祝福了。这次大队长能够平安无事，也许真的就应了那句话，好人一生平安吧。”

听吴涛说了那么多，李思婷更加觉得难过，她知道自己错过的是一个很好很好的男人，可是做了女人，却又奈何不了匆匆的指间流年，红颜易老，在生活和爱情之间，李思婷更愿意选择生活。

伤口的线一拆，田长风就急着要出院，他是怕耽误了李思婷的工作，在竞争日益激烈的社会空间里，一个女人有一份好的工作不容易。

李思婷走的时候，田长风到火车站送她。

火车站人很多，各种各样的面孔带着各种各样的表情。

就在要进站的那一刻，李思婷突然转身抱住了田长风，田长风没有动，李思婷泪流满面。

一阵微风吹来，田长风再次闻到了李思婷身上那股淡淡的桂花香，田长风喜欢闻桂花的味道，所以他偏爱八月，偏爱八月的桂花飘香。而且李思婷也只用桂花味的香水，是前缘注定还是今生的巧合，都已不再重要。他们终究是挣脱不了天各一方的宿命。

“长风，对不起，原谅我这个自私的女人。”李思婷喃喃自语。

田长风没有动。

李思婷抬起头，泪眼花花地看着田长风说：“长风，再抱我一次好吗？”

田长风慢慢地抬起双臂，轻轻地抱住了李思婷的双肩。多么久远，多么期待地拥抱却在离别的一瞬间出现，穿越了世俗、爱恨、悲伤，只有心底最真诚的祝福。

一声悠长的汽笛声残忍地响起，田长风松开双臂，心顿时在人来人往中被反复踩踏，有种无法承受之痛。

常建安面对一大堆简历，感到了茫然和困惑。他不盲目相信任何一种书面上看到的力量和成绩，特战队大队长季强对兵的远离，就充分说明了这一点。新的历史时期带兵人光有能力不够，还需要有胸怀，一个需要执行特殊任务的特殊群体，必须具备特殊的品质和能力。面对“天鹰”常建安是谨慎的，也是苛刻的，常建安希望能从这种谨慎和苛刻里找到一条锻造“天鹰”的路。

各路人马慢慢的在常建安的办公桌上聚集，有计划特招入伍的：具备一定专业特长的战士，有基层推荐的训练尖子，还有特战大队的原班人马。常建安突然想到了政委曾仁成所说的武林大会的笑话，此时无论是武林大会也好，还是大杂烩也好，常建安都准备将这些人放到一起，在大浪中淘出金子。

早晨一上班，作战处长就呈上了昨天在边疆南部发生的那次反恐战斗的情况报告：

一支并没有多少作战经验的快反分队，会打出一场如此精彩的仗，不得不让人称奇。而那名大队长，竟然不顾一切的替战士挡子弹，那种瞬间爆发出的情感和精神力量也让人十分感动。依照选拔天鹰突击队的职务和岗位要求，那名大队长应该在推荐之列。某大队快反分队成功击毙暴徒九名，一名战士和一名大队长在战斗中受伤。常建安认真分析了战斗经过，认为整场战斗组织严密，指挥得当。

想到这，常建安连忙翻开基层的推荐名单，却没有找到田长风的名字。是基层单位的疏忽还是有其他的原因？为此，常建安决定亲自看看那个叫田长风的大队长，对于人才常建安是一个都不想错过。为了“天鹰”，常建安恨不得将发现的所有具有职业素养和高尚品质的军人吸聚到一起，让“天鹰”在未来成为一个并不缺少温情的团队，而不是一个冷血的作战机器。

第十一章

李思婷一走，田长风的心仿佛被掏空了一般，生命中最柔软也是最脆弱的地方，在一瞬间变得僵硬无比。田长风清楚地知道今后彼此再也不会相见，他和妻子的缘分像烟云一样消散在水一样流逝的岁月里，横亘在两人之间的是一个军人与常人在理想上的不同和对于生活方式的过分坚守。

田长风在日记里写着：

眼泪
又一次滴落
早已疲惫的心
被点点风干
还有什么
能让干净的灵魂
在直立行走后
世俗的歇下
……

见到田长风时，刘明低着头想要溜开，然而，身子还没完全挪出田长风的视线，就被田长风叫住了。

“刘明，你小子吃错药了，见了我就要躲，快滚过来。”田长风两手叉腰，一副凶巴巴的样子。

刘明红着脸挪着步子走到田长风的面前，手不安地动来动去，似乎放在哪里都不合适，头还是低着。

“怎么了，怕我吃了你？”田长风高声地问道 。

“对不起，大队长。”刘明小声地说。

“唉，我说，刘明，你怎么突然变得跟个娘们似的，我告诉你，如果当时是我，我也会和你一样，犹豫是在所难免的，那是人的本能。再说，你们经历的实战少，没有经验，慌乱也在情理之中。”

“可如果不是我胆小，你就不会受伤了，还差一点命都没了。”刘明的头继续低着。

“人的命，天注定，人什么时候该死那都是命，我现在不是没事吗?证明我命不该绝。”

看着刘明还是一副难以释怀的样子。田长风凑下身子轻声地说：“我这人很信命，我相信大难不死，必有后福，不信你就看着，过不了多久我就一定会好运来临，所以说这次受伤也是福之前奏。”

“你真的那么想，大队长？”刘明小心翼翼地问。

“那你说我该怎么想？我什么时候骗过你？”

刘明脸上的表情一下子舒展开了，甚至还露出了笑容。

“大队长，你身上的伤好些了没有？”刘明问。

“完全好了，前些日子让你们担心了，为了庆祝我的大难不死，今晚我们热闹热闹，老规矩，你自己看着办吧。”

“好，我现在就去准备。”刘明飞快地窜了出去。

熄灯过后，在田长风的宿舍，教导员“娘娘腔”，还有大队的几个中队长、指导员都聚在了一起。

桌子上摆着几个大小不一的塑料袋，里面装着牛肉、花生米还有烤鸭。每个人的面前都放着一只酒杯。

田长风向哨兵交待好了，只要有支队领导过来，就提前通报一声。

“娘娘腔”端起酒杯说：“首先我们集体敬大队长一杯，为他的大难不死干杯。”

田长风也端起杯子说：“人说大难不死，必有后福，以后我有没有后福就靠大家了。”

刘明端着酒杯走到田长风面前说：“大队长，如果不是你今天说那些话，我心里的结可能永远也打不开，前些日子我就想，如果你真的牺牲了，我这一辈子都会活在内疚和痛苦里。”

“你小子，就是太倔，人的命，天注定，我死了，和你有什么关系？再说你是我一手带出来的兵，即便有什么错误，我还会真怪你吗？”

田长风刚准备仰起头喝酒，刘明一把夺过他手里的杯子说：“大队长，你伤口还没完全好，还不能喝酒，这酒我替你喝。将来你身体完全好了，再将这酒补回去。”

“这点酒算什么，别担心，子弹都拿我没办法，何况酒。”一直以来，田长风都极力抗拒着酒，在他心里，工作永远是第一位的。今天，他是真想喝点酒，即便此时伤口还在隐隐作痛。

田长风仰起头，一口喝完了杯子里的酒。平时不怎么喝酒的“娘娘腔”也顿时来了血性，眼一闭，牙一咬，将一杯烈酒倒进了嘴里。

大家正喝得高兴，突然宿舍的门被推开了。

田长风一看，连忙站起来说：“支队长……”

所有人一听都立即站了起来。

田长风扭头看了看窗外的哨兵。

李忠笑着说：“你别瞅哨兵了，是我不让他进来通报的，你们那点小聪明还能瞒过我，别忘了，我也是基层出来的。田长风，喝酒不叫我，也太没意思了。”

刘明连忙端了个凳子过来。

李忠坐下说："我老远就闻到了酒香，你们的哨兵一见我就往里面跑，我知道是想给你们通风报信，我不想搅了你们的局，没让他进来，再说我也想蹭点你们的酒喝。"

李忠端起酒杯对田长风说："借花献佛，田长风，这杯酒先祝贺你大难不死。"

田长风笑着说："支队长，可能是老天爷觉得我的任务还没有完成，先留着我的命。"

看到田长风的笑容，李忠伸出大拇指说："你小子，是个男人，挨了枪子，媳妇离了，还跟个没事人一样，这一点我服。"

田长风一听，眼圈突然有些发红，支队长没头没脑的提起离婚的事让他有些措手不及，隐藏得很深的伤痛再也无处逃离。

田长风说："支队长，说心里话，我心里也很难过，面子上的东西只是装出来的，就像你曾对我说过的，男人有时真的活得很累，而且像我们这样的男人，有苦也不能表露出来，因为身边有好多人在看着我们。"

李忠一看，有些内疚，好好的场面被自己搅和了，连忙喝了一杯酒说："今天是个开心的日子，不提伤感的事，我自愿罚一杯。"

离开的时候，李忠对田长风说："我来是想告诉你，常建安总队长要过来看你，明天就到。"

田长风疑虑地问："总队长？他为什么会来看我？"

"我也不知道，也许是因为你在这次作战中的出色表现吧。"

支队长一走，场面顿时陷入沉默，之前大家并不知道田长风离婚的事，此时，所有人的情绪都突然变得微妙起来。

田长风看到大家的表情，笑着说："来，我们一起干一杯。"

田长风倒了满满一杯，一口倒了下去，没想到喝急了，酒呛在了气管里，咳嗽了两声，眼泪跟着就下来了。

无情未必真豪杰。田长风醉了，也哭了，等刘明他们收拾完一地狼藉，田长风已呼呼入睡。

第二天上午，田长风跟在一帮支队领导后面站在支队门口迎接常建安总队长。车子开到跟前时，常建安总队长从第一辆车里走了出来。

在总队长和支队领导一一握手后，田长风走上前给常建安敬了个礼。

看到田长风，常建安笑着说："我本来准备到医院去看你，没想到你提前出院了。"

田长风说："首长那么忙，还这么远过来看我，我觉得受之有愧。"

常建安笑着说："你是功臣，又负了伤，我作为总队长当然要来，不管多忙都要来。"

常建安身边围着一群人，田长风有些拘谨，不知道该说些什么。

常建安发现了这个问题，连忙对其他人说："我想和田长风单独聊聊，你们先到一边去吧。"

等其他人走远，常建安问田长风："你的伤好些了吗？"

"好多了，谢谢首长关心。"田长风老实地回答着。

"你为什么要替那个战士挡子弹？"常建安知道自己的问题有些多余，但他还是想知道答案。

"他是我的兵，我不希望我的兵在我面前受伤。"

"没有其他原因吗？"常建安没有听到什么豪言壮语，似乎有些不甘心。

"没有什么特殊的原因，首长，其实说心里话，有些举动是下意识的，在一瞬间不可能思考太多。"

田长风的回答很诚恳，也很朴素，却在常建安的心里产生了比豪言壮语更为激烈地撞击。所有感性的理性的东西揉在一起，让常建安在短短的时间内就喜欢上了田长风。

常建安问："听说你有个弟弟牺牲在这里？"

“是的，首长，他叫田勇，就在十几年前的那场暴乱中，牺牲的时候只有二十岁。”

“我们去看看你弟弟好吗？”常建安说。

田长风摇着头说：“首长，不去了吧，那里风大，土大，而且离这里还很远，清明节我刚去看过。”

“既然来了就应该去看看烈士，告诉你，我也是安徽人，异乡的土埋着故乡的人，我能不去看看吗？”

上车的时候常建安对其他的人交待了，不准他们跟着。

来到田勇的墓前，常建安低头默哀。

田长风十分感动，一位将军竟以这种方式向一名籍籍无名的士兵致敬，田长风不由得从心里向这位将军致敬。

默哀完后，常建安转身对田长风说：“你知道我这次来除了看望你，还有一件事是什么吗？”

“不知道。”田长风实在想不到总队长会有什么事找上自己。

“你知不知道我们总队组建天鹰突击队的事？”

“我知道，通知我都看了，我觉得那是一件好事，这片土地需要一支战无不胜的部队。”

“那我们在全总队选人的事你也知道，是吗？你为什么不报名？”

田长风不好意思地说：“首长，我的任职年限还不够，而且我觉得自己的能力还差了许多，要是报名，别人会说我不知天高地厚。”

“那好，现在我给你一个机会，让你参加天鹰突击队大队长人选的竞争，你愿意吗？你不要太在意职务和其他一些身外的东西，只要认为自己具备一名军人应有的品格和敢打必胜的信心，就够了。”

常建安充满期待地看着田长风，在目光对视的一瞬间，田长风感受到了一种从未有过的力量，迅速充满了自己的身体。

田长风坚定地说："首长，我去，不怕您笑话，我的妻子刚和我离婚了，现在已是无牵无挂。"

陵园里又刮起了风，风沙迷住了人的眼。

天空又是昏黄一片，世界像一张时间久远的发了黄的照片。

田长风突然说："首长，我能不能带个人过去？"

"谁？"常建安好奇地问。

"我带的一个中队长，叫刘明，军事素质很好，是一个难得的好干部。"

"你自己看着办吧，只要你觉得用得着，尽管带。"

看着风沙越来越大，田长风说："我们回去吧，首长。"

常建安点点头，心里又一次默默地向长眠在这里的烈士们致敬。

日子在无声的流逝着，平静中似乎酝酿着另一种情节。

一天下午，攀登训练中，雷剑一突然失手从攀登绳上滑落下来，一头栽在了地上。站在不远处的秦啸涵吓得面如死灰，和几名战士一起抱起雷剑一就往医院跑。

庆幸的是没有生命危险，但脊椎受伤，需要休息一段时间。

从昏迷中醒来，雷剑一竟然看到了李素妍，坐在床边，长发从身体的一侧倾泻而下，眼角还留着泪痕。

"怎么会是你？"雷剑一的声音很小，也很意外。

"是秦教导员给我打的电话，他说你受伤住院了，让我来看看你。"

雷剑一挣扎着想坐起来，但显得很吃力。李素妍一见，连忙伸手扶着他。雷剑一想拒绝，却浑身无力。

靠在床头，雷剑一说："谢谢你。"

李素妍苦涩地笑了笑了说："什么时候对我这么陌生？

雷剑一没有吭气。

李素妍接着说："剑一，看到你受伤样子，我真的好难过。"

"我们当兵的受伤，太正常了，我都习惯了。"雷剑一的语气很平静，像是面对一个陌生人。

"你还在恨我。"

"没有，素妍，我从没有恨过你，真的。"雷剑一连忙解释。

"我去过特战大队，可我进不去，你手机号也换了，为什么你连道歉的机会都不给我？"

雷剑一没说话，但内心的冰冷却在一点一点融化。

"我承认我们之间有文化或生活方式上的不同，但这些并不是我们感情上的障碍。"

李素妍的眼睛通红，并且开始一点一点的潮湿。

"教导员跟我说了你和彭娟的事，我终于理解了你的敏感和脆弱，也许我从没有认真体会过你的感受，也没有真正懂得一个军人的朴素和真诚。剑一，原谅我，好吗？"

压抑了好久的委屈和思念像是被点燃的烟火，在雷剑一的心里一团一团绽放。雷剑一将头扭到一边，看到了窗外枝头的新绿，还有一只麻雀在树枝间跳来跳去。

李素妍说："剑一，你知道吗，爸爸现在也住在这个医院里，是肝癌晚期。"

雷剑一连忙转过头，李素妍的话像是晴天霹雳，雷剑一有些难以置信。

老爷子的开朗、热情，瞬间在眼前浮现。

李素妍的泪水成串地往下掉，眼神绝望而悲伤。

"爸爸一直很喜欢你，也经常问到你，我知道他是希望我早点结婚，早日成家。"

内疚、难过、怜惜一下子塞满内心，雷剑一慢慢伸出手，替李素妍擦了擦眼泪。

突然，秦啸涵从门外走了进来，怀里抱着一束花。

雷剑一的手连忙缩了回来。

秦啸涵笑着说：“好了，我的任务完成了，你们俩真是让人羡慕的一对。”也许秦啸涵早就来了，只是一直躲在门外。

看到花，雷剑一笑着说：“教导员，谢谢你。”

秦啸涵说：“真要谢谢我，就早日让我喝上你们的喜酒。”

等能够下地走动时，雷剑一去看望了老爷子。

老爷子还是那么乐观、爽朗，似乎浑然不知自己地病情，还一个劲的嚷着等出院后和雷剑一杀个三百回合。

雷剑一心里异常难过，什么话也说不出来。

出院的时候，李素妍将雷剑一领到一套三居室的新房里。

对雷剑一说：“这是爸爸妈妈为我们准备的新房，现在就剩下装修了，什么样的风格你做主。”

雷剑一感觉像做梦一样，站在原地傻傻地发愣。

这么多年，雷剑一从没有想过会在这个大城市买房，也没有想过一份常人的生活这么快就靠近自己。

看到雷剑一发愣，李素妍连忙问：“剑一，怎么了？”

雷剑一说：“没什么，只是觉得幸福，谢谢你，素妍。”

“傻瓜，谢什么，这里是我们共同的家。”

总队长离开支队后的第三天，田长风和刘明的调令就到了支队。

田长风在意料之中，而刘明却有些意外。

但在短暂的意外之后，刘明立即明白了是田长风成全了他。刘明曾经十分向往特战大队，但一直没有机会，只能空怀一身本领呆在基层。

走的前夜，支队领导为田长风送行。

支队长李忠端着酒杯高兴地说："长风，你终于可以离开这荒凉的戈壁滩了，你在这里经历的委屈和伤心可以忘得干干净净了。"

田长风说："支队长，这片土地留给我的不仅是难过，还有许多美好的回忆。"

喝完酒，田长风蹒跚地往回走，他知道大队还有一帮人在等着他。

一见田长风，教导员"娘娘腔"就红了眼睛。

田长风借着酒劲对他说："别搞得跟生离死别的，你这个人什么都好，就是婆婆妈妈的不好。"

"娘娘腔"将田长风拉到宿舍。田长风发现宿舍的床上，桌子上全摆满了东西。

"娘娘腔"说："这些全是大队的战士送给你的礼物，让我转交。"

田长风也红着眼睛说："都帮我退回去。"

"要退你自己退，你这个人什么都好，就是什么事情都搞得太形式不好。""娘娘腔"找到了一个还击田长风的机会。

"娘娘腔"拿起桌上的一个留言本对田长风说："这上面有全大队战士的留言和签名，你带上吧，留个纪念。"

田长风打开一看，第一页是吴涛写的：

大队长，再找个好嫂子，不管多远，我一定来喝喜酒。好人一生平安。

大队长，我是李龙彬，你替我挡了子弹，我爸妈说你是我们家的大恩人，如今你要走了，我连报答你的机会都没有，只有祝福你一生平安。

大队长，我是……

第二天一早，田长风收拾好行李走出大队部。

吴涛跟在后面小声地说："大队长，我们还能见面吗？"

田长风想了一会儿回过头说："会的，将来等你结婚的时候给我打电话，我去喝喜酒。”

走出大门，田长风发现全大队的干部战士都在路旁列好了队，和路旁的杨柳一样一直延伸到支队营门口。

田长风走到前面，后面跟着刘明和吴涛。

“娘娘腔”大声地下了口令：

敬礼。

全部战士都举起了右手。

田长风也举起了右手，看似漫不经心，却有大股的悲伤从心尖滑过。

大门口支队长李忠站在那里，看到田长风，李忠深有感触地说：“长风，你真是好样的，这么多年我还是第一次见战士以这种方式送自己的大队长，真应该让所有的带兵人都来看看这个场面。”

田长风抬起头，没有让藏了许久的眼泪流出来。

一只乌鸦站在不远处的楼顶上，凄凉地叫着，田长风突然想到了弟弟，仍然埋在这片土地上的弟弟。

田长风对李忠说：“支队长，有件事想请您帮帮忙。”

李忠说：“长风，你说吧，只要我能做得到。”

“经常让人去看看我弟弟他们。”田长风红着眼睛说。

李忠郑重地说：“我会的，他们是支队的烈士，我相信不管谁当这里的支队长，这一点都能做到。”

田长风上了车，朝窗外挥着手，路两旁的杨树飞快地向后倒去。

第十二章

“五月天山雪，无花只有寒”，五月的西部苍凉中充满着诗意。与历史的节奏一致，此时春天迈进的步伐显得有些细碎，有些缓慢，阳光在冰雪消融后虽然渐渐有了温度，但乍暖还寒。

反恐基地的部分营房和训练设施尚未建好，常建安就已经迫不及待。

所有人开始进驻基地，众人期待已久，付出巨大努力的天鹰突击队预备队终于成立。

田长风任大队长，秦啸涵任教导员，季强是副大队长。刘明和雷剑一分别任男兵分队分队长、指导员。另外还有一个女兵分队，分队长高莹是一名刚从特警学院毕业的优秀学员，毕业成绩全校第一。

所有人都是临时任命，即便如此，还是在总队上下引起了不小的动静，大家都认为季强是理所当然的大队长，没想到突然冒出个田长风，就两个人的任职时间和资质，如此安排确实出人意料。尤其是季强，差点被强大的失落感击垮，之前的种种想象瞬间尘埃落定。季强本想打报告一走了之，但在秦啸涵的一再劝说下，还是留了下来。

预备队的三百名队员中除了包括特战大队原来的队员，基层推荐的训练尖子外，还有一部分从地方特招入伍的有特长的新兵。这三个群体各有所长，但最终执行的淘汰规则却是一致，在三个月后的综合考核中，采取一刀切的方法，最终只有一百六十名队员可以留下组建天鹰突击队。而在此期间，特战大队有权实行全程淘汰，不用请示。

预备队训练期间采取的是全封闭式管理，李思婷和雷剑一的婚期本来定在五月，如此一来，意味着婚礼无法举行，婚期只能延后。电话里雷剑一向李素妍一再解释当前的形势任务，李素妍没有抱怨，只是沉默，她没有怪雷剑一的意思，也同意婚期延后，只是有些担心父亲会等不到三个月。

开训动员那天，常建安和总队分管训练的石副总队长以及纪律强参谋长来到了基地。走进基地大门的那一刻，常建安认真地看了看镶在墙上的字，顿时心潮澎湃，正义、勇敢、胜利，“天鹰”的核心和灵魂。常建安在心里默默地想，天鹰，从一开始你就吸引了无人数的目光，而今后，你又将承载多少的梦想和期望？

到了会场，常建安表情严肃地站在主席台上，阵阵狂风吹得身后的横幅猎猎作响。场下队员们精神抖擞，像一面面深深安插在地上的旗帜。常建安知道，“天鹰”将从这些人里面产生。本来想说点什么，但常建安还是将话忍了回去，他知道，这个时候说什么都有些早。

第一天晚点名，田长风将三百个人都认真点了一遍，算是熟悉，也算是正式见面。

站在队伍面前，田长风说：“在你们面前，我是个老兵，但也和你们一样，等待着组织的挑选，你们来自不同的地方，但我相信都怀着相同的梦想，有了梦想就要奋斗，有了梦想就要拼搏，不管你们用什么方法，无论你们付出多少，三个月后依然站在这里的就算成功。我只强调一点，就是纪律，作为军人，纪律是生命，无论你的能力多强，素质多高，只要是违反了纪律，就一票否决。”

站在夜色里，赵小波的心随着田长风的话忽上忽下。突然，有种莫名的激情被调动起来。梦想——一个看似遥不可及的词语迅速靠近。无知、彷徨、脆弱在渴望梦想的情绪里渐渐远离。只是还有青春年少里不肯放弃过的爱情，虚虚实实的存在着。

训练一开始便进入了白热化，体能、射击、搏击等十几个课目同时展开，队员们平均一天要训练十六个小时。此时，没有人会想到神圣、职责等抽象的词语，整天盘旋在脑子里的只有两个字：坚持。

看到训练情况，秦啸涵不禁有些心惊胆战。虽然在特战大队工作了十几年，但这种场面还是没有见过。几乎所有人都在玩命。

三天一过就有五个人因伤病退出。第六天，在十公里的长途武装越野中，一名战士中途休克，送到医院抢救了四个多小时才醒过来。

严格的纪律、超强度的训练在不断挑战人的体能和心理极限。

更让秦啸涵担心的是，激烈的竞争和强大的压力让一些队员的情绪和心理出现了极大的波动。显然，心理工作已经超出传统政治工作的范畴，秦啸涵渐渐感到有些力不从心，于是连忙请示总队为基地增配一名心理咨询师。

田长风对此却有些不以为然，他坚持认为军人的心理素质和常人不同，军人若出现心理问题必定不合格。然而，对于秦啸涵的坚持，田长风还是保持了沉默。刚到基地时田长风就感受到了秦啸涵对自己的情绪，他知道是因为自己取代了季强的位置，让秦啸涵有所误解，所以在工作中，田长风格外尊重并理解秦啸涵。

同时，秦啸涵也在被一种矛盾折磨着，从情感或习惯上他更愿意和季强配合，但现实中却只能和田长风一起慢慢磨合，所幸的是田长风是那种比较从容的人，很容易接近也很好相处。

总队的动作很快，不到三天，心理咨询师就到了基地。来的是总队心理咨询中心的石雨，很年轻，但却有着很强的工作经验，从地方大学入伍，后又在部队读完了研究生课程，几年时间里成功对几名有严重心理疾患的战士实施了心理干预，避免了几次重大事故。

石雨个子不高，但很苗条，一副娇小玲珑的样子。瓜子脸，柳叶眉，明亮的眼睛，小巧的鼻子，具有传统的中国古典美。

石雨一来，秦啸涵的压力顿时减小了一半，所以秦啸涵对石雨是格外的热情。而田长风却保持了他一贯的冷漠。第一次见面，石雨出于友好，伸出手，田长风却装作视而不见，作为军人，他更习惯军人的礼节。

田长风的冷漠和傲慢深深刺激了石雨，也打破了石雨的思维惯性。石雨不仅长得漂亮，而且父亲是总队副总队长，到部队后，向她示好的人不计其数，没想到碰到了另类的田长风。田长风是她在部队遇到的第一个她觉得有些“不正常”的男人。

遭受刺激的石雨立即和田长风较上了劲，但不是常规的行为表现。在气势上田长风显然压制住了石雨，石雨知道，自己只能利用知识和智慧取胜。

审时度势后，石雨迅速投入工作，她认为田长风对她的不屑是因为对心理工作在认知上的不足。石雨决定用真实的数据和实际行动向田长风证明心理学在当下军营的实际意义。

到基地后第二天，石雨为全部人员做了心理测试，包括干部。

石雨将测试结果整理出来交给秦啸涵，秦啸涵看完后，倒吸了一口凉气，队员中有百分之四十的人都不同程度地出现了心理问题。

在安全形势分析会上，田长风依旧是一语未发，虽然他认为石雨的测试是纸上谈兵，结果有些小题大做，但毕竟是为了工作，他不想打击任何人的工作积极性。

会议结束后，刚准备走出会议室，石雨叫住了田长风。

“田大队长，不想知道你的测试结果吗？”

田长风转过头。

“石医生，是不是我也有心理问题？”田长风似笑非笑地望着石雨。

“对，根据测试，你的心理确实有问题。”

“那你说说，什么问题？”田长风的嘴角上扬，眉头微紧。

“你内心情感丰富，而表现在外表的却很冷漠，这种内外不协调在心理学上也可判定为心理不健康。”

田长风想笑，但忍住了。他知道石雨的话里有挖苦的意思。但石雨接下来的话却让他彻底地笑不出来。

“你一定经历了某种巨大的伤痛，让你活在了一种长期的自我压制中。这种压制和自身的想法、愿望产生强烈的矛盾，使你渐渐陷入自卑、封闭和孤独，内心的情感诉求也只能通过自己与自己对话来实现。情绪上的裂变同时让你产生了一些不同程度的不合理的信念，这些信念让你选择沉默和不知疲倦地拼搏，然而内化语言的重复能有固化不合理认知的作用，所以你痛苦、茫然却又无可奈何。庆幸地是，你拥有完整的人格和强大的意志力量，这些使你还在正常的心理轨道上行走，能知道自己想要去的地方。但长期下去，对你个人而言未必是好事。”

田长风没有反驳，甚至没有回应石雨正停在他身上的目光。准确地说，他有些慌乱，走了很远，田长风都还在侥幸地想象，一定是石雨听说过自己的经历或进行一种漫无边际地捕风捉影。

田长风的落荒而逃让石雨异常开心，对着田长风的背影，石雨恨恨地说：“田长风，我一定要让你知道是你错了。”

西部的太阳紫外线很强，尤其是夏季刚至。队员们的脸几乎是三天脱一层皮，一块红，一块白。所有队员都在高强度的训练中将自己的身体和心理推到极限，谁都渴望成为一名真正的天鹰战士。

清晨七点，天未放亮，戈壁还在沉睡中，队员们就开始训练武装越野。

十公里是每天早晨的必训课目，刘明早早就已经站在一队楼下高声喊着：“快，快……”

刘明的绰号是“冷血”，不但脸冷，而且心也冷。

十公里的最后一公里是冲刺，刘明在队伍后面不停地催促着，快点，快点。他的手中高高举着训练用的武装带，总会在不经意间落到跑在最后的那名队员身上。

到终点时所有人的衣服都已经湿透，但他们得不到片刻的休息。按照刘明的理念，特战队员就是特战队员，没有在疲惫过后休整的习惯，因为谁也不知道什么时候有任务，是什么样的任务，只能随时处在备战状态。

刘明站在队伍面前讲评早操的情况，五名跑在最后的队员照例在一旁做俯卧撑。

“同志们，今天我们的成绩上升了二十五秒，不错，我们要继续努力……”

刘明讲评完，五名队员的一百个俯卧撑也正好做完。

和男队员一样，女兵分队的训练也并不轻松。

八十名女队员中，有一部分是临时特招入伍的，她们首先要面临“三关”：

一是纪律关。所有的女队员都是八零后、九零后的独生子女，在家自由自在，到了特战大队只有命令和服从。

二是苦累关。一次一次向极限冲锋，无论多苦多累，可以哭，但不能退缩和落后。

三是爱美关。所有女队员都是清一色平头。剪头发的时候，百分之八十的人当场痛哭流涕，剩下的百分之二十在短暂的新奇过后也是蒙着被子哭。几天后，宿舍里再也看不见一面镜子，在队员们的哭天喊地过后，这些镜子遭遇了粉身碎骨的命运。而西部的阳光让所有女队员见识到了大自然对女性的“偏爱”。

分队长高莹，军事素质好，也长得漂亮。只是和刘明一样冷血，一张漂亮的脸仿佛永远处在冬季，没有盛开过一次笑容。

队员中有两名大学生，一个叫秦欣珂，一个叫董建影。

刚到部队第一天，看到高高的攀登绳时，秦欣珂就开始哭，她有恐高症。

她在一瞬间有些后悔自己的选择，她是笑着离开家的，像个高傲的公主，昂着脑袋追寻所谓的梦想，没想到梦还没开始，她就想着怎样醒来。

董建影不一样，当她看到那反恐训练场地时就不由自主地兴奋起来。

她从小向往战斗英雄，更盼望着自己能做一个像古代武侠剧里那样的侠客。

上大学的时候，董建影就是学校跆拳道班的成员，后来又成了省队的专业队员，曾是省跆拳道冠军。

第一次三公里越野，一半的女队员几乎是爬着回来的。

高莹一直在队伍后面大声地喊着，催促着，到后来只能张张嘴，却出不了声。

爬到终点的队员们开始呕吐，接着就哭，一片一片地哭喊。先到终点的队员也跟着哭了起来。

“立正。”

高莹没有给她们哭和呕吐的时间，下达了集合的命令。

在军营，命令就是命令。所有的声音都停了。没有人还停留在自己的宣泄方式里。

夜晚，熄灯号一响，队员们都躺在铺上睡着了，只要一躺下就没有人愿意再动一下身子。没有了新兵连时在黑暗中的叽叽喳喳，没有了在基层连队熄灯后的悠闲与安然。

田长风打着电筒开始查铺，推开每间屋子的门都能闻到一股刺鼻的气味——脚臭、汗臭、……

大部分队员连衣服都没有脱。

看到一张张稚气而又疲惫的脸，一声声此起彼伏的鼾声，田长风的心里突然涌上一股说不出的自豪，这些都还是一些十八九岁的孩子，其中有很多都是独生子，然而他们却承载了太多不属于这个年龄的责任和沉重，在如今这样一个物欲横流的社会，他们无疑是非常出色的，他们心怀梦想，而且都在为梦想努力拼搏，并无怨无悔地付出着。

许多队员都没有盖被子，西部的夜晚温度很低，尤其是在这一望无边的戈壁上，一阵阵的风能够让人凉得骨头生痛。

田长风一一替他们将被子盖好，又将每个房间的窗户检查了一遍，确定队员们不会着凉，才会放心地离去。

来到走廊时，田长风听到了一阵窃窃私语的声音。

田长风连忙问了句：“是谁？怎么还没睡？”

田长风熄了电筒走上前去。

在走廊的窗户边上，赵小波和沈思远坐在地上，靠着墙根说着话。

看到田长风过来了，他们连忙站了起来。

淡淡的月光从窗户外照了进来，铺在了走廊的地上，反射出一种虚幻的苍白的亮光。

田长风轻声问道：“这么晚了，怎么还不睡，白天训练那么辛苦。”

“大队长，我们睡不着，总想着考核淘汰的事，压力很大。”沈思远也轻声回答。

“你们是原特战队的，有压力理所当然，但你们也要知道这次集中的全是精英，能在这里参加竞争的都是佼佼者，即使淘汰了也没有什么，毕竟留下的太少。希望你们将走与留看开一些，其实我也和你们一样，来这里接受考验，是走是留也尚未确定，只要我们尽力了，结果并不重要，先安心睡觉吧，明天还要训练。”

走出队员们的宿舍，田长风长长地叹了一口气。月亮还在当空，与田长风此时的惆怅遥相呼应。刚刚那两名队员的心思田长风很理解，也知道他们所面临的压力和困惑。而对他们说的那些话，田长风也是说给自己听的。许多年来，田长风一直渴望能够以自己的方式证明自己，盼望着在反恐领域有所作为。

可眼下，田长风又清晰地知道，在这场赛跑中自己的身边还有一个人，就是季强，在田长风眼里季强是一个出色的军人，有着过硬的军事素质和强烈的敬业精神。

开训这几天田长风看到季强落寞和委屈的眼神，心里就十分地难过，他甚至想过主动退出，可田长风知道在他和季强的背后都有一把尺子，就是未来反恐作战的真正标准。谁更适合带领这样一个团队，谁的心里都没有底，也许只有在实践中才能找到答案。

第十三章

针对队员们身上出现的不同心理问题，石雨安排了一堂心理健康教育课——《心理健康与自我调适》。大部分人都是在石雨的课堂上第一次听说了心理健康一词，很好奇，也很受启发，包括田长风。

石雨在课堂上讲到，1948年世界卫生组织提出人类健康的标准，其中就包括心理健康……

课后见到石雨时，田长风的态度有所好转，甚至远远地还冲石雨笑了笑。他在石雨深入浅出的讲述中理解了石雨所说的心理健康，同时也懂得了在目前的社会状态下保持心理健康的重要性，但田长风仍然无法相信心理工作能在残酷的军事训练和军人的铁血生活中有实质性的作用，直到那次事故的到来。

一天深夜，一名战士爬到六楼的楼顶，嘴里喊着要跳楼。

接到报告，田长风和秦啸涵他们立即跑了过去。

那名战士坐在楼顶的边缘处，一副要往楼下跳的样子。

秦啸涵和田长风都是第一次碰到这样的事，尤其是田长风，几乎都难以相信自己的眼睛。

秦啸涵的心快蹦到了嗓子眼，他知道，一旦对方跳下去，预备队所有的工作和努力都将付诸东流。

田长风恨不得立即拿枪毙了他，眼前的这一切打破了他心中对于军人的一贯理解和认知，他不得不悲哀地承认，时代也在影响着军人的意志、思想和血液的温度。田长风站在楼顶离那名战士不远的地方，两手叉腰，眼睛通红，可又不敢靠得太近。

秦啸涵苦苦地劝了两句："有什么事，咱们好好商量，不要想不开，你还年轻，未来的路还有很长。"

田长风也压抑着怒火，跟在一旁劝说着，然而无论怎么说，那名战士都是反应淡漠，只是反复说一句话："你们别过来。"

石雨闻讯赶了过来。一见到石雨，那名战士突然说话了。

"石医生，我真的绝望了，我不想被淘汰，可是我的成绩又总是跟不上。"

石雨突然想起眼前这名战士，之前的心理测试中就暴露出了问题，可还没来得及进行心理治疗，就已经出事了。

石雨想了一会儿，然后大声地说："你的心情我理解，其实许多人都和你一样有压力，但是你这种面对压力的方法是不对的，你好好想想，你跳下去只有两种结果，一是你摔死了，二是你摔残废了，但无论是哪一种结果，你的老部队都会因为你永远背负着耻辱，而你的家人也会生活在无尽的痛苦里，而你更成了一个人人不齿的懦夫，甚至失去宝贵的生命。如果你想清楚了后果，还想跳，你就跳下去吧，我们没有人拦着你。"

听了石雨的话，所有人都立即目瞪口呆，害怕石雨的话会引发可怕的后果。

然而谁也没有料到，不到五分钟，那名战士就自己从楼上走了下来。田长风一把揪住他，让人将他关进了禁闭室。

石雨笑着对一脸疑惑的秦啸涵说："他只是一种情绪的宣泄，不会真跳，这种情况如果一味劝说只会加重他的情绪反应，唯一的办法就是置之死地而后生。"

站在一旁的田长风惊魂未定，石雨的话让他突然意识到，心理学的确具有实际应用价值和作用。

第二天，田长风在军人大会上宣布那名战士被淘汰。

军人大会上，田长风说："我不希望以这种方式淘汰你们当中的任何一个人，就是输你也要给我输在终点，我们是有血性的军人，我们是未来反恐作战的希望，我们的生命可以丢，但魂决不能丢。”

事后，田长风真诚地对石雨说：“石医生，时代不同了，可能军人的思维方式和价值理念也不一样，我到现在才发现心理学在军事训练和日常管理的介入中很必要，看来我是真的落后了，我为之前对你的种种不友好表示道歉，以后我一定会全力支持你的工作。”

田长风的歉意和态度的转变，瞬间满足了石雨的自尊。但石雨却依然不依不饶，笑着说：“田大队长，光口头道歉恐怕不行吧？”

“那你说该怎么办？”

“很简单啊，请我吃顿饭。”石雨一副认真而充满期待的样子。

田长风犹豫了一会儿说：“好吧，等我有时间的时候，我请你吃饭。”说音一落，田长风转身就走。

石雨还想说些什么，田长风却已经走远了。

田长风一走，石雨的心里竟然莫名其妙地变得空荡荡的，如同在蓄足了力量准备进攻的时刻却发现失去了对手。

突发事件仿佛让预备队变得成熟了，战术训练中，几名队员分心走神，导致配合失误，刘明要求整个分队在午饭时间继续训练。

队员们饿着肚子，在训练场上一遍一遍重复着每个战术动作，没有人抱怨，也没有人认为那是一种惩罚。女队员们吃过饭，远远的望着烈日下的男队员们，不禁心惊胆战，心里想，比起他们自己幸运多了。

射击训练中，刘明要求队员们先蒙上眼睛进行枪械的分解、组装，接下来才是据枪、瞄准、射击。一开始，无论多么努力，在规定的时间里没有一个人能够做到。

大家都用怀疑的眼光望着刘明，认为刘明说的时间就是一个神话，在大家都快丧失信心的时候，刘明用最快的速度完成了整套动作，比他自己所规定的时间还提前了十秒。

队员们目瞪口呆，真正看到了一名特战老兵的素质。就在刘明完成动作的时候，正慢慢走近的季强也在一旁静静地看着。完成动作后，刘明看到了季强，同时也发现了季强眼里的不屑。

刘明知道，季强一直对田长风心有怨气，开训以来，没有看到季强有一次好脸色。此时，季强眼里的不屑更加刺激了刘明。

刘明冲队员们喊道："欢迎季副大队长给我们示范一个好不好。"

队员们拼命叫好，季强没有拒绝，慢慢走到刘明跟前，从刘明手里接过枪。

就在队员们开始想象的时候，季强突然爆了，像是一台开足了马力的发动机。没人想到高大魁梧的季强会是那么的敏捷、细致，每一个动作几乎让战士们眼花缭乱。

拆解，组装，据枪，瞄准，射击。

季强完成动作的时间整整比刘明还快了十秒。

掌声响起来，包括刘明。季强的射击速度是他见过的最快的，而且也是动作最稳的，刘明从心里为季强竖起了大拇指，同时也为自己刚刚的冒失感到惭愧。

刘明和季强的出手让队员们在怀疑中找到了希望，并投入到更为积极和努力的训练当中，尤其是赵小波，在梦里都还在不停地捣腾着枪，于他而言，生命仿佛在一瞬间有了意义，有了更为真实的目标。

周末，石雨找到了田长风的宿舍。

田长风正在宿舍加班，撰写当前训练情况的分析汇报材料。

听到敲门声，田长风连忙跑过去开门。

石雨的笑容和不满一起砸了过来。

"田大队长，你一个大男人说话不算数，说请我吃饭，怎么还躲起来。”

田长风指着桌上的电脑说：“你看，我不是没时间嘛，我正在加班。”

“那不行，你要总是说加班，那请我吃饭不就成了空头支票了吗？今天正好我有时间，这顿饭你是请定了。要不然我就一直在这等着。”

看到石雨一副不达目的不罢休的样子，田长风想了一会儿说：“好吧，今天我就给自己放一次假，你等我一会儿，我先去大队将工作安排一下，也跟教导员招呼一声。”

田长风走后，石雨认真打量起他的宿舍，布置很简单，也十分整洁。一台电脑，一排书柜，一张床，床上的被子叠得很整齐。最后，扔在桌上的一张纸引起了石雨的注意，是一首诗，题目是《九月鹰飞》。

九月
有风的季节
寂寞的原野开始疲惫的枯萎
空洞的眼睛
无奈装满世界的悲哀
和对手的脆弱

搏击
苍茫的长空
胜利一再击溃高贵的灵魂
面对家族的使命
邪恶和卑微
不得不反复伸出
血淋淋的利爪

夜晚
无边的黑暗袭来
收起优美的姿态
疲惫的翅膀蜷缩于孤寂的深渊
没有远方
眼泪淹没
生命和理想
……

署名是田长风。

估计是田长风刚刚完成的，墨迹尚未干透。

整首诗透着一股苍凉和无奈，诗中的雄鹰是那样的孤独和脆弱，是有所指么？田长风自己还是其他？

但无论如何，石雨一时还是有些难以接受勇敢、无惧的雄鹰内心的那份孤独。更让石雨觉得意外的是田长风竟会写诗，而且写得这么好。

在石雨眼里田长风是个优秀的军事干部，同时也是一个不通世情的“怪物”，没想到“怪物”的内心竟也会拥有这么细腻和丰富敏锐的情感。

过了一会儿，田长风回来了，说是要换便装，请石雨回避。

石雨只好笑着跑到房门外等着他。

田长风很快就从屋里走了出来，石雨一见田长风身上的衣服，忍不住叫了起来：“天啊，大队长，你就穿这个。”田长风上身穿的夹克不仅旧而且款式老土，至少流行在十年以前。

田长风脸一红，有些难为情地说：“不好意思，我好久没有买过衣服了，不怕你笑话，我还真没有几身便装。”

看到田长风的窘迫，石雨话题一转："大队长，想好了没有，请我吃什么？"

"你想吃什么？除了鲍鱼、海参，其他的你选吧。"

"那就燕窝、鱼翅吧。"石雨故作认真地说。

田长风笑着说："好啊，吃完后把你押在那儿，我走就行了。"

石雨立即鼓起嘴说："你也太不绅士了吧，即便要押的话，也得你押那儿啊，你怎么一点儿也不懂得怜香惜玉。"

田长风知道石雨和自己开玩笑，他认真想了一会儿说："既然我们谁都不想被押在那儿，那我请你吃我们的江南菜吧。"

石雨一听，立即有所悟地说："你是江南人啊，难怪诗写得那么好，江南出才子嘛。我可是西北人，吃不惯南方的鱼呀虾呀之类的，要不我们去小摊上吃碗馄饨，然后附带着喝点咖啡。"

田长风乐了，请客就吃馄饨，这可得了便宜。由于石雨的坚持，田长风还真的带石雨到小摊上吃馄饨去了。

可一吃完馄饨到了咖啡厅，田长风就知道上当了，原来这里才是大餐。

石雨点了一杯咖啡，一份水果沙拉外加一份小吃，轮到田长风时他接过单子一看有些茫然了，最便宜的就是热牛奶，一杯还要三十元，田长风只好说："来杯热牛奶。"

石雨一听连忙笑着说："到这里就要喝咖啡，这里的咖啡不错，你尝尝吧。"

田长风脸一红，冲着服务员说："那就来杯咖啡吧。"

"对不起，先生，每种咖啡的价格不一样，还是您自己点吧。"服务员礼貌地回答。

"随便，要不就和她的一样吧。"田长风指了指石雨。

服务员走后，田长风无奈地说："到这里吃饭就跟打仗似的，一套一套的弄得人云里雾里，真不习惯。”

石雨笑着说：“田大队长，是你落后了，社会在不停的发展、进步，这是一种时尚，你不能一直停留在过去的生活模式里。”

田长风的眼睛里闪过一丝落寞，伤感地说：“我高中毕业就到了部队，在西部最边远的军营，几乎没有和外面的世界接触过，当然在我们那里是没有这样的咖啡厅的，让你见笑了。”

石雨突然意识到自己的话有些过分，连忙解释说：“这正说明你们的可爱之处，同样是军人，我却比你幸福多了，大学毕业被部队招了进来，又在部队里读了研究生，没吃过什么苦，更没有冲锋陷阵过，其实你们这样才算是真正的军人，你们为国家、为人民出过力、卖过命。”

石雨一解释，田长风倒有些不好意思。

田长风真诚地说：“其实我知道，时代一旦变了，我们军人的理念也得跟着变，可我们就是变也不知道该怎么变，面对这样一个纷繁复杂的陌生的社会，无从下手。其实这些日子，从你身上我学会不少东西，现代军人靠的不只是勇气，还有智慧，你们文化人才是未来军营不可缺少的力量。”

一瞬间，石雨被田长风的真诚和率直所打动。

深有感触地说：“大队长，其实无论什么时代，军营都需要你们这样的人，意志和精神永远是军人身上不可或缺的东西，在你身上我能感受得到一名职业军人应具备的良好素质。而且你身上散发的力量和温暖让周围的人都能感受得到，这充分说明你是一个具有人格亲和力的人，这种人适合当团队的领袖。”

说到这里石雨的话锋突然一转。

“不过你对我却不怎么友好。”

田长风笑着说：“我不是向你道过歉了吗？你怎么还记着？”

“女孩子心眼小，再说你把我伤得太深了，说不定我会记一辈子的。对了，问你一个问题？答对了，我既往不咎，答错了，我继续恨你。”

“说吧，我试试看。”

“你说人的体温为什么是36.5℃？”

田长风想了半天，摇摇头，答不上来。

石雨一字一句地说：“那是人应保持的最起码的温度，也是一个人应该传递出来的温暖，不过我觉得你的体温应该只有35.5℃”

田长风笑着说：“你是说我比正常人都要冷一度？”

石雨似笑非笑地盯着田长风，没有回答。田长风也没再辩驳。

咖啡厅里正在播放着轻音乐，是查尔斯的钢琴曲，听起来让人心情放松，加之周围暖暖的灯光，更添有几分浪漫和温馨。

之前田长风还有一些不适应，感到浑身不自在，但现在反而感觉置身天堂。对于石雨，田长风还一直没有好好打量过，这时他正好装作无意地瞟了两眼。

细细的眉毛，亮亮的眼睛，齐耳短发，白白的皮肤，张口时露出一口洁白的牙齿，每一个地方都美得恰到好处。

服务员将咖啡端上来了，透明的呈漏斗状的杯子配上咖啡的颜色，显得十分高贵典雅。

田长风端起杯子喝了一口，皱了一下眉头，动作很小，但还是被石雨捕捉到了。

“咖啡很苦，要慢慢品味，我点的是原味咖啡，其实你应该点一杯别的，没有这么苦。”石雨看着田长风的样子想笑却忍住了。

田长风是哑巴吃黄连，有苦说不出。

他笑着说：“我也喝一次苦的，好让记忆深刻一些，也让我明白一个道理，落后就要挨打。”

石雨有些不解地问：“大队长，你看起来这么洒脱，应该不是一个忧郁的人，为什么在你的《九月鹰飞》里会有那样一种心境？”石雨确实很难将眼前这样一个率真洒脱的田长风和诗里的那只孤独无奈的鹰联系起来。

这个话题很沉重，田长风沉默了许久才肯说。

“雄鹰无疑是强者，能够搏击长空，可霸者无双，所以鹰者孤独。同时，雄鹰需要不停地磨利自己的爪子，随时准备出击，但那样就意味着有生命的离去，无论是对手的还是自己的都是一种残酷。我的兄弟就将生命留在了边疆，他的诗比我写得好，才二十岁就走了。体会到鹰的孤独和无奈，我才迫切希望这个世界没有杀戮，没有伤害。”

听田长风一口气说了这么多，石雨也仿佛一下子明白了田长风的沉默、冷酷和忧郁。

石雨说：“我的名字叫雨，是因为我妈生我的那天正下着雨，我爸妈本以为我会天生多愁善感，没想到我虽是女儿身却有男孩子的性格，可我自己心里清楚，我的内心很脆弱，只不过是外表坚强罢了。因为我的父母就生了我一个女儿，所以我不想让他们失望，故意像男孩子一样坚强。今天听你说了这么多，没有全懂但也领会了一些，一切都因为你是军人，选择了这条路，你就只有勇敢往前走，可我希望你以后轻松一些，让你的内心和你的外表一样洒脱。”

“我会的，毕竟往事如烟，再说事情都过去了那么久，我会让自己努力忘记。”田长风又猛猛地喝了一口咖啡，只不过这次没有皱眉头。

石雨的水果沙拉快吃完了，田长风的咖啡还有一大半。

石雨看了看手表说：“大队长，不早了，要不我们走吧。”

田长风点点头，看了看自己杯子里的咖啡，然后端起杯子将其一口气喝完。

石雨说：“要是实在觉得苦就算了。”

田长风用纸巾擦擦嘴角说：“这么贵的东西，苦也得喝，浪费了可惜。”

石雨也端起杯子喝完剩下的一点咖啡说：“节约光荣，浪费可耻，俗是俗了点，不过实在。”

田长风刚准备张口喊服务员结账，石雨却伸手按了桌子旁边的一个按钮，然后笑着对田长风说：“大队长，这里不可高声喊叫，要注意绅士风度。”

过了一会儿，服务员拿着账单来了。

“先生，一共一百六十元。”

田长风装出很痛快的样子付了账，心里却在嘀咕着：“成本最多不超过二十块钱，看来时尚这玩意儿真是够贵的。”

回到宿舍已经十一点了，离部队熄灯还有半个小时。

石雨疲惫地倒在床上，衣服也没脱。

她在回想着田长风说过的一些话，还有他那一副老古董的样子，心里觉得有些好笑。

这个社会怎么还有这样的家伙，土土的、傻傻的，像是火星上来的一样。

沉思间，大队通讯员匆匆忙忙地跑了进来说：“石副总队长打了好几个电话问你今晚回不回家，他说打你手机一直关机。”

石雨突然想起今天手机一直关着，那是因为害怕和田长风在一起时，董浩阳会给她打电话。女人真是奇怪，在有了心事的时候，便开始有了心计。

可石雨忘记了今天是星期六，该回家了，她家住在总队家属院，离这里还有十几公里的路。

石雨连忙拨通了家里的电话，电话一响，就有人接，看得出家里的人一直守着电话机。

石广新在电话着急地问：“小雨，你今天干嘛去了？不回家，也不打个电话，手机也关着，把你妈吓得半死。”

石雨连忙编了个谎："我和同事逛街买衣服去了，到了半路上才知道手机没电了。"

不一会儿，电话让妈妈夺了过去。

"小雨，你这个死丫头，啥时侯回来，我给你煲了汤。"

对于父母的这份溺爱，石雨又是感动又是累，她只好安慰地说："妈，今天太晚了，就不回去了，明天我回去看你们。"

手机一打开，董浩阳的电话就打了过来。石雨一看号码，眉头就皱了起来。对于董浩阳的这种无微不至，石雨以前还有些感动，可不知为什么今天却觉得特别反感。

她刚想挂断，可又忍住了，毕竟董浩阳和自己是同学，而且又苦苦追求了自己这么多年，自己又没有明确拒绝过。说不定人家打电话都已经打了一晚上。

"小雨……"

电话一接通董浩阳的话就被石雨打断了。

"以后别这么叫我，我爸妈才这么叫我。"

电话那头董浩阳有些懵了，不解地问："以前我不也是这么叫吗，你今天怎么了？"

"以前是以前，以后就不行。"石雨又摆出了她一贯蛮横的姿态。

"我下个月通过论文答辩就毕业了，到时我就可以回去，就可以看到你了。"董浩阳的欣喜一览无遗。

和他的欣喜相反，石雨冷冰冰地说："还有其他事吗？没事我挂了。"

董浩阳还在电话里不停地唠叨着回来的事，石雨打断说："你有完没完，婆婆妈妈的，我不和你说了。"

电话里传来了嘟嘟的忙音，董浩阳举着手机，一脸的委屈，心里想，女孩的心思真是不可捉摸，怎么说变脸就变脸，不过他比较了解石雨的任性，倒是能包容她。

挂了电话，石雨又想起了田长风。

高高壮壮的，短短的头发，一脸的沧桑。满眼的忧郁，像个孤独疲惫的旅者，又像一个粗俗质朴的农民，可正是这样的一个古怪的人，却处处让人渴望靠近，甚至渴望亲近。石雨的心里充满了不解，同时也意识到人真是一个复杂的综合体，有些细节即便是一个出色的心理医生也无法读懂。

石雨几乎是一夜无眠。

第二天，石雨无精打采地回到家里。

妈妈一看石雨的神情赶紧问道："怎么了，小雨，像丢了魂似的。"

"没什么。"石雨一下子坐到了沙发上。

"没什么？你的那点心思我还看不出来，从小到大，你什么事情能瞒得过我，到底怎么了，快告诉妈。"

"妈，你那时和我爸是怎么走到一起的？"

石雨的妈妈李月瑶曾是总队医院的护士，也是总队一枝花，追求者无数，没想到被貌不惊人的石广新给俘获了。但后来事实证明她的选择是对的，石广新不但对她好，而且前途光明，现在已经是副总队长，她自己也早就退休，专心的相夫教子。

石雨断断续续地听人说过那段故事，可今天特别想听妈妈说。

"你爸那时像个土匪，我是被抢过来的。"李月瑶笑着说。

"你别骗我了，妈，我知道你很爱爸爸，你就告诉我嘛，到底是怎么回事，我需要细节。"

李月瑶摸着石雨的头说："你这丫头，今天怎么了？我那时就是觉得你爸人好，就跟了他。"

"我外公外婆反对吗？"

"反对啊，可女人只要认定了自己喜欢的人，就不会回头，我那时为了你爸爸，差点连命都丢了，你外婆和我拼命，我就和她拼命。他们嫌你爸家里穷，人长得又一般，不过到后来他们都认可了。”

“妈，如果我喜欢上了一个人怎么办？我是说如果。”石雨一脸的忧郁，同时还有几分羞涩。

“什么怎么办？你早就到了出嫁的年龄了，你还以为你小啊，我都愁死了。”李月瑶开玩笑地对石雨说。

她知道女儿从小心高气傲，还从没有说喜欢过一个男孩子。

“我是说真的，妈，也许我是真的喜欢上了一个人，我现在总是莫名其妙地想着他，有时是不经意的，有时却又控制不住，其实我也不知道这是不是喜欢，也许是好奇吧。”

看着石雨一脸的认真，李月瑶慌了，又惊又喜地说：“是谁啊？快告诉妈，让妈帮你参谋参谋。”

“以后再告诉你，我还不知道自己该不该喜欢呢。”

“这丫头，我告诉你，喜欢上一个人没有该不该，再说感情这东西你哪能左右得了？我相信女儿的眼光，告诉我，是谁？哪的？干什么的？”

石雨不高兴地说：“妈，你问这问那的，我怎么回答你啊，烦死了，我走了。”话一说完，石雨就向门外走去。

李月瑶跟在后面大声地喊着：“汤，我给你煲的汤。”

“不喝了。”石雨把李月瑶的话扔到一边，还有她的一片爱子之心。

李月瑶嘴里嚷着：“真是女大不中留，刚有了喜欢的人，就把老妈扔在了一边。”

第十四章

适应性训练过后，训练再度被强化，队员们的激情和理想在被反复压缩的时间里形成一波一波的浪潮，一群八零后、九零后在被误解的时代，冲击并刷新着中国特战部队的纪录，在一片无人鼓掌的世界里用汗水和拼搏努力证明着自己，证明着自己的血是热的。为了成为一名真正的天鹰，中国特战队伍中的精英，没有人吝啬血汗，也没有人在得失问题上纠结，所有情绪和愿望在短短的时日里凝成了一种信念，甚至一种信仰。

武装越野训练由五公里变为了十公里，而且全程负重。多种条件下、多枪种的精确射击训练全面展开，多人战术协同，攀登，也都不同程度地增加了难度。从早到晚，战士们的衣服从没有干过，当然也没有时间洗，训练场上远远望去，白花花一片。

摆在田长风桌上的训练成绩表在不停地变化，成绩提升的速度让人难以置信。田长风的心一会儿揪着，一会儿舒展，内心的感受也是起起落落，队员们付出的努力和辛苦他都看在眼里，而他们面临的结局，田长风也清晰地知道，优胜劣汰其实是一种残忍，也是一种让人很绝望的规则，如果自己是最终裁定者，田长风不希望淘汰任何一个人。

刘明嘴上长满了泡，嗓子痛得咽不下任何东西，训练场上张大了嘴，使出吃奶的力气，也没有声音发出。他再也没有时间给李雪梅打电话，只是偶尔在睡觉前给李雪梅发一条短信，但超不过十个字。这些日子，床成了他最迫切的愿望，一沾床就会睡着，就是打雷都不会醒。

雷剑一让李素妍从外面捎了一些降火的药给刘明。

隔着大门，李素妍看到雷剑一，心一下子扭作一团，眼泪在眼睛里直打转。

一个月的时间，雷剑一已经瘦得没有人形，颧骨高耸，眼窝深陷，黑乎乎的像个煤炭工人，只有两只眼睛还是那么精神。

李素妍告诉雷剑一，父亲的病情再度恶化，估计时日不多了。得知情况，雷剑一的愧疚感再次加剧。然而，他却只能红着眼睛不停地对李素妍说对不起。在把手里的东西递给雷剑一时候，李素妍摸了摸了雷剑一的手。

心疼地说："剑一，别想太多，别让自己太累了，无论是什么结果我都不会怪你，相信父亲也会理解。"

雷剑一仰起头，一股酸楚的味道顺着喉咙流到了心里。

梦想、职责、信仰一时间承载着多少的血汗、辛酸，而希望就在不远处。

每次武装越野赵小波都往腿上绑两个沙袋，不到一个星期，赵小波的双腿就肿了起来，手一按，就是一个坑。赵小波笑着对沈思远说："别人越练越瘦，我是越练越胖。"

即便那样，赵小波依然没有放弃，他心里清楚武装越野是自己的弱项，如果不在这三个月里赶上，考核时这个课目会让自己全盘皆输。假如被淘汰，他就必须离开特战队，耻辱不说，而且会失去自己苦苦寻求的梦想，赵小波做梦都想成为一名优秀的狙击手。

每次站在起点处，赵小波都不停地告诫自己，要勇敢向前冲，就是死也要死在终点。但往往一开始他都冲在最前面，可到了后面就慢慢被人甩下了，不是不尽力，而是无力可尽。沈思远反复告诉他要分配好体力，不能在前面冲得太快，到了后面体力不足，可赵小波就是做不到，一迈开步子就什么都忘了。

看到赵小波摆开了一副拼命的架势，沈思远很难过却也很无奈。在规则面前没有人可以退缩，也没有其他路可以走，包括沈思远自己，也在拼搏中感到迷茫。基层挑上来的那些人都十分优秀，优秀得让沈思远感到了极度的沮丧，觉得自己作为一名特战队员，真是有些惭愧，基层埋藏着这么多训练尖子，都在沉默，以前总认为自己在特战大队很了不起，现在才发现自己太普通，普通到放在人群里根本看不见自己，就像戈壁滩上随处可见的一颗砂石。

困惑中赵小波的转变也深深地感染了沈思远，一个曾经怯懦、颓废的家伙突然变得如此勇敢、顽强，完全出乎沈思远的意料，同时也让沈思远意识到了军营这一片阳刚世界的不可思议。但同时沈思远也不得不感慨命运的安排，学校里成绩最好与成绩最差的学生，在几番转折过后，回到同一条起跑线上，向着同一个目标，胜负却难料。

赵小波让家里寄来一大堆止痛活血的药，吓得赵小波的妈妈在电话那头不停地哆嗦。电话里赵小波问到了苏彤，妈妈说，去找过苏彤，但苏彤不在家，听别人说去了南方。赵小波显得很平静，只是在电话里不停地叮嘱妈妈，要注意身体，别担心自己，自己一切都好。

挂了电话，赵小波的妈妈就哭开了，儿子在电话里的平静和关心让她突然意识到儿子长大了，懂事了，但她担心的是儿子从小到大都没有吃什么苦，军营的一切他能否坚持得住。

赵小波的日记还在继续写，无论多苦多累，他都会向苏彤诉说。只不过日记里的情绪越来越稳定，在高强度的训练中赵小波似乎悟出了人生的些许道理，包括爱情，年少的无知和茫然在直线加方块的生活中似乎淡了，也远了。赵小波只是将对苏彤的表达当成了一种鼓励，潜意识里他希望苏彤的存在，希望苏彤在一旁默默地注视着自己。

凌晨六点，天还未亮，月亮冷冷地悬在半空，整个基地静悄悄的，只有戈壁滩的风窜来窜去发出呜呜的声音。赵小波的身影出现在训练场上，全副武装，腿上照旧绑着沙袋，刚跑了一圈，赵小波就看到了沈思远。

沈思远一把拉住赵小波，大声吼了起来："赵小波，你不要命了，我问过老兵，你这样下去，小腿会粉碎性骨折。"声音在空旷的训练场上显得有些孤单。

赵小波满眼是雾，背后刚刚冒出的汗此时冰冷异常。

“思远，为了成为一名狙击手，我必须要努力，我不想被淘汰。”

“如果你的身体挺不住了，当上了狙击手又能怎样？”沈思远双眼通红。

“放心吧，我挺得住，我自己的身体我知道，没你说的那么严重。”赵小波推开沈思远，继续往前跑。

沈思远只好跟在赵小波后面跑了起来，沈思远知道在这远离故乡的地方，他和赵小波不仅是战友，更像亲人。

两人一直跑到部队起床号响，休息片刻之后又和部队一起出早操。

早饭的时候，刘明发现赵小波走路有些不对，一瘸一拐的。

刘明连忙问赵小波是怎么回事。

赵小波笑着说没事，站在一旁的沈思远连忙说：“队长，他的腿肿了好几天了。”

赵小波瞪了沈思远一眼。

刘明让赵小波将裤腿挽起来。

赵小波犹豫了半天只好将裤腿掀了起来。

看到赵小波的腿，刘明倒吸了一口凉气。

赵小波的两条小腿肿得和大腿差不多粗，呈现出紫红的颜色。

“你赶紧去卫生队，今天你不用训练了。”刘明交待沈思远，让他陪着。

赵小波红着脸说：“队长，我没事，我可以训练，腿一点儿都不痛。”

“放屁，我让你去你就去。”刘明的眼睛一瞪，吓得赵小波再也不敢说话。

躺在病床上，赵小波满脸沮丧，医生说至少要休息一个星期，赵小波知道，真要休息一个星期，一切都完了。

雷剑一来到病房时，赵小波正在发呆，在想办法怎样才能尽快返回训练场。

看到雷剑一，赵小波如同看到了救星。

“指导员，你一定要帮帮我，我不想被淘汰，我想训练，我的腿没问题。”赵小波边说边跳下床，走了两步。

“你现在没问题，但如果不及时治疗，就会有大问题，我已经问过医生了，你还是安心治疗吧。”

“指导员，我的基础本来就弱，这一耽误我怕再也跟不上了。”

“别担心，如果不治好，即使训练也只会事倍功半，如果彻底好了再训练，一定会事半功倍的，我相信你，你会成功的。对了，你的女朋友联系上了吗？”雷剑一看到赵小波一脸的沮丧，想活跃一下他的心情。

“没有，她一直没有回信。不过没事的，我们之前约定过，只要我当个好兵，她会等我。”

看到赵小波的变化，雷剑一很欣慰，和之前自己的判断丝毫不差，赵小波会是一个好兵。

星期天，田长风在办公室制定下一步训练方案，同时他想挤点时间为战士们减减压，安排一个合适的机会让战士们稍微放松一下，舒缓一下长久绷紧的神经。

之前石雨的话提醒了他，未来反恐作战给特战队员提出了更多的新的要求，作为一名优秀的特战人员，不仅需要具备良好的军事素质、文化素质，同时还需要具备过硬的心理素质。

石雨为队员们制定的心理变化图，田长风认真看过，很全面，也很客观。眼下，队员们过于紧张，继续下去很容易出问题。

正在琢磨着办法时，手机滴滴地响了起来，田长风打开一看，是石雨的发来的短信：

听说你离婚了，为什么？

石雨正躺在家里的沙发上，对面的电视里正放着没完没了的韩剧，妈妈爱看，石雨在一旁陪着，满脑子却是田长风的影子。虽然她不敢肯定自己是不是喜欢上了田长风，可眼下关于田长风的一切她都特别想知道。

前些日子石雨听人说，田长风刚离婚，她不知道是什么样的女人会离开如此优秀的男人，抑或是田长风对不住对方。百般猜测后，石雨终于忍不住给田长风发了那条短信。

田长风虽然有些莫名其妙，但想了想后还是回复了她：

因为我舍不得脱下这身军装，不愿离开边疆。而她舍不得她的事业，不愿离开家乡。

看到回复，石雨忍不住笑了，原来只是军人情感和生活中最普通也是最常见的一个版本，如此看来，田长风没有错。

石雨想了想又发了一条：那你爱她吗？

摁下发送键，石雨感觉自己的脸有些发烫，一个女孩子贸然问男人这个问题，有些不妥，可她好像也没有顾及那么多。

短信很快就回过来了，只有一个字：

爱。

这是石雨想看到却又害怕看到的答案，突然之间石雨的眼泪就流了出来。

石雨不知道为什么自己会在这么短的时间里，这样在乎一个男人和这个男人的想法？为什么会为他流出埋藏了这么久的眼泪？以前那个天不怕、地不怕、任性刁蛮的石雨在一刹那间不见了，变成了一个自己都快不认识了的人。

想了很久，石雨又很庆幸，这证明田长风是个重情重义的人，而自己喜欢的不正是他的重情重义吗？可她又知道田长风是一个执著的人，要想取代那个女人在他心里的位置那将是一段非常艰难的路程，自己可以做到吗？

看到女儿流泪，李月瑶连忙从剧情中跑了出来。

“你怎么了，又是笑又是哭的？”

石雨连忙扯过一张纸巾，擦干眼泪，笑着说：“没事，妈，你给我包饺子吃吧，我想吃饺子了，多包一点，我给我们同事捎一些。”

“多大个人了，还跟个孩子一样，我看你永远也长不大。李月瑶心疼地骂着。”

“永远也长不大才好呢，长大了烦心事就多了。”石雨伸了一个长长的懒腰，把头埋进靠垫里。

晚饭前，石雨赶回基地，手里提着一饭盒热腾腾的饺子。

田长风刚准备出门就被石雨堵住。

看到石雨，田长风高兴地说；“你来得正好，我想搞个活动让战士们放松放松，你帮我出出主意。”

“工作的事一会儿再谈，你先趁热把饺子吃了。”石雨将饭盒塞到田长风怀里。

“那怎么行，我马上要去集合部队，交待晚上开会的事。”田长风刚准备离开，却被石雨拉住了。

“我刚给刘明打过电话，说晚饭你不去吃了，开会的事我也让他去通知了，你就安心地吃饺子吧。”

田长风一看石雨的架势，只好回到屋子里。田长风觉得自己在石雨面前一点办法都没有，她根本不讲理，也一点没有将自己当成是她的上级。

吃完饺子，石雨向田长风建议在基地过一次集体生日，既能让大家放松放松，又可以进一步增强凝聚力。

田长风也觉得很好，下星期三正好是教导员秦啸涵的生日，于是活动就定在星期三。

星期三下午，田长风让刘明早点结束训练，之前两天统计过，这个月过生日的有三十几个人，正好一起过。

田长风通知饭堂加了菜，也让人从外面订了几十个蛋糕，其中最大的一个是秦啸涵的，这一切事先都没有告诉秦啸涵。

晚饭时，秦啸涵一走进饭堂就发现气氛不一样。饭堂里摆满了蛋糕，战士们齐齐地站着，秦啸涵一进去，大家拼命地鼓掌。

田长风将秦啸涵拉到桌子边上说：“教导员，今天是你三十六岁生日，祝你生日快乐。”

石雨和高莹正忙着点蜡烛，三十六根蜡烛齐齐的插在蛋糕中间，微微的烛火晃出一片明亮。

秦啸涵忘了今天是自己的生日，也没有想到在紧张的集训期间，田长风会瞒着自己搞出这么大的动静。

秦啸涵静静地望着田长风，一股热流从心底涌了上来，一直觉得很远的田长风突然一下子离自己很近很近。

看到忙碌中的田长风，季强感到心里十分失落，突然意识到，有些地方自己是真的比不上对方。

石雨和高莹点完蜡烛，田长风大声地说：“让我们一起吹灭蜡烛，祝我们今天一起过生日的同志们生日快乐，也祝愿我们的天鹰突击队早日飞起来。”

石雨拉着秦啸涵一起吹灭了蜡烛，战士们在吹灭蜡烛后笑声一片。

雷剑一还将音响拖到了饭堂，安排战士们轮流唱歌。

歌声、笑声让田长风心里踏实了，他懂得这些家伙们怀揣的理想，但也知道他们被压抑的青春和渴望张扬的活力。

季强把自己喝醉了，田长风在向他敬酒时，季强一口气喝了整整一瓶，秦啸涵夺了半天也没有夺下来酒瓶。

到最后，季强四处找人喝酒，但只有高莹陪他一直喝到最后，季强的酒量大得惊人，几乎从未醉过，但竟然败在了高莹手下。

战士们将季强背回宿舍，高莹还显得十分清醒。

一个星期后，石雨终于完成了所有队员的心理档案，秦啸涵和田长风十分感激，他们知道那是石雨用一个又一个不眠之夜换来的。通过心理档案，石雨惊奇地发现，女队员们的心理承受力竟然普遍比男队员们要强，女特战队员，在困难和挑战中以独特的韧性展示了军营的另一种色彩。

一走进攀登训练场，秦欣珂的腿就开始发抖。

之前她悄悄地告诉过董建影，如果她光荣地跌倒在高架下，在她的墓碑上就刻下这样一句话：一只为学习高空飞翔而不幸夭折的小鹰。

董建影笑着回答她说："不是一只小鹰，而是一只母鹰，一只胆小的母鹰。"

轮到秦欣珂上场了，按照提前设想的闭上眼睛，一口气爬到顶点。可她还是忍不住向下看了一眼，紧接着尖叫一声，手一松，像一团棉絮飘了下去。

半空中，安全绳将她套住了。

秦欣珂睁开眼，发现离地面还有一米的距离，自己像个八角大蜘蛛被吊在半空中，张着四肢。

许多男队员都从远处投过来一缕嘲笑的眼神。回到地面上，秦欣珂再次将目光向高处望去，竟然发现不再害怕了，一次与悲壮和丑态的亲密接触让她突破了自己的瓶颈，战胜了恐惧。

女队员们所表现出来的顽强和柔弱让田长风也矛盾交织，训练成绩还差了许多，可又不能要求过严。他知道高莹和那帮姑娘们已经尽力了。

每次他都是小心翼翼地和高莹谈论着训练的事，就连看她的眼神都不能太纯粹。

高莹很聪明，又很要强，许多东西她一看就能领会，于是田长风连含蓄的焦急都隐去了，带给高莹和她的女队员们的只有平静和宽容。

其实，高莹心里什么都清楚，她知道预备队成立的背景、未来的走向以及它所要承担的职责，这是一支在特殊环境中成长起来需要完成特殊任务的特殊部队，在任务面前男人和女人一样。

可特战大队的女干部太少太少，仅靠她一个人，真有种力不从心的感觉。但无论如何，田长风对她的那份信任和理解还是让她感动，这份感动让她忘记了所有的委屈和苦累，并将她带到了完成使命的每一个细节当中。

按照计划，星期三上午是搏击训练。

董建影是跆道高手，喜欢自由灵活式的摔打，对部队比较僵硬的训法有些不理解。

男兵们素来不太信任女兵的柔弱能对抗未来不可知的战斗。

男女队员之间的矛盾存在，战火却不知被谁点燃。

等刘明和高莹都反应过来时，女队员董建影和男队员龙涛都已经面对面站在了擂台上，四周训练的队员们都停下来看着擂台中间。

刘明和高莹都没有制止，各有各的想法。

刘明心想可以借此机会让女兵分队看看男女之间的距离和差别。

高莹知道董建影的实力，心想也可以通过这一战让男兵们改变对女兵的看法。

自由搏击注重的是速度和灵活度。

董建影先发制人，垫步上前一个侧踹，速度很快，龙涛连忙闪身避过，没有还手。

紧接着董建影跟进一个肘击，龙涛立即向后仰身，此时出现了重心不稳的现象，董建影没有放弃这个机会，立即蹲下身来了个抱腿顶摔，龙涛腾空向后摔去。

女队员们顿时大声叫好，男兵们都傻了，龙涛一声不吭地跑下擂台。

这一幕都被站在不远处的田长风看见了，他还是第一次见到女队员们的身手，出人意料。

龙涛从地上站了起来，脸色通红。

董建影向他一抱拳说：“承让了。”

这时田长风走上前说："董建影，不错，你给女队员们长了脸，以后哪个男队员再小看你们，就这样揍他。"

刘明狠狠瞪了龙涛一眼，本想扬眉吐气一把，没想到阴沟里翻了船，丢了面子。

董建影心里知道是龙涛让了她，要是真刀真枪自己一定不是对手。

秦欣珂像对待英雄一样围着董建影转悠，心里顿时找到了安全感。

她开心地对董建影说："以后我就跟着你，谁欺负我，你就上。"

董建影笑着说："你不是一只学习飞翔的小鹰吗？等你会飞了，还要我罩着你吗？你早飞了。"

"一个人飞多没意思，我就是飞也要带着你，没有你在身边没有安全感。"

秦欣珂调皮地做了个飞翔的姿态。

董浩阳毕业回到了总队，如果不是他突然出现在石雨面前，石雨几乎都已经忘记了这个人的存在。

和石雨的冷漠相比，董浩阳的热情显得有些过了。

站在石雨面前，董浩阳激动得有些手足无措。

董浩阳的语气很小心："石雨，你最近怎么总是躲着我？发短信你也不回，打电话你也不接，你知不知道我心里有多难受。"

和大部分女人一样，石雨不太喜欢这种时刻将自己的感受放在第一位的男人，总觉得少了一点味道。

石雨没好气地说："我为什么要知道你的感受，我只要知道我自己的感受就行。"

董浩阳讨了个没趣，但还是没有生气。在石雨面前他仿佛永远不会生气。

"小雨，你是知道的，我一直都很爱你。"董浩阳继续小心地表白着。

这种表白石雨听过很多次，以前不接受，可也没反感，可这次她竟然觉得听起来不太舒服。

石雨的脸一下子红了，生气地说："董浩阳，爱不爱是你的事，可我早和你说过，我不爱你，你明白吗？爱情是两个人的事。"

董浩阳的脸色发青，有些不平地说："我知道你突然变成这样是因为田长风，我还没回来之前就听别人说了，你最近常和田长风黏在一起。"

董浩阳的捕风捉影和对自己的过分关注让石雨的耐心到了尽头，她生气地笑着说："我是和田长风在一起，和你有关系吗？我就是喜欢田长风。"

"石雨，你知不知道，田长风离过婚，他比你大六岁，而且只有高中文凭，你觉得你们在一起合适吗？"

"谢谢你提醒，董博士，关于他的一切我比你更清楚，我只希望你不要以这种口气来解说田长风，另外还得提醒你一声，他的长处你也应该总结一下。"

话一说完，石雨扭身走了，董浩阳站在原地，咬牙切齿地说："田长风，我不会放过你的。"男人碰到这种问题，大多会将气撒在男人身上，董浩阳也不例外，此时他的心里全部充斥着对田长风的恨。

董浩阳的态度让田长风和石雨原本单纯的关系顿时变得不清不楚。

最先知道的是石雨的家人，董浩阳在看望石雨父母的时候把什么都说了。

董浩阳买了一大堆营养品跑到石雨家里，然后规规矩矩地坐在那里向石雨的父母汇报：

"叔叔，阿姨，听说田长风离过婚，年龄比小雨又大了许多，你们可得好好劝劝她。"

听了这话，李月瑶一下子就从沙发上跳了起来，石广新的脸色也立即变得不太好看。

董浩阳继续说着："我和小雨本来谈得好好的，这个田长风竟然掺和进来，小雨很单纯，不知道人心险恶，我怕她会吃亏上当，所以就赶紧来告诉你们。”

“小董啊，你放心吧，我一定会说服小雨，和你重归于好，你也不要生气，我们从小将小雨惯坏了，有些任性，等事情过了就好了。”

得到石雨父母的承诺，董浩阳心满意足地离开了。

周末回到家里，石雨看到父母坐在沙发上，脸色都不太好，心里一紧。心里暗想：家里这是怎么了，是不是老两口子吵架了？

石雨还在瞎自揣摩，父亲石广新就黑着脸说：“你最近是不是总和田长风在一起，一个女孩子也不注意影响。”

石雨一听，心里立即清楚了。

是福不是祸，是祸躲不过。石雨干脆来了个开门见山。

“我知道你们想说什么，说我和田长风关系不一般是不是，不过我去特战大队可不是因为田长风，我去那是为了反恐的事，去之前我还不认识他呢，心理工作在反恐作战中有很大的应用价值。我学的是心理专业，参与其中理所当然，至少我也是军人。至于田长风，你们也不必搞得这么严肃，我实话实说，我就是喜欢他，可人家喜不喜欢我还不知道呢！”

“那怎么行？”李月瑶一听立即急了。“人家比你大了六岁，而且还离过婚。”“妈，爸不是比你大八岁吗？你不是跟我说过，只要喜欢，其他的都不重要吗？”

李月瑶一下子愣住了。石广新刚想开口，石雨一下子冲了过去，她知道爸爸的脾气，服软不服硬，而且最疼她。

她坐在石广新的旁边撒娇地说：“爸，天鹰突击队你很清楚，那里集中的都是精英，是咱们总队的骄傲，田长风是队长，你说他能不优秀吗？你可不能像妈妈一样俗不可耐，我知道你一直都通情达理。”

石广新想说的话被石雨一下堵了回去，只好悻悻地说：“改天我去问问田长风的意思。”

“爸，你可千万别问，他还不知道呢，你要说出来我可就丢人了。”

“你一个女孩子这样子怎么行，你不要面子，我和你爸还要面子呢。我的女儿又不是嫁不出去，非得嫁个离过婚的。”李月瑶又找机会说了两句，看得出她对田长风和石雨的事很有成见。

“我知道肯定是董浩阳告的状。”石雨鼓着嘴说。

“小董怎么了，我看小董就很好，那么年轻的博士，又懂得尊重老人，你们俩又从小是同学，挺般配的。”

石广新一看两人没完没了，赶紧打断说：“既然目前八字还没一撇，咱们也就别争了。可小雨你心里要有数，婚姻大事不是儿戏，爸爸不勉强你，可也不放纵你，你好自为之。”

石雨笑着说：“遵命，石副总队长。”

第十五章

一天下午，刚刚结束四百米障碍训练的刘明向田长风反映，四百米障碍场上的独木桥有一根支撑柱松动了，必须抓紧找人修理，要不然明天就训练不成了。

而田长风刚刚接到常建安总队长的电话，要他到总队汇报当前训练的进展情况和下一步工作安排。于是，田长风连忙找到季强把这件事告诉了他，让季强赶紧找人修理一下。

季强答应了。

田长风一心想着汇报的事，就急急忙忙地离开了特战大队。

在常建安的办公室，田长风认真地汇报当前的训练情况："首长，目前队员们都很努力，刚开始的时候我们还常常动员，怕他们吃不了苦，可现在才发现我们的想法和考虑是多余了，大部分战士都在给自己开小灶，天不亮就起来练体能，其实我们一天的训练量已经很大了。"

听田长风说完，常建安笑着说："长风啊，你是不是有些于心不忍？"

田长风连忙解释说："不是的，首长，我知道这些经历和磨炼对于一名特战队员太过平常，只是觉得那么高的淘汰率有些残忍，无论他们多么努力，到最后总会有一半人离去。"

"残忍？"常建安的眉头皱了起来。

"你要知道雄鹰在练习飞翔的时候都是老鹰将小鹰叼到高高的悬崖上然后向下扔，在这样一个强迫而残酷的前提下才能真正培养出鹰的品质和勇气。"

田长风没有分辩，常建安说的他都懂，只是他害怕看到队员在终点处绝望而又辛酸的眼神，毕竟成为天鹰是所有队员的梦想。

常建安说：“你要知道，我们培养的可是特战精英中的精英，优胜劣汰是唯一的规则，这个意识你要时刻保持。”

说话间，常建安的手机响了。

常建安打开一看，家里的号码。

按下接听键，听见了妻子的哭声。

常建安的心里一沉，以为家里出了什么事。

电话里梁静茹断断续续地说：“慧……慧……填报了军校，我不同意就和她吵了起来，她跑出了家，这会儿不知道在哪？”

常建安安慰说：“没事，可能到同学家去了吧，你也真是的，和她吵什么，孩子大了，有主见了，做什么事我们只有建议权，没有决定权。”

“我是她妈，我也只是随口说了两句……”

常建安知道，接下来一定是妻子的一肚子“苦水”，女人上了年纪喜欢诉说，而且都是苦，不知这是否就是更年期综合征。

常建安说：“我现在有事呢，先挂了。”

挂了电话，田长风问：“首长，是不是有事？”

“没事，一老一小在家唱对台戏。”

接下来，常建安和田长风又聊了一会儿，常建安关心地问：“长风啊，到了这边是不是面临着一些压力？”

田长风知道常建安话里的意思，没加思索就认真地回答说：“没有，首长，一切都很好，大家的心思都在天鹰身上，没有时间也没有精力考虑太多。”

“那就好，无论如何，我都希望你能顶住压力，让天鹰早日飞起来。”

“我会的，首长。”田长风深刻领会了常建安的心思，从常建安语气里他读懂了首长对于“天鹰”的期待和希望。

谁也没有料到，第二天，训练场出事了。

一名队员在跑障碍时，从独木桥上摔了下来，大腿粉碎性骨折，颅骨也摔伤了，被立即送到了医院。

听到消息时，田长风正在给女队员们做攀登动作演示。

刘明气喘吁吁地跑到田长风跟前急急忙忙地说："大，大队长，不好了，一名战士摔伤了，已经被送到了医院。"

田长风的心顿时一沉，跌到了无底深渊。

田长风立即从攀登绳上滑下，飞快往医院赶去。

刚到医院，手机响了，是常建安总队长。

田长风有些无力地按下了接听键。

"到底是怎么回事？"电话那端，常建安总队长的火气很大。

"我暂时也不知道。"田长风小声地回答。

"人怎么样了？"常建安在电话里急切地问。

"正在急救室，没有生命危险，不过大腿骨折。"

电话挂了。田长风重重地坐在了急救室外的长凳上。眼前晃动着的还是队员们的影子，仿佛还没有走出训练场。

冷静过后，田长风的第一反应就是想清楚出事的原因，季强的脸一下在面前跳了出来。

独木桥的支撑木根本没有修。

昨天自己交待过的，怎么会没修呢？也怪自己大意，在今天训练前没有检查一遍，这是一个教训，不过这个教训也太大了。

田长风将脑袋靠在了墙上，绝望的感觉到自己的面前似乎已无路可走。

过了不久，常建安总队长带着主管训练的石广新副总队长到了医院。

常建安的脸色十分难看，石广新副总队长更是直接将矛头指向了田长风。

"有人给你反映了独木桥的支撑木有问题，你怎么不及时修理，还让战士继续训练？对这次事故你要负全责。”

石广新副总队长愤愤地说着，食指对着田长风的鼻子，距离鼻尖只有几公分远。

田长风没有分辩，也没有解释，只淡淡地说：“我承担责任，请示处分并退出预备队。”

常建安一听这话，连忙制止住了还要继续发火的石广新副总队长。

“老石，问题还没有调查清楚，你先不要谈什么责任不责任的，如果有责任我负第一责任。”

田长风偷偷看了常建安总队长一眼，发现常建安总队长也在看着自己，复杂的眼神里除了责备还有一丝关爱。

田长风的心顿时一痛，有些负罪地意识到自己辜负了常建安总队长的期望。

田长风请求处分并退出预备队的事很快就传遍了整个特战大队，对于所有人来说这个消息如同秋天里的一场雨，使人里里外外凉了个透。

预备队虽然成立时间不长，但田长风却在短短的时间里充分展示了他的人格魅力，甚至没有一个人怀疑田长风就是未来天鹰突击队队长的最佳人选。

反应最强烈的是女兵分队，女队员都说，田大队长一走，特战大队可就真成了人间地狱，大队长是整个特战大队唯一会笑而且善解人意的军事领导。

秦欣珂放声长叹：“我曾把田大队长当成训练场上唯一的天使，会带我们上天堂，如今希望破灭了，我们就等着在地狱里轮回吧。”

高莹也在心里为田长风叫屈，一次事故，一次意外就可以断送一名优秀干部的前途，让十几年的心血顷刻间付诸东流，那么这些人在这里苦苦追求和守候的是什么？和田长风相处近一个月来，高莹敏锐地发现了田长风的所有优点，开朗、宽容、细心、热情，仿佛什么时候都能够知道你的心思和忧愁，明亮的眼睛里时刻埋藏着让人心碎的忧郁和看不懂的关爱，更重要的是他对事业的执著，带给大家的永远都是一种激情和希望。

而就是这样一个人，在种种思维和模式演变出的所谓惯性和规律当中，就要被淘汰。

摔伤的战士终于脱离了危险。深夜，田长风拖着无力的腿和疲惫的心从医院回到了特战大队。

在大门口田长风看见了季强。季强直直地站在基地大门不远处，面无表情，静静地看着田长风慢慢走近。看得出他是在等田长风。

田长风走近后，无力地对季强说："季副大队长，你比我更适合这里。"

季强沉默着。

季强的沉默像一把刀刺痛了田长风的心，但田长风没有表现出自己的难过，只是平静地说："希望你能将天鹰突击队带到它想要去的地方。"

田长风用力地拍了拍季强的肩，准备迈步走开时却被季强抓住了胳膊。

季强说："你知道我为什么在这等你？不是等你回来给我交待天鹰突击队的下文，我相信那是你将来需要面对的事，我在这里是等你回来骂我。我就想知道你为什么替我承担了责任？我知道，你和我一样，都将天鹰突击队当成自己毕生的梦想，都当成了一个军人毕生追求的荣耀。可你为什么要轻易放弃？"

"我是大队长，责任应该由我承担。"田长风还是淡淡地说着。

季强大声吼了起来："田长风，你为什么不骂我？你知不知道，你这样比骂我一顿还难受，因为我的一念之差，让一名活蹦乱跳的战士成了废人。"

季强突然蹲到地上哭了起来。

哭泣中还在断断续续地说着："这不是我最初的想法。我只是抗拒……抗拒……你的命令，我以为你的到来都是因为关系和后台，可你的宽容和血淋淋的事实让我意识到自己错了，而这不是一个军人应该犯的错误。"

季强的话并没有让田长风有多意外，一切经过田长风都悲哀地想到了。

田长风走到季强的面前，伸出了手。

季强还在流泪，田长风把他拉了起来，然后走开了。

季强在田长风背后喊着：“田长风，我很虚荣，很在意成功，可我更尊重对手和事实。”

季强的声音在寂静的夜里听起来透着一股令人心碎的绝望。

第二天，在常建安的办公室，季强递上了事故的情况报告和转业报告。

常建安没有说话，心里却在一瞬间交织着多种情绪。

常建安一气之下真想狠狠处理季强，可他已经做出了这样的选择，还能如何？

只是苦了那名躺在医院的战士，他不仅要退出预备队，而且也许将永远退出正常人的生活。

“三十三天，你是第一个离开预备队的干部，是第一个被纪律淘汰出局的人，而且你还是曾经的特战大队大队长，你有什么想法？”常建安面无表情地问季强。

季强站直身子回答说：“首长，我错了，其实我一直都在错，忽略了一名军人在任何时候都应该分得清轻重，要顾大局，识大体。直到如今我才懂得，这个社会的军人不仅要经得起血与火的考验，更要经得起名与利的诱惑。”

常建安无奈地看着季强，感到了莫名的悲哀，一名十分优秀的军人不是输给了对手，也不是输给了职责和任务，而是输给了自己的想法。

田长风没走，季强却走了，这在预备队并没有掀起什么波澜，季强的存在仿佛若有若无，他的离去也很自然，自然的就像秋天里突然飘下的一片落叶。

点名时，田长风宣布，预备队还剩下二百八十八名队员，包括干部。田长风在军人大会上对自己的失误做了深刻检讨，并再次强调了训练中的安全问题。

高莹松了一口气，但紧接着另外一件烦心的事却缠绕着她。

远在京城的男友向她提出了分手，虽然很含蓄，很小心，但高莹还是领会了其中的不得已和实质性的意思。

这已经是自己的第五个男朋友了，每个人分手的理由大同小异，觉得自己找个女朋友形同虚设，看得见、够不着。

高莹对这类男人也并不珍惜，在高莹看来如果男人将情爱放在首位并不见得是一位好男人。可次数多了，高莹也开始心虚。她渐渐明白男人的心理，都希望自己的女人小鸟依人般地守在自己的身边。于己而言，那一切都不太可能了，从参军那一天开始，高莹就已经知道，作为女人自己已不再完整。

周末夜晚，队员们都在处理个人事务，写写家信，打打电话。

田长风在院子里转悠，突然发现体能训练房的灯还亮着，他快步走了过去。

走到门口，田长风发现是高莹在里面击打着沙袋，高莹击打得很投入，没有发现田长风。

高莹的身手十分敏捷，击打也十分有力。可看到最后，田长风渐渐发现情况有些不对，高莹的拳脚渐渐乱了章法，而且脸上流着泪，泪水和汗水交织在一起，在灯光下泛起点点晶莹，折射出她此时内心的伤感。

田长风快步走了过去。

听到脚步声，拳头停下了，高莹却没有回头。

“怎么了？”田长风满脸的关切。

听到田长风的声音，高莹抬了抬胳膊去擦脸上的泪水。

“是不是压力太大？”田长风又问。

高莹摇了摇了头。

“那是家里发生了什么事？”

高莹还是摇头。

“那是感情上的事，是吗？”

高莹没有说话，也没有摇头。田长风心里明白了。

田长风走到跟前伸出手搭在了高莹的肩头。

一股热流从田长风的手心传来，田长风的温和与关爱此时都让高莹有种想哭的冲动。

高莹一头靠在田长风的肩头，痛哭了起来。

一股带着香气的汗味冲进田长风的鼻子，田长风没有躲开。

十几秒过后，高莹的哭声停了，抬起了头，还是那副冷酷的样子。

“大队长，对不起，让你笑话了。”高莹露出一丝苦涩的笑。

“想哭就哭吧，我也偷偷哭过，和你一样，在人面前的一切从容和无所谓其实都是装的。”

“你也会哭？”高莹不解地问田长风。

“你是个男人，在部队难道也会经历我们这样的痛苦？我觉得我们女人就不应该当兵，更不应该将这身军装一穿就那么多年。”

田长风平静地说：“我的经历比起你也许有过之而无不及，结婚六年的妻子和我离婚了，我们彼此相爱却冲不破理想上的禁锢，和我一起当兵的弟弟死在了边疆，逼得我十几年都不敢回故乡。”

高莹显得很惊讶，边擦眼泪边说：“我第一次听你说起这些事，我一直都以为你很幸福，才会有那么平和的心态，没想到你也承受了那么多的无奈。”

“高队长，部队这么苦、这么累，你想过放弃吗？”田长风问。

“想过，可我没有勇气。当了这么多年兵，吃了不少苦，学会的都是部队上的东西，真要到了地方我什么也不会，再说真要让我脱下这身军装，我舍不得。不爱红装爱武装，连我妈妈都说我，从小就像个男孩子，我真不知道我脱下军装后会是什么样子。”

田长风真诚地说：“要相信缘分，离开你的那些男人都没有看到你真正的优点，他们迟早都会后悔，我相信你，一定可以找到理想中的伴侣，未来的生活中就让我们彼此祝福吧。”

“彼此祝福，好的，大队长，就让我们彼此祝福吧，希望你早日找到属于自己的幸福。”

离开时，高莹又重重在沙袋上击了一拳，沙袋飞快地荡了出去，但接着又荡了回来。高莹知道自己的伤心会像这荡来荡去的沙袋一样，反反复复，但最后都会在地球引力和重心的作用下回到原点。

而对于高莹来说，此时自己的重心就是女兵分队的训练，要让那些女队员们真正快速地成长起来。

离转业还有一段时间，可季强却无法在特战大队继续呆下去，他发现周围的人在看他的目光里都带着一种色彩，那种色彩让他的尊严荡然无存，季强悲伤地意识到，自己的军旅生涯到了尽头，而且是以一种羞耻的方式。在和秦啸涵商量后，季强决定提前回老家。

走之前，季强去了一趟医院，看望那位受伤住院的战士，从医生那里得知，战士的腿有恢复的可能，季强的心里才松了口气，这些日子以来积压的忏悔和不安才稍稍缓解。

走出医院的时候，季强看到了田长风，站在大门口走来走去，似乎在等自己。

季强走近说：“你怎么知道我会到这里来？”

“因为我和你一样，尊重对手和对手灵魂里那些干净的东西。”

“可我还是输了，输得有些彻底而悲哀。”

季强的眼睛里透着一股深深的落寞，和以前判若两人。

“你只是输在一念之差上，你的综合能力比我强，如果不是我在中间搅了浑水，这大队长非你莫属。”

“长风，不用安慰我了，之前我也这样想过，可现在我想明白了，部队需要的不是作战机器，而是一个具有凝聚力的核心。在新的历史条件下，有人会将部队带成一盘散沙，有人却可以将部队合成一个有力的拳头，你无疑是后者，而我做不到。”

“你真的要走，不觉得可惜吗？”田长风关切地望着季强。

“没有什么可惜的，其实这些年我也活得很累，早就想歇下了，可就是说服不了自己的那一点虚荣心。”

“一个人背负着灵魂和理想到这么远、这么荒凉的地方，有种流离失所的感觉，每一场战斗之前，我都在想，如果我把命丢了，也太冤了，我们家乡人很迷信，这种死在外面的人不会埋进祖坟，到那时可真的就无根可寻了。其实人活着的没有那么纯粹。我现在真的有些想家，就想回家乡呆着，哪怕只是静静地呆着，心里也有一种踏实感，你不笑话我懦弱吧？”

“这怎么会是懦弱？我曾经和你一样也有这样的想法，可我比你多了一分不得已，于是我只能咬着牙坚持着，为了这份坚持我付出了太多的东西，包括我的幸福。”

季强伸出手说：“以后有空到我们老家去玩。”

田长风也伸出了手说：“会的，你自己多保重。”

两只手紧紧地握在了一起，这是两个人之间第一次握手，但或许也是最后一次。田长风心里弥漫着一股说不出的苍凉感，一个曾令他十分尊重的对手，在部队屡建功勋的战将如今就要蜷缩在故乡的踏实感里，度过余生。

秦欣珂回到宿舍就大声地对大家公布了两个新发现。

一个是发现龙涛最近总是偷偷地盯着董建影看。

二是发现高莹冰冷的眼神里多了一分柔情，不过目前还没有发现这份柔情是为了谁。

秦欣珂第一个发现的结果就是董建影的一顿拳头。

不过，打完后，董建影也在回味着她的话。

董建影也发现了，最近龙涛总是不经意看自己一眼，弄得自己有些六神无主。

夜，温柔的笼罩了整个世界，刚刚进行完体能训练，所有人都爬到床上睡着了，没有月光，周围漆黑一片。

女队员曾静玉的腿肿胀得十分厉害，没有洗漱就直接爬到了床上。

高莹开始查铺，宿舍里的气味十分复杂，有香水味、有汗味，还有各种零食飘出的味道。

高莹心想，这帮家伙可真厉害，管理这么严，还有办法弄到零食。

令她想笑的是秦欣珂嘴里竟然还含着一块饼干，睡着了。因疲惫而干裂的嘴唇并没有濡湿饼干，那块饼干稳稳地夹在双唇之间，她的怀里还抱着一整袋饼干。

高莹轻轻将饼干取了下来，并将秦欣珂怀里抱着的那袋饼干放到她的枕边，然后替她盖好被子。

在手电筒微弱的光亮里高莹发现曾静玉的眼角还留着泪痕，她连忙从口袋里掏出纸巾替她擦掉了，一丝怜惜悄悄爬上心头。

走出队员们的宿舍，高莹将手电筒拧灭了。黑暗中独自感受着内心所有的情绪。到最后缕缕心疼和怜惜占据了作为女人的全部情感，可她知道这种情感只能在黑暗中停留，天亮之前自己必须全部消化完。

明天她还要冷酷着面对队员，教她们学会坚韧和顽强，以面对将来不可知的险恶。

躺在床上，高莹的眼前竟然浮现出田长风的面孔。最近她发现自己常常这样，变得有些不像自己。她讨厌自己的这份虚伪，她更珍惜田长风带给她的难得的一丝真实。

董建影在梦中见到了龙涛，一见面两人就开打，董建影拼命地还击，结果在紧急集合号中被惊醒。

秦欣珂在黑暗中大声的喊着："谁拿了我的鞋子。"

场面乱作一团，根本没人听见她的喊声。

董建影立即意识到这不是做梦，是真正的紧急集合。一骨碌爬起来，没想到一头顶到了上铺，但顾不上疼，立即找着自己的衣服。

男兵分队比较迅速，在楼下等了女兵分队足足五分钟。

高莹刚睡下不到一个小时，此时正气极败坏地站在楼下大声催促着女队员。

秦欣珂终于还是没有找到鞋子，光着脚跑到了楼下，站在了队伍里。

全部人员都集中在训练场检查装备。

田长风看了看表，时针指在三点钟上。

夜晚凉凉的风吹在身上冻得人不停地发抖。

秦欣珂光着脚，牙齿开始上下打架，但她硬是没有吭声。

检查到秦欣珂时，刘明笑了，高莹却满脸寒霜。

田长风赶紧对秦欣珂说："快回去，找到鞋子再回来。"

检查完装备发现共十三名队员装备携带不齐，其中女队员十名。

这次紧急集合让田长风意识到今后必须加强这方面的训练，武警部队养兵千日，用兵一时，而作为反恐尖刀的特战大队更是用兵于分秒之间。

这晚过后，高莹几乎天天拉女兵们的紧急集合。秦欣珂可就惨了，再也不敢脱衣服睡觉，甚至只要有一点响动，就会一骨碌爬起来。

功夫不负有心人，一段时间后，女队员们的集合速度几乎可以赶上男队员。秦欣珂拿表测过，从穿衣到携装完毕只需要两分钟，这时间只相当于没有参军前躺在床上伸懒腰的时间。

··

六月底，女儿常慧收到了长沙政治学院的录取通知书，虽然常建安不太愿意女儿选择一条和自己一样的路，但他还是接受了女儿的选择，并在电话里向女儿表示了祝贺。

电话那端女儿感到极端欣喜的同时，一再叮嘱常建安要注意身体，少喝酒、少抽烟。

常建安也告诫女儿，军人这条路艰辛异常，但有其独特的意义，既然选择了就要坚持走下去，认真走下去。

第十六章

常建安的办公桌上摆着几份转业申请，在一堆文件中间，显得有些另类。这些申请是干部处长小心翼翼地呈上来的，原本转业之类的事情不会上升到常建安这里来决策，只是这些申请不是一般的转业申请，而是直升机大队几名飞行员的转业申请。

申请书里没有说明理由，可常建安知道都是因为个人待遇问题。

常建安之前了解过，大队的飞行员都很年轻，职称级别都不高，按照现行标准，个人待遇上不去。没有房子，补助太低，而且夫妻长期两地分居，这对于飞行行业来说的确太不公平，不仅与地方飞行员收入差别太大，就是在军内比较，也相对偏低。

常建安考虑过提高他们的待遇，可一直没有好的办法，部队的标准和条件都有限制。

可如今这个问题无法回避，只能想办法面对。飞行员是好不容易招回来的人才，不能放走，而且在建设现代化武警的步伐当中，空中打击力量的提升也是重中之重，尤其在未来反恐作战中，空中力量的有效配合至关重要，但也决不能让他们带着情绪工作。

常建安找来大队领导和营房处长。

常建安指着飞行员的转业申请说："我们必须解决这个问题，人是不能放，思想工作要做到位，但实际的事也得做到位。"

常建安掏出自己房子的钥匙对营房处长说："先把我的房子分给他们，等后面建房了再给我分，你要不惜一切，保障这几名飞行员的住房。"

营房处长红着脸，连连摇头说："首长，不用您的房子，我们会有办法的。”

“那好，我不管你用什么方法，尽量满足飞行员们的要求。”常建安斩钉截铁地说。

过了不久，飞行员的住房问题基本解决，常建安又帮几名飞行员的家属解决了工作问题，同时，常建安又请示总部，为飞行员增加了飞行补助。

赵小波的体能成绩提高得很快，但水涨船高，不仅是赵小波在进步，大家都在飞速提升，整体比较赵小波的体能成绩依然落在后面，这就意味着等待赵小波的仍然是一个未知数。

沈思远的射击水平在赵小波的帮助下进步很快，对动静态目标的射击以及精确射击的成绩都排到了前面，综合成绩排在前十名，考核时如果没有意外完全可以过关。

一个多月后，阳光开始变得柔和，世界慢慢呈现出枯萎的颜色。

夏日渐渐接近尾声，西部的初寒袭来。常建安突然感觉自己的腰部疼得厉害，本想去医院检查检查，但一直没有抽出时间。有时疼得受不了，就拿块垫子垫在后腰处，平躺一会儿。

预备队的训练进入最后阶段，日益临近的考核压得每个人都喘不过气。

赵小波和沈思远互相打气，一种从未有过的沉重在彼此之间流动着。

赵小波说：“我一定要成为真正的天鹰突击队队员，要不然就没脸见苏彤。”

沈思远也叹着气说：“我也一样，我妈苦了一辈子，如今唯一的希望就是我能在部队建功立业，出人头地。”

高莹和刘明的脸更加冷峻，对队员们的怒骂和秋风中纷纷飞下的落叶一样，随处可见。

攀登楼前，刘明正在带着队员们训练攀登。

队员成义松正在沿着下水管道飞快地向楼顶攀爬，刘明手里捏着秒表，眼睛死死盯着飞速跳动的数字，脸上的表情越来越难看。

11秒3。

成义松气喘吁吁地跑到刘明面前。

“怎么回事？比昨天还慢了1秒。”刘明大声地问着。

“再爬一次。”

成义松转身向后，又重复着向楼顶爬去。

11秒2。

当成义松再次回到刘明的面前时，刘明终于控制不住吼了起来：“到底怎么回事，再来一次。”

成义松没有立即转身，小声地说着：“队长，我的手痛。”

刘明皱着眉头问：“手痛？伸出来我看看。”

成义松小心地伸出自己的手，他的手已经肿了，攀登手套紧紧勒在手上，磨破的地方正在慢慢往外渗血。

刘明没有说话，立即对着身后跨立站着的三排队员下达口令。

立正。

队员们立即立正站好。

“将你们的手伸出来，掌心向前。”

队员们的手齐齐地伸了出来，没有一双手和成义松的手不一样。

成义松的脸变得通红。

刘明冲着他吼了一声：“再来一遍，如果超不过昨天的成绩，你就一直训练下去。”

“是。”成义松转身又向楼顶爬去。

9秒27，刘明松了一口气。

略带悲伤的磨炼终于有了结果，秦欣珂的攀登成绩竟然排在全女兵分队第五。

董建影对她说："你这只鹰终于可以飞了，而且还飞得很高。"

连秦欣珂自己都不敢相信，从小一直没有吃过苦，如今竟然可以在特战大队立足，而且还不在人后。只是有些遗憾，再也不敢照镜子，当然，在女队员的空间里找不到一面镜子，在这片另类的空间里，美有另一种解释。

高莹终于和男朋友结束了那种不清不楚的关系，在一个没有阳光的午后，天空冷冷的阴沉着，高莹找到一个没有人的角落用手机和对方通了十几分钟的电话，其实连她自己都不知道自己在电话里说了些什么，只是在疲惫地挂了电话后，内心充荡着一种无比空洞的悲伤。

"生命本身就是一个反复咀嚼痛苦的过程，而在这样一个反复的过程中，人才会变得慢慢成熟。"高莹在书里看到了这句话，用笔在下面画上了线，然后写上了一句话：痛苦并不可怕，可怕的是失去希望。

女队员们再也没有了训练之初那种累到极致后的困乏，只是常常在半夜浑身疼痛着醒来。

秦欣珂再也没有心情吃零食，给家里打电话时，总是让他们寄些止痛膏之类的药物。

董建影还是能够从龙涛疲惫的眼神里读出一丝异样的东西，她也渐渐习惯了那种异样的存在。每当在训练场中相遇，那缕眼神总会隔着众人飘了过来，怯怯的，小心的，两支队伍交错的时间大约只有十几秒，二十步左右的距离，而那十几秒却能让董建影心悸整整一天。

一天中午，李素妍的爸爸终于没有等到女儿结婚的那一天，仓促离世。

雷剑一正在训练场上为战士们指导动作。

晚饭前，回到宿舍，雷剑一看到了李素妍发来的短信：

爸爸走了，走的时候还说起了你，他希望我们幸福。

老人慈爱的笑容再次在眼前浮现，雷剑一握手机的手微微颤抖。晚饭雷剑一没有去吃，一直在宿舍坐着，直到天黑，也没有开灯，雷剑一以一种独特的方式表达着对老人的怀念。

晚上，雷剑一还是忍不住跑了出去，虽然他知道这样违反了纪律，可是在情感上他却无法让自己漠视心爱的人独自面对那样一种痛苦。

雷剑一的匆忙出现让李素妍的家人大吃一惊，也很感动。尤其是李素妍，看到雷剑一满身的疲惫和一头的汗水，在感到欣慰的同时却又有些担心，她知道雷剑一此时面临怎样一种处境和压力。

雷剑一跪倒在灵堂前，按民间的习俗认认真真地磕了头。

李素妍拿出一副字，告诉雷剑一说："是爸爸临走时写给你的。"

雷剑一看到宣纸上写着四个苍劲大字：精忠报国。

雷剑一的眼泪顿时流了出来，他想起老爷子之前说过，要和自己大战三百回合，如今却再也见不到他了。

深夜回大队时，雷剑一碰到了田长风。

雷剑一向田长风说明了情况，田长风拍了拍雷剑一的肩膀，说了声："难为你了，剑一，等考核完了，我们再想办法补偿。"

考核前一个星期，队员们开始调整状态。训练强度小了许多，但每个人的心理压力却日益加剧。

田长风开始拟制考核方案，内心却游离着一种强烈的失落感，他知道一个星期后真正残酷的场面就要来临。

初秋季节，风清云淡，天空呈现出半明半暗的颜色。

常建安带着石广新和总队作战训练处处长，来到了考核现场。看到队员们蓄势待发、斗志昂扬的样子，常建安十分高兴。

常建安笑着对身边的石广新副总队长说："老石啊，隋唐时期，有个'百日造宫'的典故，今日我们效仿古人，来个百日练兵。"

石广新也笑着说："无论是百日造宫还是百日练兵。我相信其中的精神蕴涵一样，那就是顽强拼搏，永不言弃。"

见到田长风，常建安问道："长风，怎么样，准备好了吗？。"

田长风敬礼后回答说："首长，都准备好了，可以开始了。"

"那好，那就开始吧。"常建安对着身边的作战训练处处长点了点头。

考核由射击开始，队员受训的所有枪型的所有练习都要打，计平均分。

考核场上红旗翻飞，各保障小组已经就位。

一声令下，射击开始，拉开了考核的帷幕。

一时间，枪声大作，寂静的射击场顿时热闹非凡。

常建安微笑着从队员们的身后走过，看着远处报靶的情况不住地点头。

一段时间后，常建安站在了一名队员身后，停止不动。

常建安已经观察了这名队员很久，发现他的成绩最好，而且他打枪时不是那么全神贯注，仿佛是在不经意间出的枪，但就是命中率高，尤其是在打移动靶时，发挥得更是淋漓尽致。

常建安问身边的田长风："这名队员叫什么？"

田长风回答说："他叫赵小波，是大队有名的神枪手，曾经还自创了一套关于射击方面的理论，我看过了，不太实用，主要是操作性不太强。"

常建安没有说话，他已经从空中飘来的火药味中品出了这次考核淘汰中的激烈竞争和迫不得已的残忍。

女队员没有落下一个硬课目，而且她们在考核中的表现也十分出色。

最后一个课目是武装十公里越野，每名队员要背负着二十五公斤重的装具全速跑完十公里。

考点就在离城市不远的沙漠公路上，一条长十公里的直线。

秋风卷起阵阵黄沙，迷了人的眼睛，也给考核增添了一丝肃穆之气。

五十人一组，沈思远和赵小波被分在了第一组。没有任何前奏，一场悲壮地奔跑悄无声息的开始了。

哨声一响，赵小波就奋力冲了出去，他只有一个念头，就是死也要死在终点，在一瞬间他将沈思远反复交待他的分段保存体力的忠告也抛到了九霄云外。

沈思远在后面大声地喊着："小波，小波。"

可赵小波像脱缰的野马，飞快地窜了出去，根本没听见沈思远的声音。

三公里过后，赵小波的脸色发白，脚步明显慢了下来，后面的人一个一个超了过去，他的心里越来越急，却再也无法控制自己的步伐和体力。

五公里过后，沈思远跟了上来，他看上去比较轻松。

"小波，跟着我的节奏，调整呼吸。"沈思远焦急地向赵小波交待着。

沈思远的到来为赵小波增添了一丝气力，根据沈思远的方法赵小波试了试，顿时感到轻松了一些。

六公里时，赵小波的呼吸出现了紊乱现象。

沈思远一把抓过他手里的枪，他知道赵小波面临极限了，前面他冲得太快，体力分配不均，马上会出现力竭现象。

沈思远背上两支枪，还要不停地给赵小波鼓劲。

八公里时，赵小波感到自己的步子已经迈不动了，他抬起头，看着一片苍茫昏黄的天空，心中的绝望慢慢占据了内心。

赵小波挤出一丝力气对沈思远说："思远，你快把枪给我，自己先跑，我们两个人不能都淘汰。"

沈思远悲哀地感觉到了赵小波的放弃和绝望，但沈思远知道自己无论如何也不会丢下他不管。

"要淘汰就一起淘汰，要留就一起留。"沈思远目光坚定地对赵小波说。

然后沈思远又腾出一只手拉着赵小波。

"想想苏彤。"沈思远还在尝试着发动赵小波的潜力。

"试过了，没有用，你还是先走吧，别管我了，你要成功，要替我实现梦想。"赵小波几乎是被沈思远拖着在走。

但沈思远倔强地拖着，枪的背带将他的脖子勒出了一道深深的印子。

赵小波的眼泪流了出来。被沈思远看见了。

沈思远大声地叫了起来："王八蛋，哭什么，我还从没有看见你哭过，大不了我们回家一起再创业。"

九公里半时，隐隐约约能看见终点的旗子在飘舞，沈思远大声叫了起来："小波，小波，快看，快到了。"

赵小波无力地睁开眼睛，只看到满天的星星，然后一头向地上栽倒。

沈思远绝望地看着晕倒在地上的赵小波，心里却在告诉自己，无论如何也要把他带到终点。

他背起赵小波，一步一步向前走去。

卫生队的急救车从旁边开了过来，沈思远流着眼泪向他们摇了摇头，车子开走了。

沈思远知道赵小波也一定和他想法一样，无论如何也要到达终点。

上百个日夜的拼搏不能只留下一个省略号。

所有的队员都到终点了，沈思远背着赵小波离终点还有三百米。

所有的人都在终点为他们加油。刘明蹲到了地上，心像刀绞一样痛。

所有的女队员们都在流泪，也有一部分刚到达终点的男队员们一边抹汗，一边红着眼睛看着自己刚跑过的路和路上正在缓慢前进的两个叠在一起战友。

常建安问田长风："这两个人是谁?"

田长风说："是赵小波和沈思远，一个是大队的神枪手，一个是大队的飞毛腿。"

"又是他？"常建安的眉头拧到了一起。

过了很久，就在沈思远背着赵小波快到终点的前一瞬间，常建安对作战训练处处长说：“这两人都留下，不管成绩如何。”

赵小波醒来时，看到了趴在床前的沈思远和他脖子上那道深深的血印。

“思远，对不起，是我连累了你。”一滴眼泪从赵小波的眼角挤了出来，滑过脸颊，落到了床单上。

沈思远笑着说：“小波，其实没有什么，我想好了，等我们回到老家，一起做生意，我们还是好兄弟。”

“你真的放弃了？你怎么向你妈交待？”赵小波的问题像炮弹一样击中了沈思远的痛处，让沈思远不得不想他一直不敢想的问题。

“不放弃又如何？我相信我妈会理解我的。再说世间的路有很多，我重新走一条就是了，就像当初我放弃上大学一样。”

秋的伤感又一次席卷了特战大队。

田长风站在队伍面前宣布被淘汰的人员名单，二百八十八双眼睛以同样一种眼神望着他。

李兵……

顿元元……

崔成武……

被点到的人都出列，站在了队伍的另一侧。

虽然大部分人都已经有了心理准备，但悲伤和绝望还是不约而同地占领了所有人的心情。

沈思远和赵小波绝望地等待着自己名字的出现，可到了最后，大队长还是没有点到，是疏漏，还是遗忘？但都不可能，因为站在场上的只剩下一百六十人了。

被淘汰的人有半天的收拾行李的时间，没有被淘汰的人也都怀着成功后的各种复杂心情离开了操场。

只有沈思远和赵小波没有动。

田长风看到他们的表情，走上前说："我说过，你们一定会成功。"

"大队长，是你帮了我们。"赵小波疑惑地问。

"不，是总队长。"田长风笑着说。

"总队长？"赵小波的眼睛瞪得大大的，一副难以置信的样子。

"为什么？大队长。"沈思远问。

"总队长说，你们身上有'天鹰'的品质。"田长风说完转身就走了。

有人说，男儿有泪不轻弹。

有人说，军营没有眼泪。

可在送走淘汰队员的那一刻，这两句话都被推翻了。

留下的队员站在路的两旁为淘汰的队员送行。

淘汰的队员们排成两列默默地行进着，所有的人都在极力地控制着眼泪。

突然，有人哭出了声音，是秦欣珂。

秦欣珂是留下的队员，可她看到曾和自己一起苦苦拼搏的许多战友都走了，心里很难受。曾静玉，腿肿了也不肯休息一下的女孩子，此时正蹒跚地走在淘汰者的队伍里。

秦欣珂的哭声感染了全部的人，场面一下子乱了起来。没有了队伍，也没有了纪律。

只有眼泪和祝福。

龙涛也走了，董建影的眼睛一直跟随着他的脚步，而龙涛更是回头不断，那份曾有的纯纯地彼此注视，此时无声地消散在秋风里。

董建影很失落，因为别离还是因为永久的失去？在军营这方热土上，她和龙涛没有说过话，却永远活在对方的记忆里。

许多队员都抱住刘明，不停地喊着队长，队长。

被队员们称为冷血的刘明也在不停地抹着眼泪，他清晰地知道这近百个日夜队员们是怎么走过来了。

田长风和队员们一个一个握手，一个一个敬礼，又一个一个祝福。

田长风不停地说："你们回到基层仍然是精英，回到地方也是好男儿。"

常建安的车就停在不远处，本想过来送送队员，可那种眼泪的海洋让他望而却步，常建安害怕自己的出现会打破那种最可贵的场景。

于是，常建安只远远地望着，默默地目送队员离去。

作为一名老兵，常建安心里清楚地知道，这种在军营里存在的情感和任何情感都不一样，是一起流汗、一起拼搏过后的积淀，是人内心深处最纯洁的留恋，而且彼此都清楚，大家来自天南地北，分开过后，再会也许是遥遥无期……

第十七章

九月的西部，天高云淡，鹰击长空。

天鹰突击队正式成立，分为男兵分队和女兵分队，男兵分队一百人，女兵分队六十人。

田长风任天鹰突击队队长，秦啸涵任教导员，都提升为了副团职。刘明、高莹分别是天鹰突击队的男女兵分队长，副营职，雷剑一任男兵分队指导员，同样是副营职。

宣布命令时，总队常委全部到了会场，政委曾仁成激动地对队员们说："同志们，天鹰象征着正义、勇敢、胜利，这种象征也是我们整个部队的精神核心，希望在不久的将来，天鹰能战无不胜，攻无不克，要成为人民心中最依赖最可靠的力量，要成为恐怖分子最畏惧的雄鹰。在这片广阔的土地上，你们要为正义而战，要为百姓而战，要用你们的血汗去捍卫社会的和平与安宁。"

常建安亲自宣布了田长风的任命，他相信自己的判断，也相信田长风终会成为天鹰的核心，成为一个精英团队的领军人物，在一个新时代的精神引领下，成功地创造反恐作战的神话和奇迹。

突击队一成立，所有的队员都想松口气，准备让绷紧了近百个日夜的神经松弛片刻。

然而，那口气还没吐出来，总队进行野外生存训练的命令到了。这个命令只有田长风和几名分队长知道，即便是常规训练也不能让队员们知道，要让大家带着虚构的真实进入情况。

没有任何准备，也没有事先通知。队员们在武装越野了十几公里后又被车拉到了一百多公里外的戈壁深处。

一望无际的戈壁滩上除了一簇一簇的红柳，没有看到其他活物。

天空低沉，一片阴霾，所有的人都没了方向，只有事先配发的坐标、地图和指北针。

赵小波疑惑地问沈思远：“今天是搞什么名堂，把我们拉到这种地方来。”

沈思远说：“我有种不好的预感，感觉凶多吉少。”

赵小波笑着说：“这么多人在一起，就是死了也不孤独。”

沈思远愁苦着脸说：“事情恐怕没你想得那么简单，这么多人在一起的可能性不大，我看事情还会有变。”

沈思远的话音一落，新的作战命令到了。

据上级通报，一伙恐怖分子向戈壁深处逃窜，要求突击队分组轻装追击。

刘明、赵小波、沈思远分在了一组。

三个人背着枪按指定的方向飞奔了近十里的路，仍没有发现恐怖分子的任何痕迹。

低沉的天空更加低沉了。

突然，下起了雨。

赵小波一不留神，被石头绊了一跤，摔了个狗啃泥。

飞溅的泥浆将他涂了个大花脸。

赵小波站起身，和着雨水抹了一把脸。

冲着天吼了起来：“你狗日的，平时想你下雨你不下，一年的雨都跑到这会儿下了。”

看到他的样子，刘明笑着说：“赵小波，你要是再骂，你还得摔跤。”

赵小波像看怪物一样看着刘明说：“队长，你笑了。”

刘明愣住了，接着问道：“赵小波，难道我没笑过吗？”

“反正我是第一次见你笑。”赵小波咧着嘴，泥水顺着发梢流了下来。

沈思远也接上说：“是的，队长，我也还是第一次见你笑。”

刘明说：“我是怕再过一会儿我们都笑不出来了，告诉你们实话吧，这次任务是野外生存，我目前知道的只有一个坐标，是五天后我们要到的地方，也是这次拉练的目的地，这五天里我们是死是活只能靠自己了。”

沈思远说：“那个地方离我们有多远？”

刘明说：“我初步判断了一下，大约二百五十公里左右，所以我们每天至少得走五十公里。”

赵小波哭丧着脸说：“队长，我们这没吃没喝的，咋办啊。”

赵小波的话仿佛提醒了刘明。

刘明连忙说：“快，快，取下头盔，接水。”

沈思远和赵小波没有犹豫就取下头盔，站在雨里，端着头盔。

刘明边接水边说：“西部的雨水不常见，这可是场及时雨，至少可以保障我们今天的饮水。”

然而，天气说变就变，下得好好的雨突然就停了，接着竟然出了太阳。

三个人头盔里的水都没有接满，最后倒在了一个头盔里，由赵小波端着。

太阳照着湿乎乎的身体，没有刚才那么冷，但也黏糊糊的不舒服。

行进了大约十公里，太阳偏西。

刘明连忙说：“我们必须尽快找到胡杨林，要不今晚我们就受罪了。”

黄昏，晚霞染红天边。

戈壁滩上也是茫茫一片红色，在这片红色里赵小波感到了一丝绝望，远远望去，根本没有丛林的痕迹。

刘明不停地给他们两人鼓气：“相信我，一定可以找到林子。”

头盔里的水早就喝完了，三个人都渴得厉害。

下午落下的雨水早就渗进了戈壁的黄沙里，没有留下一丝痕迹。

赵小波恨不得抽自己一耳光，要是趁下雨那阵子多喝两口雨水，该多好。可一想到雨水，就感到口更加渴。

夜晚来临，黑暗笼罩了一切。

除了沙沙的脚步声，没有任何声响。

没有人说话。沈思远和赵小波不敢增加刘明的心理压力。

刘明更是心急如焚，如果找不到林子，三个人就只能这样一直走到天亮，十月的戈壁，一到夜晚，寒风袭人，根本不敢歇下来。而照目前的体力耗费情况，只要躺下，就不想起来，而不起来的后果就是生病，甚至会有生命危险。

深夜两点，希望还是没有出现。

在沉默中穿行。

在疲惫中挣扎。

突然，沈思远打了一个瞌睡，差点一头栽倒在地，蹬蹬蹬跑了好几步才站稳。他揉了揉眼睛，打起精神，继续向前走。

凌晨四点钟，终于碰到了林子。

一片不大的胡杨林给了三个人极大的希望。

刘明连忙分工，沈思远捡拾木材，赵小波开辟休息地。

刘明取出两颗空炮弹，撬开后，将火药倒在石头上。

干燥的木材找来了，堆在一起。

刘明用另一块石头向火药一砸，火着了起来。

赵小波用头盔轻轻扇着，过了一会儿，火堆就烧了起来。

看着刘明熟练地做着一切工作，赵小波问："队长，你是不是以前经历过类似的训练？"

刘明不假思索地说："没有，人被逼到了这个份上，啥办法都得想。"

刘明看了看火说："我们还得去找些木材，不能让火熄了，我们轮流往火里加柴，两人休息，一人守护。”

沈思远说：“队长，你休息吧，加柴和守护的事，我和小波来做。”

刘明认真地看着沈思远，一字一句地说：“眼下我们三个人被系在一根绳子上，没有队长和队员，我们都是战士，要不然我们都完成不了任务。”

刘明让沈思远和赵小波先休息，自己守着一堆木材，看着静静燃烧的篝火，不知怎的就想起了家人和自己的未婚妻李雪梅。

自己当兵在外，家里的事全靠未婚妻担着，他想过转业，想过离开边疆，可总舍不得脱下这身军装。尤其看到大队长田长风一心扑在事业上，自己更不好意思提出转业的事。

自古忠孝难两全，刘明在这静静的篝火旁，在这样一个疲惫至极的夜晚才真正体会到了其中的含义。

没过多久，沈思远先醒了过来。看到刘明还守候在火堆旁，连忙说：“队长，你休息一会儿吧。”

刘明看着有些变弱的火堆说：“把干柴都加完，别浪费了。”

沈思远点点头。刘明和着衣服躺在火堆附近。眼睛闭上了，心却还清醒着。

过了不久，他睁开眼睛，看着沈思远。随口问了句：“小沈，你为什么要当兵？”

沈思远有些不好意思地说：“队长，说心里话，我以前对部队不太了解，我家里穷，就想到部队奔个出路，可现在我才发现，当一名军人太苦了，放弃了许多常人都能拥有的东西。”

“你指什么？”刘明不解地问。

“家庭、爱情，还有正常人的生活。队长，你年龄也不小了，也该成家了。我们怎么发现你连女朋友都没有？”

“谁说我没有女朋友？我有未婚妻，她在老家。”

沈思远沉默了，不知该说什么。

刘明的眼睛慢慢也合上了，睡着了。

沈思远没有叫醒赵小波。

早晨八点钟，戈壁的风冷得直刺骨头，太阳慢慢爬了上来。

赵小波还在睡梦中，嘴里喊着：“苏彤，苏彤……”

刘明笑着问沈思远：“苏彤是谁？”

沈思远红着脸回答说：“是他女朋友。”

沈思远一脚踢在赵小波的屁股上，嘴里大声骂着：“都这个时候了，还想着女朋友。”

赵小波一骨碌爬了起来，站起身一看，太阳出来了，连忙不好意思地挠了挠脑袋冲刘明说：“队长，对不起，昨晚我睡着了。”

刘明说：“没关系，我们才过一个晚上，还有四个晚上，你都包了就行了。”

赵小波立正站好，大声地说：“是，队长。”

刘明看他的样子笑着说：“只要你能完整地坚持到终点就算是烧高香了，再过半天你就神气不起来了。”

正如刘明所说，上午十点一过，三人不约而同地感到了饥饿，还有焦渴，脚步不由自主地慢了下来，身上的装备仿佛一下子重了几倍。

刘明看了看时间说：“咱们得想办法找点吃的，要不就走不动了。”

赵小波望了一眼无边无际的戈壁滩，苦着脸说：“这到哪找吃的，连个鸟都见不着。”

刘明说：“咱们来练习射击，这时的戈壁滩上一定有野兔，我打出空炮弹，惊吓野兔，沈思远负责观察，赵小波射击。”

刘明一连打响了三发空炮弹，沈思远警惕地看着周围，赵小波将子弹上膛，据枪准备射击。

空炮弹的声响在广阔的戈壁滩上没有传出多远，但还是有一定的惊吓作用。

不到三分钟，沈思远就发现一只野兔窜了出来。

沈思远喊着："小波，快看。"

赵小波也在同一时间看到了，并迅速瞄准。

砰。

一声枪响，野兔应声而倒。

将野兔提在手里，刘明笑着说："神枪手，名不虚传。"

三个人捡拾了一些枯萎的骆驼刺，点着后将兔子烤熟了，说是烤熟，其实是半生不熟。

在撕扯肉吃时，赵小波发现肉里还带着红红的血丝，差点吐了出来，但实在是饿极了，也闭着眼睛吃了几块。

刘明大口大口地吃着，仿佛生来爱吃生肉。沈思远比赵小波也好不到哪去，面色苍白的吃了一些。

黄昏如约而至，夜晚来临。

没有野兔，更没有水，幸运的是找到了一片小树林子。

刘明说，有林子的地方必定能找到水，苦的只是没有食物。

沈思远突然想起老兵说过，戈壁滩的晚上会有许多蝎子，以前有许多老兵就抓蝎子泡酒，疗伤效果好。

沈思远和刘明提起了蝎子的事，刘明和赵小波立即起身去找，赵小波一想起白天吃的生肉，浑身就起鸡皮疙瘩，现在听说是蝎子，更是恐惧万分，但是太饿了，于是只好在心里安慰自己，也许蝎子烤起来比兔子好吃。

随身携带的装备里有手电筒，借着手电筒的光亮，三个人的收获还挺大。

抓了一会儿，三个人都发现了规律，蝎子大多藏在石头下面，翻开石头，下面一定会有一窝蝎子。

抓了近两个小时，两只头盔里都快装满了拍死后的蝎子。

沈思远和赵小波坐在火堆旁烤蝎子，刘明操起军用匕首，找水去了。

烤了几只过后，赵小波竟然闻到了香味，忍不住闭着眼睛嚼了一只，还挺脆，挺香。

刘明在林子里摸到一块稍显潮湿的地方，用匕首挖了起来。

挖了近一米深，才有一丝水渗了出来，他估算了一下，照这种速度，到天明时每个人会喝上几口水。刘明从衣服上撕下一块布，垫到坑底，以过滤泥沙。

两只头盔里的蝎子很快被烤完了，吃进了三个人的肚子里。刘明说：“我们还得再抓一些，烤上，做明天的食物。”

三个人忙活到半夜，又抓了三头盔的蝎子，并烤熟了。刘明发现三个人的嘴唇已经干裂，咧着大大的血口子。他祈祷着天亮时，那只坑里能有救命的水。

沈思远张张口，半天没说出话来，赶紧咽了一下口水，其实已经没有了口水，喉结上下滑动了几下，嘶哑地问刘明：“队长，还有两天多，你说我们能顺利回去吗？”

“会的。”刘明坚定地点点头。其实他自己也没有太多的信心，与大队失去了联系，在这种情况下，唯一可以慰藉自己的就是还没有迷失方向。

寂静而又沉闷，周围的一切让人感到窒息。

清晨七点钟，天还没有亮。

沈思远突然发现自己身上长满了红红的疙瘩，奇痒无比，而且口渴得更加厉害。

刘明睡着了，赵小波守在火堆旁。沈思远不想惊动他们，强忍着痛苦。可过了不久他实在忍不住了，就对赵小波说：“小波，你看我身上长了什么？怎么这么痒？”

赵小波借着微弱的火光发现沈思远皮肤已是红肿一片，连脸也肿了起来。连忙喊道：“你把衣服脱了我看看。”

沈思远撩起上衣，赵小波一下子被惊住了，沈思远全身已是红肿一片。

沈思远拼命地挠，可似乎作用不大，最后难过得抽搐起来。

赵小波顿时手足无措，不知如何是好。

刘明被吵醒，一看沈思远的样子也吓了一大跳。他立即反应过来了，这是过敏现象，可能是吃蝎子过敏了。

那种野生的毒蝎毒性很大，很容易让人过敏，照目前情况看，刘明和赵小波倒不过敏。

沈思远在地上滚来滚去，赵小波用沙子替他磨着皮肤，以减轻他的痛苦。

刘明用随身带的一些消毒的药膏替沈思远擦着，一个小时后，红肿的地方慢慢消了，沈思远立即感觉从地狱回到了天堂。

天亮了，刘明迫不及待地去看自己挖的积水坑。

谢天谢地，坑里总算积了大约五六百毫升的水。

刘明招呼赵小波和沈思远一人就着坑喝了几口，但这点水远远不够，三个人嘴上的裂口还是越来越大。

沈思远不能吃蝎子，赵小波总琢磨着给他弄点别的吃的，可他边行进边观察了一天，一只活物都没见着。

苦心人，天不负，到傍晚的时候，还是让赵小波发现一只歇在戈壁中间的乌鸦。

一枪击毙。

一只乌鸦让沈思远战胜了饥饿，烤熟的蝎子吃完了。三个人都出现了严重脱水的情况。

刘明心里知道，必须加快行进速度，在明天到达目的地，否则后果不堪设想。

三个人一晚上都在行进，没有停歇，因为知道离目的地不远，所以人的潜力就自觉地发挥了出来。

天亮的时候，刘明对照地图和地形标定了一下坐标，估计离终点还有四十公里左右。

但就在这时，人体的极限到了，赵小波瘫在了地上。沈思远也迈不开步子。

没有人说话，确切地说是说不出话来了。

刘明半蹲在地上，鼓励地看着他们俩，可是却在两个人的眼神中发现了放弃和绝望。

装备放在了地上，赵小波大口喘着气。

沈思远挣扎着站起身子，要伸手去替赵小波拿起那些装备。赵小波伸了伸手，却无力阻挡。

刘明一看，连忙轻声地说了句："记住，我们是天鹰，无所畏惧的雄鹰。"说完后抢先背起了赵小波的装备，一步一步向前走去。

沈思远看了一眼赵小波，彼此用目光交流了一句话：天鹰，绝不放弃。

赵小波从地上爬起来，蹒跚地向前走去。

四十公里，三个人足足走了一天。刘明背着两个人的装备，像一只缓缓行走的骆驼。赵小波空着手，却也走得很艰难。

黄昏时分，三个人到达终点，暮色中，远处尽是星星点点的红的，绿的，在极度疲惫中三个人都出现了幻觉。

救护车就在终点处，三个人到达终点的那一刻，都不约而同地昏了过去。

他们提前到达了终点，完成了此次野外生存训练任务，成绩是第一名。

随后的时间里，其他队伍也陆续到达，大多出现了严重脱水现象。

女队员们挑战极限的训练没有男队员们的强度大，但也都脱了一层皮。秦欣珂饿得两腿根本站不稳，看见谁眼睛都是直直的，像是要扑上去啃上一口的样子。高莹的脚是一个又一个的血泡，有的地方竟然已经溃烂。

所有队员都在医院休整了两天，两天后转入正常训练。

回大队时，赵小波称了一下体重，整整瘦了五公斤。

第十八章

突然的野外生存训练给了大家一个信号，成为“天鹰”才意味着特战生活的真正开始，才意味着淬火的日子拉开了序幕。

田长风在制定训练方案时尽量贴近实战，他知道，“天鹰”注定要经历血与泪的考验，只有平时的训练更贴近实战，战时才会降低牺牲的概率。

与此同时，秦啸涵发现了一个严重的问题，大部分队员心理压力过大，情绪变得不稳定，垃圾箱里经常可以见到扔掉的酒瓶，甚至半夜还有人在怪声吼叫。为此，秦啸涵多次和石雨沟通。石雨说：“这是正常现象，大家刚经过一个重负荷的心理周期，进入一个更强大的心理负荷之前，都有一个调整过程。”田长风在查铺时也经常发现有队员在偷偷喝酒，但他并未强加干涉，甚至装作不知。田长风懂得队员们身上的个性和血性，这是特战部队的战士们不可缺少的特质。

沈思远给母亲写信告诉了她这些日子经历的一切，为了不让母亲担心，他将其中的苦累省去了一半。

雷剑一和李素妍的婚礼终于举行，婚礼上，秦啸涵担任证婚人。赵小波让爸妈从老家寄来一只江南的大花瓶当贺礼。婚礼上，秦啸涵说：“雷剑一是我们部队优秀的干部，前些日子为了执行特殊任务耽误了婚期，也让新娘的亲人抱憾离去，今天我代表我们特战大队向新娘的亲友们说声对不起，也代表我们整个特战大队祝他们两人一生幸福。”

李素妍笑着流泪了，亲友们也都纷纷鼓掌。

一个月后，基地的设施建设已全部竣工，一流的模拟射击方舱，战术训练场，现代化的训练馆。这就意味着，反恐训练真正实现了系统化、模拟化、实践化。如此多的工程在五个月内完成，创造了总队建设史上的一个奇迹。而全总队上下都知道，那是常建安磨破了嘴皮，跑断了腿才换来的结果。

所有设施在竣工并投入使用的那一天，常建安把自己关在屋里，整整睡了一天，什么也不想，什么也不做，疼了许久的腰也好像在休息中轻了许多。

为了增强“天鹰”反恐作战的远程机动力量，常建安要求直升机配合“天鹰”训练，重点是高空垂直索降。队员们要在数十米的高空迅速到达地面，仅靠一根垂直而下的绳索。

多数队员第一次上直升机时都很不安，有的吓得脸色苍白。为了克服队员们的恐惧心理，田长风第一个完成了索降。到达地面后，田长风自己也吓出一身冷汗，这个动作危险系数大，稍微不慎就有可能出现意外。

女队员那边是高莹带了头，站在机舱口，高莹没有任何表情，但心扑通扑通乱跳。她看了一眼田长风，田长风的眼睛里装满赞许和鼓励。高莹牙一咬，闭上眼睛按动作要领滑了下去，几秒钟过后，顺利抵达地面，在没有人发现的瞬间，高莹悄悄抹去了在一瞬间流出的泪水。

赵小波终于成了一名狙击手，终日将自己泡在射击场。赵小波深知，一名优秀的狙击手都是用子弹喂出来的，而现在赵小波根本不用担心子弹问题，在特战大队，狙击手的训练弹没有限制。

据枪、观察、瞄准、射击，就是在梦里赵小波都在重复着同样的动作。

而沈思远将心思放在了排爆上，潜心研究当前国际上各种先进的定时炸弹，苦练排爆技术。沈思远找来各种资料，仔细阅读并在实践中一次一次向特战大队以前的拆弹纪录冲击。

两个人的空闲时间越来越少，最奢侈的时候就是星期天的上午，两人雷打不动地聚在一起洗洗衣服，聊聊训练心得，谈谈故乡或心里的事。

得知苏彤再也没有音讯，沈思远有些愤愤不平。连沈思远自己都很奇怪，之前一直都很不屑赵小波的行为，尤其是他和苏彤之间的往来，现在自己竟然理解并且支持他们，甚至为他们之间的距离而感到惋惜。不得不承认，生活是在时刻变化的，而有些变化只是因为观察的角度不同。

石雨经常为田长风找一些反恐方面的资料，有外军一些成功的战斗实例，也有一些专家的理论文章。石雨心里很清楚，要想走近田长风，只有帮他做他想做的事，而眼下，田长风所有的心思都在“天鹰”上。随着彼此接触的更细致化，石雨越发清晰地知道自己喜欢上了田长风，然而却无法表达，田长风的心仿佛有一层厚厚的外壳，风雨难侵。更让人郁闷的是，田长风一心都在工作上，其他的事都与他绝缘。

又是周末，石雨仍然没有回家，照旧跑到田长风的办公室，和田长风讨论着当前队员们细微的心理变化，可说着说着就跑题了。

石雨说：“大队长，你觉得我怎么样？”

田长风看了她一眼，然后漫不经心地说了句：“你，很好啊。”

石雨笑着说：“我哪好？”

“心好，工作能力强，有上进心。”

一丝失落顿时涌上石雨的心头，石雨笑着说：“我给你讲个故事吧！”

田长风不知石雨又是唱哪出，只好点头。

“很久以前，真实和谎言一起到河边洗澡，谎言先洗好了，上岸后穿上真实的衣服离开了，真实洗完澡后找不到自己的衣服，又不肯穿着谎言的衣服上岸。于是人们只能看到穿着真实衣服的谎言，却看不到赤裸裸的真实。”

田长风知道石雨是拐着弯骂自己不真实。笑着说：“我没有骗你，在我的眼里你真的很好。”

石雨委屈地说："除了工作，我还好不好，你别忘了，我还是个女孩子。"

田长风的心里突然一颤，石雨的神态和语气让他在瞬间感觉到了对方的心思。然而，对于男女之间的情感，田长风从未有过任何想法，也似乎没了希望。

一种温暖和悲凉同时涌上心头，田长风连忙躲开石雨的目光和问题，心神不定的回到工作中。

突然，通讯员站在门口喊着报告，随即送进来一封信。

田长风打开一看，是前妻李思婷的信。

长风：

等了你很久，我还是决定放弃。我的年龄一天比一天大，而你回来更是遥遥无期。我不怪你，也希望你不要怪我。许多该说的话在你那里，我已经和你说过了，我是一个女人，天性柔弱，还有自私。我们的爱或者说生活经不起这样的撕扯，也经不起这样漫长的分离，如果各执一端对谁都不好，所以希望你也将我忘得一干二净。我现在嫁给了一位商人，他有世俗的一面，也比我大了许多，可他能够时刻在我身边，给我一种安全感。对于我，这就够了……

信封里夹着一张照片，是李思婷和那个男人的结婚照，照片里，李思婷笑得很开心。

田长风将信轻轻放在桌上，从贴身口袋里掏出一张照片，那是他和李思婷的结婚照。

田长风端详了最后一眼，就慢慢地将其撕碎，撕得十分小心，仿佛害怕碰碎了什么。

田长风的脸色铁青，石雨被他的样子吓坏了，一动不动。

石雨看到了放在桌子上的照片，她也可以猜想出来那就是田长风的前妻。

她在一瞬间跟着田长风一起痛苦，虽然她不知道为什么。

过了很久，石雨说："大队长，想开些，好吗？"

田长风点点头，其实不是想不开，而是有些失落。他在心里早就知道了结局，可真正面临这样一个结局时，内心还是有些难以接受。

田长风说："石医生，我现在想不开，有心理问题，陪我喝酒，好吗？"

田长风提着一袋子易拉罐啤酒，爬到了大队的楼顶，石雨跟在了后面。

以前，田长风常听战士们说，心情不好的时候就到楼顶看风景，可以看到家乡。

田长风顺着家乡的方向，只看到一片烟色蒙蒙。

黄昏，残阳如血，映红了天边。

田长风想起李思婷说的话，家乡的红蜻蜓，晚霞中的红蜻蜓。

十几年了，田长风不知道家乡变成了什么样子。

田长风说："石医生，知道吗？我有十几年没有回家了，我有时是真的想回家看看，看看晚霞中的红蜻蜓。"

石雨问："那你为什么不回家？"

"因为我弟弟，他将生命留在了这里，如果我回去，亲人们看到了我也许会更伤心，我希望岁月可以淡化他们的痛苦。"

"我是一个非常要强的人，骨子里也有着太多浪漫的情绪，可生命却给予了我太多的不得已，所以我只有选择忍耐。"

石雨静静地听着，她知道这个时候的男人需要倾诉，不管他倾诉什么，你都得认真听着。

田长风一边喝酒，一边说话，仿佛要将心里的苦水一下子倒出来。

喝完第十只“易拉罐”，田长风倒了下去，石雨扶住了他，并将他轻轻搂进了怀里。

田长风伸出手想要抗拒什么，却一歪脑袋睡着了。

石雨感受到了他内心的痛苦，可不知道该做些什么，即便自己是一个出色的心理咨询师。

田长风的头靠在石雨的怀里，静静地睡着了，石雨低着头看着他，这是她第一次如此近距离地看着田长风，也是第一次感受到他的心跳。

石雨伸出手，抚摸着田长风的头发、脸庞，还有硬硬的胡须，嘴里喃喃自语：“长风，别怕，有我陪着你，我会永远陪在你身边。”

昏睡中，田长风仿佛听见了石雨说的话，却无力作答，或许他认为那只是梦。

过了很久，刘明才跑上楼顶将田长风背了回去。

看到刘明，石雨说：“你们大队长喝多了，这几天，你要把他照顾好，他现在心情不太好。”

刘明感激地看着石雨，点点头说：“谢谢你，石医生。”

回到中队，石雨一动不动地躺在宿舍的床上，此时她只想静静地一个人呆着。

她一直以为自己只是喜欢田长风，到今天她才真正地知道自己对田长风的感情就是爱，一份有些迟到也似乎得不到认可的爱情。

石雨一遍一遍回想着田长风痛苦的样子，心如刀绞。她不知道该怎样呵护那样一个男人，而作为一名心理医生，石雨也突然意识到，看似平常的爱情却远远超出了心理学的范畴。

田长风的难过还在继续，“天鹰”就开始行动了。

上午十一点，市局通报，几个劫匪抢劫了建设银行支山分行后，携大量现金逃窜，总队命令，“天鹰”出击。

田长风带领队员们奋力追捕，沿途成功击毙其中两名劫匪，剩余三个逃入一幢商业楼里，挟持了楼里一家装饰公司的一名女员工后，仍然负隅顽抗。相持一段时间后，劫匪要求警方立即撤离，同时为其提供一辆车。

警方一边与其周旋，一边与田长风商量对策。

田长风仔细观察了周围地形，发现可以实施狙击，于是建议击毙劫匪。

观察后得知，劫匪一共三个人，有两个人守在房间的门后，其中一人用枪顶着人质的头，抱着人质蹲在桌子后面，整个身体都躲在人质后面，只露出很小的一块脑袋。

来到对面的高楼顶端，田长风安排狙击手就位，守在门后的两名劫匪好解决，射击范围大，只是躲在人质后面的那名劫匪有些难度，为保险起见，田长风安排刘明和赵小波两人共同担任此点的狙击手。

在瞄准镜里，赵小波努力寻找着狙击点，然而，他的手却一直在发抖，对狙击手来说，这是非常致命的。赵小波不停地调整情绪和心态，但无济于事，甚至越来越紧张，头上的汗不停地往下掉。眼看狙击时间就要到了，赵小波感觉自己的心瞬间沉入无底深渊，他没有勇气开枪，甚至连看瞄准镜的勇气都渐渐都丧失了。

突然枪响了，劫匪被击毙，是刘明开的枪。枪响的同时，赵小波两腿一软，昏死在地，但不到几秒钟就立即清醒了过来。

田长风冲到赵小波跟前大声地喊了起来："赵小波，你怎么回事，为什么不开枪？"

赵小波一脸茫然，不知该说什么。整个天空一下子就暗了下来，世界仿佛在一点一点沦陷。

"天鹰"第一次出动，任务完成得十分出色，总队表彰了"天鹰"，然而田长风却没有丝毫欣喜。

赵小波的临阵失常让田长风有些后怕，如果不是安排双保险，如果刘明也失手，后果将不堪设想。

田长风认真总结事故原因，最终还是石雨给出了答案。

石雨分析说是心理素质的不稳定造成了赵小波的失常，毕竟赵小波是第一次参加实战，枪口面对的是活生生的人。田长风没有处分赵小波，他相信赵小波在射击场上或战斗过程中的努力，通过石雨的分析，他也理解了赵小波的失常。只是有些遗憾，赵小波是难得的狙击手，他的射击水平在特战队几乎无人能比。

田长风一再问石雨，有没有办法能够改变或训练赵小波的心理素质，石雨理解田长风的心情，但还是摇摇说："目前的情况，只能靠他自己，外力解决不了任何问题。"

赵小波依然将自己泡在射击场上，一次失败让他几乎崩溃，但也变得更加顽强和刻苦。

瞄准，调整呼吸，赵小波力求将射击的每一细节做到完美。

突然，赵小波在瞄准镜里竟然看到了大队长田长风，穿着迷彩服，就站在目标靶旁边。

赵小波以为是幻觉，揉了揉眼睛，再看，真的是大队长。

赵小波放下枪，远远地呆呆地看着田长风。

田长风远远地喊道："赵小波，开始射击。"

赵小波没有动，他知道枪里装的都是实弹，大队长是以生命在做"赌注"。

田长风大声地吼了起来："赵小波，我命令你，准备射击。"

赵小波无奈地回到枪边，开始瞄准，但握枪的手又开始发抖。

突然，赵小波在瞄准镜里发现了心理医生石雨。

看到石雨，田长风连忙叫了起来："谁让你来的，你快走。"

石雨说："你能来，我为什么不能来，我是心理医生，知道怎样帮他。”石雨对田长风的做法感到担心，也以自己的行动表达着一种抗议。

石雨对着赵小波的方向大声地说：“赵小波，你现在面对的不是你自己，是责任，你是一名天鹰突击队队员，你是一名军人，你要为自己的职责而努力。”

田长风刚准备将石雨拖走，枪响了，正中靶心。所有的一切都静止了。

赵小波无力地放下枪，在扣动扳机的瞬间，他突破了自己的心理极限。恍然间，有种重生的感觉。石医生说的话其实他一句都没有听清，在赵小波的心里就只有一个念头，不想让所有人失望。

“啪”的一声，田长风突然一耳光扇在了石雨的脸上。巴掌落下后，田长风呆若木鸡，他没想到自己会打石雨，只是在极端担心和愤怒下，情绪失控了。

石雨突然感觉脸有些火辣辣的痛，但心里很暖和，田长风以一种粗劣的方式证明了对她的爱。

石雨流着泪，冲过去紧紧地抱着田长风，一句话都没有说。

过了许久，田长风才说：“石雨，你这是何苦呢。”

西部的初秋寒气逼人。

常建安的腰部疼痛愈发厉害，人一上了年纪，到底还是扛不住，常建安跑到医院拍了片子，医生告诉他，是腰肌劳损，并伴有椎间盘突出，必须赶紧治疗并在日常工作中加以精心护理，否则疼痛还会加剧。

常建安一听没有太大的问题，就连忙回到了总队。

在办公室门口，常建安看见曾仁成在那里等着自己，连忙快步走了过去。

看到常建安用手扶着腰，脸上不自然的表情，曾仁成担心地问：“老常，你这是怎么了？是不是哪里不舒服，公务员说你去医院了，检查得怎么样？没事吧？”

曾仁成一口气问了这么多的问题，很自然的表达着对常建安的关心和担心。

常建安笑着说："政委，我没事，你这么急找我，一定有什么事，我们进屋谈吧。"

进门之后，曾仁成随手将门关上，然后认真地对常建安说："你别总是为了工作，连命都不要，身体可是革命的本钱。"

常建安感激地说："政委，谢谢你对我的关心，我会照顾好自己的，你找我有什么事，咱们还是先谈事情吧。"

曾仁成叹了一口气，无奈地说："你就是这种急性子，有什么事能比你的身体更重要。"

常建安也叹了一口气说："我知道你是为我担心，可我眼下最担心的是部队的建设，在目前这样一个转型时期，我一点儿都不敢松劲。说句心里话，我只能成功，不能失败。"

曾仁成点点头，然后表情复杂地对常建安说："我来是准备和你商量曲参谋长的事情的。"

"纪律强？他怎么了？"常建安立即紧张地问道。

曾仁成低沉地说："今天总部有人找我谈过话了，说纪律强的年龄到了，该退了，上级机关象征性地征求我们的意见，我没有明确答复，其实答不答复结果都一样，但我知道眼下你正是用人的时候，纪律强又合你的脾气，所以我赶紧来和你商量，看看还有没有解决的办法。"

常建安心情沉重地听完了曾仁成的话，一直沉默着。

纪律强相当于常建安的左膀右臂，而且是十分有力的臂膀，尤其是在目前装备试用期间，纪律强的作用不可忽视，而且这些日子，纪律强一心扑在工作上，部队的军事训练及整体建设都呈现出良好的发展态势，如果这个时候让纪律强退下来，不仅会打击整个部队抓建设的信心，还会让刚刚起步的反恐事业受到冲击。

沉默了半天后，常建安问："纪律强知道吗？"

曾仁成说："他正在基层检查部队装备试用工作，我没告诉他。"

"先别告诉他，我再想想办法。"常建安一脸的愁容。

曾仁成点点头，在准备出门的时候，他又对常建安叮嘱了一声："如果想办法，就得快一些，等命令下了，一切可都来不及了。"

"我知道。"常建安无力地答道。

曾仁成一走，常建安连忙接通了纪律强的电话。

"参谋长，你在哪儿呢？"常建安问。

"我在基层部队试用新式装备的性能，常总，这批装备可真不错，应用了许多高新技术。"纪律强的工作激情和欣喜一览无遗。

常建安欣慰地问道："现在基层部队的反恐作战工作抓得怎样了？"

"进步很大，基层都加快了反恐建设的步子，每个中队都成立了特战小组，加大了对特殊人才的培养力度，每个支队基本都有反恐作战骨干，而且经常性地进行军事演练，部队的忧患意识和战斗精神明显增强。"纪律强在电话那端兴致勃勃地说着。

常建安说："那就好，那就好。"

放下电话，常建安连忙给魏冉升司令员打电话。

"老首长，我想请你帮个忙。"电话一通，常建安就来了个开门见山。

"你说吧，只要我做得到，我一定办。"魏冉升在电话里果断地说。

常建安笑着说："老首长，你得先答应我，一定帮我。"

魏冉升也笑了起来："你小子，什么时候变得这么婆婆妈妈的，看来这件事对你很重要，那好吧，我答应你。"

"我想请你将我们总队的参谋长留下来，他今年到年龄了，该退了，可他对工作十分认真，而且当前部队建设确实离不开他。"

电话那边没了声音，常建安一急，连忙脱口而出："老首长，你该不是反悔了吧？"

魏冉升确实感到有些为难，可既然常建安把话说到这份上了，他也只能硬着头皮去揽这件事，何况当初自己也承诺过常建安，有了困难自己一定得帮。

魏冉升笑着说："我什么时候反悔过，说了就要算数，你放心吧，这件事情交给我了。"

常建安悬着的一颗心终于放下了，连腰疼也仿佛好了许多。

在常建安的办公室，田长风认真地汇报近期天鹰突击队的训练情况，排爆、工化、攀登、狙击、体能，一项一项，条理清晰，层次分明，重点突出。

从汇报情况看，目前各项训练都已基本进入正规化、系统化、专业化。

常建安听了不停地点头，听完汇报，常建安又给田长风提了许多希望和要求，尤其是信息化建设方面，田长风都一一记在心里。

常建安交待说："日常训练要从难从严要求，训练中要多设想一些情况，一定要贴近实战。"

田长风认真地点点头，就在他准备离开的时候，常建安笑着对田长风说："最近有人反映你和石雨走得很近，是真的吗？"

田长风红着脸解释："她是大队的心理咨询师，我们在一起只是因为工作。没有别的意思。"

常建安开心地笑着说："我也没有别的意思，只是提醒你，她是石副总队长的女儿，其实你们都是单身，即便有了火花也很正常，那倒是我希望看到的，毕竟这些年你的内心也很苦，必要的时候我可以帮你说说情。"

田长风感激地看着常建安，然后敬了个礼，走出了办公室。

出门的时候，田长风感到一股暖流从自己的身体里流过。常总一直对他有种特殊的情感，每次和常总交谈完，田长风都会感到信心十足。

田长风在心里暗暗发誓："首长，我一定不会让您失望，一定会让您看到一只真正的雄鹰飞起来。"

清晨，特战大队的起床号声一响，田长风就带着队员们进行武装越野跑。

每天早晨都是五公里，负重三十公斤。雷打不动，就是下雨天也不例外，而且田长风总是跑在最前面，身上的装具也不比队员们背得少，队员们都看在眼里，更加激发了训练的热情。

七点钟，天还没亮，只有依稀晨色，远处的山峦像一个个沉睡的巨人，戈壁的风吹在身上有种刺骨的凉意。

田长风跑在队伍的前面，后面跟着天鹰突击队的队员，跑了大约两公里时，天空飘起了雨丝。

田长风回头喊了一嗓子："同志们，今天可是个好日子，下雨了，跑起来不热。"

三公里时，雨下得大了起来，田长风身上的伤口突然疼了起来，他知道越是在这种条件下越能锻炼队员的战斗意志，他强忍着疼痛给队员们鼓劲：

"同志们，今天谁跑了第一，我奖他二十串烤羊肉，外加一瓶啤酒。"

一听这话，队员们像疯了一样冲了出去，雨越下越大，几乎完全蒙住了人的眼睛，路上飞溅起的泥浆都糊到了脸上，可这一刻没有人退缩。其实他们不是为了烤羊肉串和啤酒，主要是因为田长风的期待。

田长风也感动了，顾不得疼痛，跟着队伍冲向终点。

天渐渐亮了，世界慢慢清晰起来。

到终点时，田长风发现今天的成绩竟然比平时不下雨时跑得还好。

田长风高兴地喊了起来："谁跑的第一？我说话算话，请他喝酒。"

不知是谁应了一声：

"赵小波。"

赵小波？田长风有些怀疑，他知道赵小波的武装越野不是强项，今天怎么会是他第一呢？

田长风又问了一句：“到底是谁第一？”

赵小波。这一次证实了，大家都说是赵小波。

田长风大声地吼了一句：“赵小波。”

“到。”

“出列。”

“是不是你跑第一？”田长风抹了一把脸上的雨水问道。

赵小波昂着糊满泥浆的脸大声回答：“是。”

“那我请你喝酒。”

“不，大队长我不喝酒。”赵小波干脆地说。

“那你要什么？”

“我们希望你给我们找一个嫂子，”赵小波回头向整个队伍问了一声：“你们说是不是？”

“是。”所有人都在风雨中回答，声音穿透了雨幕，震得田长风的耳朵发痛。自从知道了石医生对大队长的感情，赵小波总想找机会把事情闹大。

田长风沉默了，眼泪和着雨水流了下来，他望着队员们一句话也说不出来。

突然，不知是谁说了一句：“常总队长来了。”

田长风朝身后望去，发现真的是常建安总队长，他的车停在不远处，常总走在雨里朝这边过来了。

田长风下达了口令：

“立正。”

队伍齐齐、直直地站立着，甚至没有人眨一下眼睛。

田长风跑到常建安面前敬礼后报告：“总队长同志，天鹰突击队正在训练，请您指示。”

常建安还礼后大声地说：“请部队稍息。”

部队稍息后，常建安来到部队面前，雨还在不停地下，雨水顺着常建安的头发向下流。

常建安伸手抹了一把，激动地说：“同志们，我本来想给你们来个突击，看看你们的晨练情况，这一看让我看到了希望，让我看到了我们天鹰突击队的灵魂，这个场景会让我终生难忘。你们让我感动的不仅是你们钢铁一般的意志，更是你们战无不胜的团队精神。你们的身上承载了太多的期待，承载了太多的责任，‘天鹰’不仅是我的梦想，更是武警部队的梦想，还是全国人民的梦想，我在这里祝你们成功，祝愿你们早日像雄鹰一样搏击长空。”

掌声经久不息，常建安缓缓举起右手，向队员敬了一个礼。

第十九章

赵小波终于收到了苏彤的来信，就在他佩带蓝色天鹰突击队队员标志的第五十六天。下午的体能训练刚刚结束，汗水还在顺着前额往下滴，赵小波就从通讯员送来的一摞信件中发现了自己的名字，顿时欣喜若狂，赵小波以最快的速度将自己收拾了一番，然后万分激动地坐在椅子上看苏彤的来信。

还和以前一样，浅蓝色的信封，六张纸叠成了六只纸鹤，赵小波小心地打开，看到了苏彤那依旧娟秀的字迹。

小波：

这里已是深夜，四周很安静，可我想，你那里的太阳应该刚刚落山吧。这么久没有给你写信，是因为我一直在两难的境地挣扎，在放不放手之间徘徊。我曾经很喜欢你，你的幽默和大胆垄断了一个女孩子所有的心思，更重要的是你对我无微不至的关心，让一直得不到家庭关爱的我拥有了许多快乐，直到现在只要想到你，我的心里还十分温暖。然而，当初你离开时，我就有种预感，我们之间会是个无言的结局。到南方后，这种预感更加强烈，短短的时间，我在这个灯红酒绿的地方经历了太多，我想，要是依你的性格，在这里一天都过不下去，可也正是那些挫折和痛苦让我渐渐懂得了生活，也懂得了人生。人生本来就是一个不断寻找的过程，往往走了许久我们才知道我们想要什么。我们曾经年少，曾经以为单纯的在一起就是幸福。如今看来真的是因为年少，我们的想法过于简单，过于美好。生命中还有许多我们想象不到的复杂，包括理想、成功和活着的层次问题。

小波，从你的来信中我知道你也在慢慢改变，有了自己的理想和目标，并且很成功。很为你高兴，也希望你继续成功，为家乡也为自己获得荣耀。我不知道你说的“天鹰”到底是什么，但还是觉得很了不起，至少很神圣、很威武。而我却在与你相反的方向越走越远，渐渐在这个物欲横流的城市追逐着我想要的一切，渐渐习惯了装扮自己，习惯了在人群中表现自己，习惯了向不同的人妥协，为了向更高的层次发展，我会不惜一切代价。为此我曾深深自责和迷惘过，但我相信我不会后悔。

小波，忘了我吧，我已不是当初的苏彤，我会在这里选择我想要和生活和情感，希望你能理解我所做的一切，并祝你在西部边关能够取得更大的成功……

看信的过程中，赵小波身上的汗开始冷却，看完信赵小波不禁打了个哆嗦，脑子里突然一片空白，六页薄薄的纸终结了他和苏彤之间的一切，无论是年少的心思或刚刚萌发的爱情，甚至对于未来的幻想和期待。

晚饭的号声响起，站在队伍里赵小波几乎完全靠惯性迈着步子。一口饭没吃，赵小波木然地回到宿舍，静静地坐着，想哭却哭不出来。直到沈思远带着一脸的关心跑过来找他，赵小波才感觉回到了现实。

看到赵小波失魂落魄的样子，沈思远问道：“怎么了，小波？”

赵小波没有说话，沈思远再问的时候，赵小波就从抽屉里将苏彤的来信拿给了沈思远。看完信后沈思远一脸的不平，生气地说：“苏彤怎么会这样？怎么是这种人？小波，你也别想太多了，这种女孩子根本不值得你珍惜。”

赵小波依然没有说话，站起身从沈思远手中拿回信，小心的夹在日记本里，又慢慢合上日记本，像是收藏一件珍品，又像是在尘封一段心事。

晚上的搏击训练赵小波完全不在状态，时常走神，当对手第三次将赵小波击倒在地时，刘明远远地冲到了跟前，大声骂道：“赵小波，你在干什么，这是在训练，如果你不想训练，就站到一边。”

赵小波没有分辩，慢慢从地上爬起来，摆好格斗式，再次投入训练中。但不到三招，又被对方击倒，赵小波再次爬起来，再次被击倒。

正在旁边练习拳靶的沈思远见了连忙跑了过来，从地上拉起赵小波，然后对刘明说：“队长，小波家里出了点事，今天晚上我陪他练吧。”

刘明黑着脸，点点头说：“好吧，但无论如何训练都要认真，不要将个人情绪带到训练场上。”

沈思远摆好格斗式对赵小波说：“小波，快振作起来，别忘了，我们是天鹰，你是天鹰里的神枪手，如果有一天，我们再见到苏彤，我会告诉她，你有多么优秀，一定要让她后悔离开你。”

赵小波的表情十分复杂，但无疑沈思远的话还是起到了作用。赵小波集中精神回到了训练上，每一拳，每一脚落到沈思远身上都生生的痛，但沈思远却很高兴，他知道赵小波再次站了起来，再次战胜了自己。

熄灯前，赵小波用磁卡电话给家里打了电话，近期，基地装了一些磁卡电话，打电话比以前方便多了。

电话里，赵小波没有提起苏彤，只是交待母亲去沈思远家里看望沈思远的妈妈，前几天赵小波无意中听沈思远说到，他的妈妈病了，身边连个人都没有。

赵小波反复交待，要在经济和生活上照顾好沈思远的妈妈，直到妈妈一再保证，赵小波才放下电话。

几天后，“天鹰”再次出动。

位于沙漠腹地的塔尔监狱发生越狱事件，十二名重刑犯经过长期的预谋，利用外出劳动风沙大的时机，袭击了随行押解的干警，夺走了四支手枪和两支自动步枪后逃窜。

直升机将行动小组带到指定位置，简单动员后，田长风下达作战命令，并进行战斗编组，五人一组，共十组分头向前追捕。

赵小波和田长风分在了一组，行进不到半小时他们就发现了逃犯留下的痕迹，被扔在沙漠中的囚服和一些零碎的垃圾，田长风立即命令全速追赶。然而，全速追赶不到一个小时，各种困难接踵而至。队员们携带的装备太重，沙漠行走体力消耗大，水分流失快，更麻烦的是风沙突然变大，逃犯留下的痕迹越来越不明显。与此同时，也许是感觉到有人在追捕，逃犯们的行进速度好像也在加快。

战斗成功的希望似乎越来越渺茫，三个小时后队员们明显有些气馁，步子慢了下来。然而，田长风心里清楚地知道，眼下正是比拼耐力和毅力的时候，逃犯们在求生欲望的支配下会拼死前行，但队员们在正义使命的召唤下也会奋勇追击，而事情的关键在于谁坚持到最后。

田长风再次要求队员们加快速度，而且中途不能有丝毫停顿。毒辣的太阳下队员像一只只蜗牛爬行在茫茫大漠里，赵小波感觉自己的汗似乎早已流干，浑身发软，但还是咬紧牙关向着跑着。

下午五点，逃犯们留下的脚印清晰了许多，这就意味着距离逃犯越来越近了。

然而，此时队员们的体力也到了极限，使了全部的力气，步子也快不起来。大部分队员都出现了脱水现象，嘴唇干裂，双眼通红。田长风连忙要求队员们开始减负，能扔的装备赶紧扔掉，尽量做到轻装前行。

队员们一路走，一路扔，到最后几乎只剩下枪了。

天黑之前，终于与逃犯接触。没有任何掩体，仅靠日常训练的战术配合。战斗开始得快，也结束得快，十二名逃犯，击毙五名，活捉七名，无一漏网。

赵小波也成功击毙一名逃犯，很平静，也没有过多的心理负担，他在高强度的战斗准备过后突然就战胜了自己。

战斗结束后，田长风却被难住了。

由于追得太急，无形中已深入沙漠好远，照目前的体力赶回去是不可能的了，而且还要押着逃犯。对讲机已超出了能够接收的范围，呼叫时只会传出一串串嘈杂的忙音。

眼下只能等待救援，而救援的直升机要到天亮后才可能出现。田长风将眼前的困难细细分析了一番，决定原地不动，由于之前的装备都已扔掉，队员们只能忍住饥渴。

田长风将队员们召集在一起，语气沉重地说："同志们，眼下我们的处境很不好，但我相信大家一定会完成任务，坚持到最后，要记住我们是天鹰，我们是特战精英中的精英。"

夜晚，沙漠的风活像刀子，割得身体刺骨的痛，没有水，没有吃的，队员们的双眼还要紧紧盯着逃犯们，防止他们乘黑逃窜。

深夜，有名受了伤的逃犯冻得受不住，晕死了过去，救醒后，田长风让队员们将逃犯都围在中间。

田长风说："我们不能让他们冻死在我们面前。"

其中一名年龄稍大的逃犯小心地问田长风："长官，你们是哪个部队的？"

田长风看了他一眼说："我们是天鹰。"

"天鹰？"几名逃犯面面相觑，似乎很陌生，然而这一路的追赶却让他们知道了眼前这支队伍的顽强和可怕。

终于挨到了天亮，那名被冻晕了的逃犯终究还是死了。还有一名逃犯正在发高烧，如不及时救助，也会有生命危险。

田长风焦急地仰着头，期待着天空中出现直升机的身影。

正在田长风心急如焚时，赵小波又晕了过去。

田长风一个箭步冲到赵小波的身边，使劲地摇着他。

“赵小波，你他妈的快醒醒，快醒醒。”

几分钟后，赵小波睁开了眼睛，但根本站不起来。田长风伸出手摸了摸赵小波的额头，发现烫得厉害，随后他又在赵小波的小腿上发现了血迹，田长风掀开赵小波的裤腿，看到了赵小波腿上的伤口，这是赵小波在和逃犯肢体接触时，被对方用刀刺伤的，血凝固后，伤口处却肿得厉害。

田长风又骂开了：“混蛋，你为什么不早说？”

“我怕你担心。”赵小波的语气很无力，但看得出还是清醒的。

田长风将赵小波搂在怀里，眼神空洞而绝望。十一点钟，田长风脱下自己的外套让队员们用火点着。队员们一见纷纷脱下自己的外套，一起烧了起来。

一股浓烟冲天而起，在没有遮拦的沙漠，很远都能看得见。

下午三点，直升机终于赶到，看到直升机的瞬间，田长风也一头扎倒在地上，他终于以最后一丝力量坚持到了最后。

见到田长风的瞬间，石雨的嘴巴半天都没合上。田长风脸色苍白，目光呆滞，衣衫不整。所幸的是，活着回来了。听完队员们的讲述，石雨像是在感受一部特战大片，虽然天天与特战队员们在一起，但石雨对军人世界里的残酷和凶险却无任何想象。然而现在她却突然意识到，“天鹰”的诞生注定会有厮杀和血腥，而“天鹰”只会在血与火中才能称之为“天鹰”。

石雨跑到商场为田长风买了一套新衣服，还用光了几个月的工资为田长风买了一块手表。

在宿舍，田长风静静躺在床上，石雨风一般闯了进去。田长风眼里的疲惫和茫然不见了，又恢复了以往的自信和精神。刘明站在床边，看到石雨进来，就找借口离开了。

石雨打开田长风的衣柜，将那套土得掉渣的衣服扔了出来，将新买的衣服挂了进去。田长风一声不响地看着石雨做这做那。

石雨将手表戴在了田长风的手腕上，田长风也没有拒绝，经历了太多的生死考验，田长风似乎变得平静了许多。

赵小波被送到了医院，还好伤口感染的面积不大，又由于治疗及时，很快就出院了。

回到基地的时候，特战大队的所有人都到门口迎接，看到眼前的阵势赵小波吓得腿都有些不听使唤，沈思远冲上去一把抱住了赵小波。

“小波，好样的。”

赵小波靠在沈思远耳边说：“思远，我杀人了，我已经战胜了我自己，我现在是不是合格的天鹰了？”

“是的，你一直都是合格的天鹰。”沈思远知道上次劫持人质事件中的失误对赵小波的打击很大，也许直到此时他才开始解脱。

周末，洗完衣服后沈思远拉着赵小波跑到了楼顶上，这里是他们以前经常来的地方，只要心情不好的时候他们都会来这。

站定后，沈思远说；“小波，谢谢你，妈妈说你的家人去看过她了，还送了许多营养品和钱。”

“跟我还说谢谢，如果不是你，我还不知道变成了什么样子。”赵小波又恢复了以前的调皮和快乐。经历了那些人生该经历或不该经历的，赵小波终于找到了自己，找到了一个原本并不懦弱的自己。

看着远方，赵小波问沈思远：“思远，想家吗？”

沈思远顺着赵小波的目光远远望去，只看见大片的戈壁滩，再远一些就是几座起伏的光秃秃的荒山。

沈思远回答说：“想，你呢？”

“我也想，从小一直都没有离开过家，如今离家这么久这么远，当然想了，不过，比刚来时好多了，没当初那么强烈。”

沉默许久，赵小波突然问：“你来当兵后悔过吗？”

“后悔？还没想过这个问题，你呢？”

赵小波的目光突然变得复杂。

“在刚看到苏彤的那封信的时候，我真的后悔过，我想如果我不来当兵，说不定我们不会分手，可经历了这次战斗后，我一点儿都不后悔了。大队长将一生都献给了部队，嫂子和他离婚了，就是因为大队长不肯离开这里，你看他还那么热情地带着我们搞训练、搞反恐研究，他为了什么？他为部队付出了那么多，那么大年龄了都不后悔，在这次战斗中，我仿佛突然找到了活着的意义，这种意义和满足感超越了一切。在医院里，许多人都来看我，在他们眼里我看到了赞扬。羡慕，还有尊重，所以我并不后悔，我感到十分骄傲。无论这种骄傲持续多久，我都感到满足。”

沈思远点头说：“你能这样想，我很高兴，对了，如果将来复员了，你会有什么打算？”

“找份好的工作，踏踏实实地过日子，好好陪在父母身边。”

“你呢？”赵小波接着反问道。

“我准备报考军校。”沈思远目光坚定。入伍那一天，沈思远就抱定信念，不出人头地，绝不回去。

将近一年的时间，常建安的“两副担子一肩挑，两步并做一步走”的理念在总队上下得到了很好的贯彻和执行，而且成效明显，基层官兵的生活得到了明显改善，各支队的特战力量初步形成，部队战斗力也有所提升。

抽了个时间，常建安再次跑到基层，检验部队的机动应变能力和处突反恐能力，结果让常建安很意外，短短时日，变化很大。他知道，这都是参谋长纪律强的功劳，这些日子他带着一帮参谋一直在基层跑。

当初去的那个农场的中队营房也扩建了，并新建了来队家属接待室，然而那名指导员已经转业了，听说安排在了老家县城的一个街道办事处。站在中队院子里那棵老杨树下，常建安感慨万千，为那个只有一面之缘的指导员。一个在基层干了十几年的老兵，十几岁到部队，将最美的青春留在了与他相隔万里的戈壁滩上，喝了十几年的涝坝子水，如今如风一般离去，而风过无痕。

回到总队，常建安去看了看田长风，不仅因为此次沙漠追逃，田长风再次立功，更重要的是他想从田长风那里获得一些此类战斗的体会，为以后的反恐作战提供一些有利的数据和经验。

汇报中，田长风提到了战斗中的通讯问题，传统的电台通讯根本不能适应以后的反恐作战，要实现单兵作战，必须研发一套新型的通讯系统，实现士兵终端。

田长风的设想与常建安一直以来的想法不谋而合，信息化建设将是未来部队发展的一个重中之重，而要想在反恐问题上有所突破，必须解决通讯设备相对落后的瓶颈限制。

为此，常建安给了田长风一个承诺，会尽快想办法研发新的通讯联络系统，以真正实现反恐作战中的士兵终端。

秦啸涵在工作之余依然被一堆家庭琐事牵着，季强打电话说回老家后，日子过得无比滋润，天天陪在老婆孩子身边，身体没有在部队的时候累，而且用不着时时刻刻操心，季强有声有色地描述让秦啸涵羡慕不已，有时也会突然产生一种想离去的冲动，可秦啸涵知道，眼下的天鹰正在成长阶段，离去就意味着背叛，不仅会背叛自己十几年的军旅生活打磨出的性格，也会背叛在一起打拼那么久的战友，所以秦啸涵对于季强所享受的那种生活也只是想想而已。而最终家庭矛盾的全面升级，使秦啸涵不得不考虑举家西迁。秦啸涵在相对较偏的位置按揭了一套房子，价格勉强能够承受，用光了多年的积蓄付了首付。同时向组织递交了家属随军申请。然而，等这一系列的工作完成后，打电话让妻子带着老人和孩子赶过来时，后面发生的事却让秦啸涵犯了难。在给妻子和孩子办理户口时，地方派出所需要一大堆证明材料，那些材料要一个部门一个部门地去找，需要大量的时间和精力，秦啸涵把所有的空闲时间都用上了，但跑了将近一个月仍然无果。眼看着孩子上学的事要耽误了，气得秦啸涵长了满嘴的燎泡，吃饭时痛得骂娘。

一看秦啸涵大发脾气，田长风乐了，笑着说："你也会急，我还以为你天生就没脾气呢？"石雨也坐在餐桌上，接过话说："教导员那是涵养，哪像你，天天对人凶巴巴的。"

问清事情原委后，田长风笑着说："这事交给我了，放心吧，保证给你办妥。"

秦啸涵瞪着眼睛看着田长风，有些疑惑地问："你在派出所有熟人？"

"有，我和他们熟得很。"田长风快快地往嘴里塞了几口饭，就离开了。

没想到第二天，派出所果然电话通知秦啸涵去办手续，这次很简单，不到三分钟全部手续都办齐了。过后秦啸涵一打听，才知道田长风根本不认识什么派出所的人，只是穿着特战服跑到派出所威胁了人家所长两句。派出所长被人威胁是头一遭的事，但他也知道那些特种兵可是说到做到的主，为了息事宁人，赶紧交待户籍警将秦啸涵的户口办了。

秦啸涵回到特战大队将田长风骂了一顿："你怎么一点都不讲原则？"

田长风笑着说："原则就是我说两句话比你跑一个月管用，当了一辈子兵还要为这点事跑断腿也太让人寒心了，我们真正的原则应该是做一把利剑，卫国卫民。"

秦啸涵也笑了，他发现自己也许从没有真正了解过田长风，田长风像是一片海，有平静的时候，也有汹涌澎湃的瞬间。

石雨听说田长风威胁别人的事后，也是一副难以置信的样子，在她的意识里，田长风是那种死脑筋，太刻意的人，这种出格的事他做不了。然而，田长风还真就做了，石雨猜测，也许是经历了那么多人生的起伏和灾难过后，田长风活得更轻松，更豁朗了。

第二十章

秋至尾声，戈壁滩上的骆驼刺也开始一点一点枯萎，远远望去，世界成了一片土黄色的海。

“天鹰”在数次磨砺过后，也初尝收获的喜悦，参与十几次处突作战，几乎都以完美收场。一时间，边疆震惊，各大媒体纷纷猜测，边疆惊现神秘部队，作风顽强，战斗力惊人。但无人知道何时组建，因何组建。

看到“天鹰”的表现，常建安欣慰地笑了，他知道，“天鹰”的第一步已稳稳地迈了出去，无论以后的路有多么艰难，他相信“天鹰”都会以强者的身份出现在未来反恐作战的舞台上。

李素妍怀孕了，得知消息，雷剑一欣喜若狂，一改平日里的谨慎和小心，从外边弄进来一箱“伊力王”。晚上熄灯后，雷剑一把田长风、秦啸涵、高莹他们全都拖进了自己的宿舍。

当着大家的面，雷剑一正式宣布了这一消息：“大队长、教导员，素妍怀孕了，我要当爸爸了。”雷剑一兴奋得手舞足蹈。

田长风也很高兴，虽然自己的生活并不如意，但田长风真心希望身边的每一个人都很幸福。

雷剑一不停地给大媒人秦啸涵敬酒，喝得秦啸涵直翻白眼。喝着喝着，话题就转移到了女人身上，没有人敢和高莹比酒。于是将矛头对准了石雨，石雨本就不会喝酒，被众人逼急了就求饶似地望着田长风。

田长风咳嗽了两声，脸色微红着说：“石雨不会喝酒，你们就别为难她了。”

“那不行，要不你替她喝。”刘明喝得有些多了。

“我替就我替。”

可田长风刚准备拿过酒杯时，石雨又不让，小声地说：“你不能喝了，还是我喝吧。”

两个人夺来夺去。没想到高莹跑过来抢过酒杯，一饮而尽。

高莹说：“想找石雨喝酒的，先过我这一关。”

一时间众人们安静了，高莹的酒量大家是知道的。

过了一会儿秦啸涵迷迷糊糊地说：“老田，看你们俩肉麻的，听我的，赶紧把石雨娶了，现在整个大队谁不知道你们俩的关系，还有什么好躲啊藏的。”

田长风吓得连忙捂住秦啸涵的嘴说：“你怎么也和他们一样胡说，这种事可不敢乱说。”

雷剑一突然端着酒杯走到田长风面前说：“大队长，我觉得教导员没乱说，你和石医生的感情我们都看在眼里，我们都支持你们，这么多年我一直视你为榜样，希望你在家庭生活上也给我们带个好头，这杯酒衷心的祝你们幸福。”

石雨的脸红得像熟透了的苹果，没有说话。

慌乱中的田长风不知该说什么，只好借口去洗手间，拉开门走了出去。

一箱酒喝到最后所剩无几，但大家都还比较清醒。

出门的时候，石雨看到了满天的星星，像是自己零零碎碎的心事。

田长风借着酒意小声地对石雨说：“石雨，如果有来生，我一定追你。”

石雨的心像是被刀划过，痛苦地想：长风，为何不是今生？

秦啸涵的家人终于一路辛苦，来到了边疆，儿子见到秦啸涵显得比较陌生，也比较惊恐。秦啸涵的妻子显得很高兴，一副如释重负的神情，尤其是看到装修一新的房子时，更是感到了从未有过的幸福，并萌生出一种多年媳妇熬成婆的感觉。

虽然不是周末，田长风还是将秦啸涵给弄回了家，让他在家里陪家人两天。秦啸涵知道田长风的性格，要不是依他，他准会跟你翻脸。于是秦啸涵就安安心心地在家呆了两天。两天里，秦啸涵完整享受了家庭生活的每一细节，幸福、安逸、踏实、温馨。

回到大队，见到田长风，秦啸涵笑着说："还是正常人的日子过得舒服，哪怕什么都不干，就静静坐在家里，都是一种幸福。"

田长风笑着，却不知该说什么，秦啸涵说的生活，他只是曾经想象过。

田长风说："改天我请嫂子和家人吃饭。"

秦啸涵摇头说："算了，你那么忙，等以后再说吧。"

吃完午饭，田长风在院子里转悠，部队都在午休。冬天快到了，田长风想看看有没有哪个班的窗户玻璃是破损的，好及时修补。

走在路上，田长风不时抬起手腕，石雨送的那块名贵的瑞士表在阳光下弹射起一片耀眼的光芒，使田长风的心里阵阵发烫。秦啸涵和雷剑一所流露出来的幸福感再次强化了田长风心里的失落，其实田长风知道石雨对自己的感情，也知道自己爱上了石雨，在楼顶喝醉的瞬间，石雨在他耳边轻轻说话的那一刻，田长风就清楚地知道，自己对石雨的感觉就是爱，可面对苍白而无力的现实，面对人生破碎而不堪的曾经，田长风悲哀地意识到，在他和石雨之间有道无法翻越的障碍，爱能如何，爱该如何，爱又如何？

走到战士宿舍楼的拐角处，田长风突然远远地发现刘明正在基地大门口和一个穿着紫色衣服的女孩子争着什么，田长风连忙快步走上前去。

走上前才发现那个女孩子是刘明的女朋友李雪梅，李雪梅曾经去南疆时，田长风见过，几年没见，李雪梅比那时显得成熟多了。

走近后，李雪梅发现了田长风，激动地喊道："大队长，你怎么也在这？"

"雪梅，怎么是你，你怎么来了？"田长风问。

刘明一回头，看见田长风，脸色一变，赶紧叫了声："大队长。"

李雪梅说："大队长，我来了都快一个星期了，刘明就是不见我，总是说忙，他连这个门都不让我进。"

刘明一听有些着急了："我不是跟你解释过了吗？我现在很忙，而且这个地方不准外人进入。"

"大队长，求你了，你就让我进去吧，我大老远地跑过来，只想看看刘明在这里过得好不好。"李雪梅一看刘明的态度，只好求田长风。

"你给我滚。"刘明的脸涨得通红，他知道基地的规矩，他不想让大队长为难。

李雪梅一听这话，浑身一震，愣愣地看着刘明半天，然后含着眼泪一字一句地说："好，刘明，我滚，我马上滚。"说完转身就跑了。

田长风从头至尾都没插上话，直到这时候才弄明白个大概。李雪梅一跑他立即反应过来。

急忙冲刘明喊道："快去，把她追回来，她要不回来，你也别回来了。"

刘明撒腿追了出去，其实在骂李雪梅的同时，他的心里也在骂着自己。

田长风在刘明背后又扯了一嗓子："快点。"

刘明几步就追上了李雪梅。

两个人一前一后又折了回来。

田长风远远地就黑着脸说："刘明，以后你要是再敢欺负雪梅，我就揍你，你不要以为你现在是分队长我就不敢，在我面前你还是新兵。"

刘明低着头没说话。

李雪梅说："大队长，刘明平时从不欺负我，今天只是被我逼急了。"

田长风忍不住笑了出来："我知道你们俩感情好，都谈了五六年了吧，这要是在地方，估计孩子都会打酱油了。"刘明和李雪梅都没有说话，一副谁都不想理谁的样子。

田长风说："既然来了，两个人就好好聚聚，你们住我的宿舍，我的宿舍宽敞，而且没人打扰，再说刘明也老大不小了，该成个家了。"

"大队长，那怎么行，基地有规定，外人不能随便出入。"刘明着急地说。

"规定是死的，人是活的，这次听我的，我说了算。"

"那你呢，大队长，你住哪？"刘明问。

"我就住在你那，我现在是光棍一条，住哪都行。"

刘明红着脸说："大队长，那也不行，她，她还没过门呢，我们还没有登记。"

田长风挠了挠脑袋，有些不好意思地说："我倒忘了这茬了。"

田长风问李雪梅："小李，你今年多大了？"

"二十七。"

"那你喜欢刘明吗？是不是非他不嫁？"

李雪梅说："我都等他五年了，我这辈子认定他了，大队长，你就替我们做主吧。"

田长风笑着说："那就好，咱们军人也别来之乎者也的那一套，刘明让你等了五年，今天我就做个主，先给你们热闹热闹，算是过了门，至于你们将来回老家再怎么补办，是你们的事，要同意的话，你们俩就点点头。"

刘明和李雪梅互相望了望，都不约而同地点了点头。

回到大队部，田长风和管理员招呼了一声说："总队不是将咱们的伙食费核下来了吗？今天咱们好好会个餐，一是给教导员的家人接风，二是给刘明两口子办喜事，三是让战士们都放松一下。

下午的训练提前一个小时结束，田长风做了简短动员：“给你们一个小时的时间收拾，别一身泥水、汗水的，吓着咱们特战队的媳妇，这可是咱们天鹰突击队组建以来第一次热闹，今天晚上，你们可以将自己所有的神经放松一下。”

战士们都齐声欢呼起来。

这些日子队员们似乎忘记了自己是个正常人，在固定的节奏里除了疲惫还是疲惫。

晚餐十分丰盛，十个菜，一个汤，每名队员都发了一瓶啤酒。气氛也很热闹，队员们用红纸剪了两个大大的喜字贴在饭堂的大门上。

特战队的女兵们显得尤其兴奋，纷纷冲刘明要喜糖吃。

秦啸涵的家人都来了，在偌大的阵势面前，秦啸涵的妻子显得有些紧张，雷剑一也打电话让李素妍从家赶了过来。

人都到齐后，田长风端着酒杯说：“同志们，聚餐之前我想说几句话，第一句话送给我们的教导员和他的家人，秦教导员在边疆奉献了近二十年，直到今天才有机会和家人团聚，嫂子一直在背后默默地为家奉献着一切，在这里我衷心地祝愿他们一家从今往后，幸福美满。第二句话想说说刘明，刘明是我带的兵，跟了我十几年，从南疆再到这里，风里来，雨里去，我没少骂他，却没有帮过他什么，今天就连媳妇来了，我都没有办法给他放假，只能尽最大的能力在这里为他热闹热闹，说实话，我这心里很不是滋味，借这个机会我真心地祝福他们百年好合。第三句话送给我们的天鹰突击队，我知道，这些日子，你们受苦了，我表面不说，其实都看在眼里，你们都是好样的，你们不仅是这个时代的骄傲，更是当代军人的骄傲，你们用青春和热血证明了一个特殊团队在特殊任务面前的精神和力量，诠释了新的历史时期我们军人的核心价值理念，英勇顽强，不怕牺牲，今天我以老兵的身份向你们致敬，同时也希望你们在今后的工作中再接再厉，为国家，为人民再立新功，来，我们一起干杯！”

所有人的情绪都被田长风的话所感染，纷纷高喊起来：“干杯。”

过后，队员们都跑过来给秦啸涵一家以及刘明夫妻俩敬酒。

李素妍的肚子微微隆起，行动有些迟缓，雷剑一寸步不离左右。

雷剑一扶着李素妍来到刘明和李雪梅跟前。

刘明笑着说：“雷子，你小子后来者居上，行动够快的啊。”

雷剑一说：“你要是不服气，也赶紧行动，如果我们生的是一男一女，就结为亲家。”

刘明对李雪梅说：“老婆，你赶紧给我生个小子，雷子生的一定是丫头。”

李雪梅的脸顿时红了，狠狠地掐了刘明一把。

高莹端着酒杯走到了田长风的面前说：“大队长，我敬你一杯，也祝你能够早日找到自己的幸福。”

高莹静静地看着田长风，长长的睫毛一眨一眨。

田长风说：“高莹，如果有一天你结婚了，也得在特战大队热闹一下。”

高莹露出一丝苦笑说：“大队长，会的，如果真有那一天，我们喝个一醉方休。”

大家热闹完，已经十一点钟了。

躺在床上，李雪梅说：“刘明，大队长真是个好人。”

刘明说：“你知道我们特战大队的人为什么都怕他吗？就是因为他人好，他没有私心。”

“你说他妻子和他离婚了，这么好的一个人，怎么会和他离婚呢？”李雪梅不解地问。

刘明说：“这可能就是一个军人和常人的距离吧，我觉得大队长有时挺可怜的。”

灯熄了，可夜还清醒着。

晚餐时赵小波把沈思远的那瓶啤酒也喝了，可仍然清醒着。赵小波清醒地意识到苏彤的远离，也意识到自己必须放手了。于是，赵小波给苏彤写了一封信。

苏彤：

今天是我在特战队这么久以来第一次让自己的神经松弛下来，之前疲惫得几乎没有时间来思考我们之间的事，虽然我知道你已经走远，虽然我知道我在慢慢地习惯没有你的日子，可我还是控制不住对你的思念。

你可能不太了解军营，在这里除了梦想几乎接触不到任何外界的事物，所以我连忘记你的机会都没有。今天我们分队长在部队里举行婚礼，没有任何仪式，吃的是大锅饭，睡的是简易的木板床。还有我们的大队长，十几年没有回家，嫂子和他离婚了。于是，我明白你的放弃是对的，选择了一个军人会有太多太多的艰难和想不到。

从前的我一直喜欢开玩笑，甚至有时有些过分，将口香糖粘在你的发梢上，悄悄地将毛毛虫放到你的文具盒里，那些往事如今对我来说都成了回忆，都成了年少的一种无知。现在，我不再喜欢幽默，甚至连说话的功能都在慢慢退化，在这里我看到了太多让我沉重的东西，我第一次将枪口对准坏人时，心里都快崩溃了，你知道我胆小，可是后来我还是开始杀人，因为我知道我们的职责和使命是为了保护更多的人不受到伤害，在不停地训练和战斗中，我的血液里注入了许多惊恐和悲壮的色彩，不知道这算不算是成熟。

我也变得强壮了，还有沈思远，更或者“天鹰”里的每一个人都在高强度的训练中学会了顽强，学会了攻击也学会了如何在恶劣的环境中生存，这些都是以前的我不敢想象的，我相信如果我现在站在你身边绝对没有人敢看你第二眼，你也不会说我没有男人味了，我不仅是男人，而且是男人中的男人。沈思远说，我现在的一切绝对酷，绝对震撼。但我想以后不会再给你写信了，也不会再打扰你想要或你已经在享受的生活。

对了，还有一件事必须向你说明，当兵这几年每当我面临体能极限时都会喊着你的名字，这是沈思远教我的，要怪就怪他吧，不过以后我不会这样了，我习惯了以另一种力量激励自己，习惯了独立面对自己的弱点，更重要的是我已不是以前的赵小波，而你也不是以前的苏彤，我们曾有的约定就当是一纸过期的合同吧，我不怪你。好了，不说了，最后再次祝你一生平安。

写完信，赵小波的眼泪莫名其妙地掉了下来，在深夜，没有人看见。

经过不懈地努力和钻研，沈思远的排爆技术突飞猛进，并打破了特战大队自组建以来最好的成绩。但沈思远并未满足，他想要向更高的目标发起冲击，考虑到未来反恐作战的需要，田长风向总队建议，派沈思远到国外学习交流。

沈思远一走，赵小波的训练更加刻苦，赵小波的肩膀在狙击步枪强大的后坐力作用下，红肿，脱皮，再红肿，再脱皮，到最后，结成了一层厚厚的茧。一番苦练后，赵小波成了名副其实的神枪手，无论何种天气、气候，赵小波精确射击的误差几乎为零。

董浩阳气冲冲地找上门的时候，田长风正在带着队员们训练攀登。

见到有人找，田长风立即从高高的攀登绳上滑了下来。

董浩阳开门见山地说了石雨的事，让田长风有些意外和不快，但田长风还是耐心地听董浩阳说完。

董浩阳说："我和石雨一直在恋爱，包括我在读博士期间，彼此关系都很好，可你在中间插了一杠子，现在我和石雨的关系闹僵了，石雨的家人也都十分不快，你要知道石雨他爸是咱们总队副总队长，你自己看着办吧。"

田长风说："爱情是两个人的事，你们之间出了问题你们自己解决，我和石医生之间只有工作往来，没有其他的事情。"

"没有其他的事情？你说得倒轻松，石雨都说了，她喜欢你。"

站在田长风旁边的刘明可不愿意了，瞪着董浩阳说："石医生喜欢我们大队长怎么了，你有本事让石雨喜欢你啊。"

田长风笑着说："石医生怎么说，我管不着，但我对石医生只是限于工作上的感情。"

"工作上的感情？我看是你揣着明白装糊涂。"董浩阳用手推了推眼镜，一副不相信的样子。

董浩阳的不讲理也让田长风感到了恼怒，田长风说："我就是和石雨之间有什么那也很正常，我们都是单身，不合法还是不合理？"

董浩阳说："田长风，我只是提醒你，你别忘了你离过婚，而且只是个高中生，石雨是研究生，你觉得你们在一起合适吗？"

听到这，刘明准备冲过去揍他，被田长风伸手拉住了。

田长风笑着说："董参谋，不用你提醒，我自己怎样我很清楚，倒是你要好好审视一下自己，一名军人为了男女私情在这里胡搅蛮缠，我替你感到不值。"

董浩阳的脸一阵红，一阵白，扭头就走。

周末，石雨跑到了田长风的办公室。

见到石雨时田长风没有说话，一动不动地看着电脑显示屏。

见田长风拉长个脸，石雨顿时不愿意了。

“田长风，你什么意思，我招你惹你了？”

站在田长风身侧的刘明连忙向石雨使眼色。

可刘明没想到石雨不吃这一套。

石雨冲刘明说：“使什么眼色，我又没做错什么？”

刘明心想，这家伙咋这样。于是刘明只好轻声地说：“是董浩阳，董浩阳。”

“董浩阳怎么了？”石雨一时被弄得云里雾里。可转念一想，立即明白过来了。

石雨立即对田长风说：“是不是董浩阳找过你了，他都和你说了些什么？”

田长风的表情一下子变得很复杂，刘明连忙悄悄跑到门边，溜了出去。

田长风站起身说：“董浩阳和我说了你们之间的关系，提醒我要正确评估自己，还提醒我，你是副总队长的女儿，要我考虑后果。”

石雨说：“我和董浩阳没有关系，之前他一直在追我，但仅仅是他一厢情愿。”

田长风说：“可他说得对，我们在一起真的不合适，文化上的差异，年龄上的距离，甚至我还离过婚，而你一切都那么完美。”

田长风的表达无疑证明了他对石雨的感情，仅此一点，就给了石雨无限的温暖和勇气。

“长风，我不在乎，真的，就在你喝醉的那天晚上，我就知道我爱上了你，其实这期间我也犹豫过，害怕自己的单纯和年轻承担不了你所经历的种种和那些我很难完全读懂的心思，可后来我发现，我根本控制不了自己，爱情是那样地让人欲罢不能。长风，我知道，你也爱我，对吗？我能感觉得到，可你是那种善于承受也善于埋藏的人，你宁愿独自忍受所有压力和痛苦，却不愿面对自己想要的生活。”

田长风依旧沉默，但眼睛里的坚硬和平静却在一点一点融化，石雨的话让他潜伏的情感顿时无处藏身。十几年来，田长风第一次对幸福是如此渴望而又如此害怕。石雨说得没错，他承认，忍耐有时也是一种爱。

“你真的不会后悔，也不觉得委屈？”田长风问。

“和你在一起，我很幸福，也很快乐，虽然你像个老古董。”

田长风将目光转向窗外，秋风中落叶飘然而下，田长风笑了，突然意识到，这是一个萧瑟但也是个收获的季节。

田长风一笑，石雨的心里一松。突然从后面抱住了田长风，并在田长风的胳膊上狠狠地咬了一口。

“你是个混蛋。”石雨骂道。

田长风朝石雨笑了笑，然后轻轻地走到门边，突然拉开门，刘明和雷剑一一前一后，摔了进来。

雷剑一从地上爬起来说：“大队长，我刚到，什么也没听见。”

刘明没吭气，只是揉了揉有些发酸的脖子。

田长风说：“你们俩知道就行，别给我到处宣扬，像个大喇叭。”

“队员们早就知道了，还用我们说。”刘明笑着说。

刘明冲着石雨说：“石医生，以后我们就叫你嫂子了。”

石雨笑着说：“好啊，只要你叫我就答应。”

田长风连忙岔开话题，问雷剑一：“你找我有事吗？”

“有事，请你和嫂子吃饭，再说李雪梅要走了，我和素妍给她送个行。”

田长风瞪了雷剑一一眼说："什么嫂子，别乱喊。"

雷剑一小声地嘀咕着："石医生都答应了。"

田长风没再坚持，只是交待雷剑一将秦教导员叫上。雷剑一说教导员要值班，告诉自己说不去了。

走出基地大门的时候，石雨挽着田长风的胳膊，被门口的哨兵看见了，田长风连忙将胳膊抽了出来，石雨的脸也红了，哨兵却故意将头扭向一边。

餐桌上，刘明夫妻俩真诚地向田长风敬了一杯酒，田长风有些内疚地对李雪梅说："这次来没有招待好你，部队就这条件，没办法，再说我们眼下任务特殊，我也不能多留你，有对不住的地方你担待着点。等以后我们条件好了，我们可以高枕无忧的时候你再过来，我给刘明放一年的假。"

李雪梅端着酒杯，眼里闪着泪花，笑着说："大队长，我不奢望刘明能有一年的假，我理解他，既然选择了军人，我就无怨无悔，也请你放心，我不会拖刘明的后腿，我会给他加油，让他在部队好好干。"

作为女人，石雨被李雪梅的坚强所感动，她深情地看了田长风一眼，然后说："雪梅，你放心吧，刘明在这里，我和长风都会好好照顾他的。"

李雪梅对石雨说："石医生，大队长真是个好人，你们在一起一定会幸福。"

田长风笑着说："可我是个不称职的丈夫，婚姻很失败。"

田长风说的是心里话，但却忽略了一旁石雨的感受，石雨明显感到有些不自在。

刘明看在眼里，连忙说："大队长，过去的都过去了，别总是放在心上。"

田长风也顿时反应了过来，连忙说："碰到了石雨我很幸运，所以今后我一定会好好珍惜。"

石雨伸出手悄悄掐了一把田长风，田长风疼得咧咧嘴，却没有出声。

在回去的路上，石雨问田长风："你说，如今在你心里，我和你的前妻哪个重要？"

田长风笑着说："傻瓜，当然是你重要。"

石雨有些怅然地说："长风，我知道你很爱她，而且我也理解这种爱的存在，可我毕竟是个小女人，以后我们在一起的时候，不提她好不好？"

"好的，不提，再也不提了。"

"那你得陪我去喝咖啡，谁让你犯错。"石雨撒娇地说。

田长风皱起了眉头说："可以，不过这次你掏钱，我不能又出钱又出力。"

"跟你开玩笑的，小气鬼。"石雨举起拳头打田长风，却轻轻地落在了田长风的胸口，因为爱，她绝不会强迫田长风做他不喜欢做的事，她也知道田长风对咖啡一类的事物丝毫不感兴趣。

第二十一章

抛开顾虑选择面对石雨，让田长风的生活多了另一种色彩，记忆中那些破碎的光影也都幻化成了一缕一缕的阳光。更让田长风欣慰的是，天鹰突击队正在一步一步走向成熟，每名队员都在不断地磨合和实践中逐渐找准了自己的位置。正义、勇敢、胜利，天鹰的精神核心也在一点一点建立。

一天深夜，几名无辜百姓被残忍杀害。

天鹰突击队立即出动，见到现场情况，队员们的心都不约而同地在猛烈收缩。队员们忍住悲伤和愤怒，全力侦查，终于成功捣毁一处恐怖分子的地下窝点，而且在连续追击十几个小时后，将六名恐怖分子围堵在一片玉米地里。

行动过程中，队员们完全忘记了危险和疲惫，脑子里只有一个念头，伸张正义，完成任务。有名队员在搏斗中胳膊被恐怖分子的长矛刺伤，但丝毫未觉痛苦，直到战斗结束后，才发现半边身子都被血染红。最终，经过近身搏斗，队员们成功将恐怖分子击毙两名，抓获四名。

事后，受害者家属流着泪跪在队员们面前，许多队员也都流泪了，生命的离去和极端的邪恶让队员们懂得了职责和使命，而百姓的尊重也让年轻的他们在一瞬间找到了活着的神圣感和全部意义。正如田长风所说，“天鹰”注定要经历血与火的洗礼，注定要在一次一次搏击中找到存在的理由。

石雨和田长风越走越近的事实终于让董浩阳感到了绝望，此时董浩阳对田长风的恨意也同时达到了极致，他一直想找个机会报复田长风，而现实很快就给了他这样一个机会。

反恐基地和天鹰突击队刚刚组建，三级网一直没有完善，前些日子没有技术骨干，总队也抽不开人，正好这次董浩阳回来了，总队就派他到特战大队完善三级网。

见到田长风，董浩阳没有说话，田长风和他打招呼，他也没有理会。

即便如此，田长风还是反复交待通讯员要将董浩阳招待好，别怠慢了他。

由于训练时间很紧，田长风一直在训练场。

线路安装完毕后，董浩阳开始调试所有的电脑。打开田长风的电脑，董浩阳竟然发现了特战大队的反恐训练计划，董浩阳将训练计划给自己的邮箱里发了一份，然后删除了发送痕迹。

一天上午，田长风突然接到了常建安总队长的电话，让他马上到总队去一趟。听口气很急，田长风心里一时七上八下，觉得有些不安。

来到常建安的办公室门口，田长风看到门开着，却没有敢进去，常建安正在和别人谈着话。田长风连忙站在一边，躲开了常建安的视线。

等里面的人出来，田长风喊了声："报告。"

"快进来。"

常建安可能早就发现了田长风。田长风走上前敬了个礼，常建安表情显得十分严肃。常建安将一沓纸递到田长风的面前说："你看看，这是什么？"

田长风接过一看说："首长，这不是我们的训练计划吗？这是按您的意思安排的，而且你也审阅过的。"

"我不是说计划不行，今天早晨每个常委的门缝里都塞了一份，你要知道这可是机密文件，如果泄露出去后果不堪设想。"

田长风一听脸色一下子变得苍白，他明白了常建安的意思，可是还没有反应过来该怎样面对。

看到田长风惊吓的样子，常建安的表情缓和了下来说："长风啊，你也别紧张，这明显是有人想陷害你，我刚和保卫处的人交待过了，让他们好好查一查，但你也要知道，无论是谁在使手段，你都有责任，我们一直在强调保密、保密，因为你们担负的是特殊任务，可还是出了事，眼下常委们意见很大，尤其是分管保密和训练的石副总队长，一再要求严惩，你要体谅我目前的难处。”

田长风点点头，脑子里却在想着常建安总队长说的那个人究竟是谁，想了许久过后，他的脑海里顿时闪过董浩阳的影子，只有他接触过电脑，也只有他有机会和理由这样做。但他不想说出来，常建安总队长刚说得很清楚，是谁已经不重要，重要的是自己没有防备，没有搞好保密。

“听说你前些日子将一名干部家属留在基地住宿是怎么一回事？不是强调过吗，你们那里不准外人随便进出。”

田长风知道常建安总队长说的是李雪梅，连忙将刘明的情况解释了一下。常建安没有说话，他知道如果因此而责备田长风会打消他的积极性。

过了片刻，常建安安慰田长风说：“你目前处在风口浪尖，盯着你的人很多，你要处处防备，一切要以大局为重，此次泄密的事我会努力让影响降到最小，但你也要有个心理准备，万一在常委会上研究要给你处分，你要坦然面对。”

“我会的，首长，你放心吧，只要还让我带着突击队干，给我什么处分我都无所谓。”

走出总队办公大楼,田长风的心情感到异常沉重。

田长风几乎可以断定就是董浩阳策划了整个事件，他有些想不通，作为一名军队干部怎么能为了一己之怨而做出如此荒唐之事。

一丝悲哀掠过田长风的心头，他脚重千斤地向门外走去。

突然，田长风看到了石雨，和副总队长走在一起，石副总队长正在和她交待着什么。

田长风刚想绕开走，却还是被石雨发现了。

石雨快速冲了过来，气喘吁吁地说："长风，听我爸说你出事了，到底是怎么回事啊？"

看到石雨一副着急和不安的样子，田长风嘴唇动了动，准备告诉她真相，但还是没有说出来，一是没有真凭实据，二是他知道石雨的性格，一旦知道是董浩阳搞的鬼，还不知道会闹出什么事。

石雨拉着田长风的手转身准备带他到石副总队长那里，石广新一看田长风连忙避开他们向别处走去。

石雨喊了声："爸……"，余下的话都咽了下去，看到爸爸这样，石雨的眼泪在一刹那间快流了出来，她并不是因为石广新突然不理她，而是觉得让田长风受了委屈。

田长风看在眼里，安慰说："小雨，算了，我知道要想让他们接受我是一个非常艰难的过程，我有这个心理准备。"

"你不怪我爸？"石雨反问道。

"我怎么会怪他呢？哪有父母不为自己的儿女考虑？再说将来他们不也是我的父母吗？"

一丝红霞飞上了石雨的脸庞，她笑着说："你总是这么心好，对了，我爸说你出事了，到底是啥事，我看你刚才一副失魂落魄的样子。"

田长风说："我们大队的资料被泄露了，现在所有常委手里都有一份，我目前还不知道会面临怎样的处分。"

"怎么会这样？常建安总队长怎么说？你可是他一手培养起来的，你的为人他应该很清楚，这件事一定是有人想害你。"

"害不害我都已不重要了，关键是我也有责任。算了，不去想了，顺其自然吧。"

和石雨一起来到特战大队门口，田长风发现刘明站在门口，一副心神不定的样子。

看到田长风回来，连忙跑过去说："大队长，你回来了，你的事我们都听说了，如果你要离开特战大队，我也不干了，还有突击队的许多队员也都要求下基层，天鹰突击队只认你这个大队长。"

田长风一听，心里一热，但又迅速瞪起眼睛说："刘明，你混蛋，是不是你煽动队员们这么干的，你别忘了，你是一名军人，纪律原则比什么都重要。"

"大队长，我知道原则和纪律，队员们的想法和我一样，只知道天鹰突击队不能没有你，在这里我们每天都可能面临着危险，也随时都可能为任务付出生命，可队员们说了如果你不在了，他们就少了主心骨。"

田长风沉默了，慢慢向大门里走去。

眼前出现的一幕让田长风惊呆了，所有的天鹰突击队员都站在天鹰突击队的大型标志前，一见田长风都齐声喊了起来："大队长不走，大队长不走……"

田长风的眼睛湿润了，石雨也红着眼睛，她为自己的爱人感到骄傲。

田长风敬了个礼，队伍静了下来，出奇的静，只听得见所有人的心跳声。

田长风和往常一样站在队伍面前，不过和往常不一样，不是在安排工作，讲评哪个人，而是说了一些平时从没有说过的心里话。

"同志们，我田长风能带出你们这样的好兵是我一生的荣耀，可我想告诉大家的是，你们在这里不是为了我一个人，而是为了国家，为了社会，为了人民，因为你们是军人，而且是特殊的军人，不管我在与不在，你们都一样是正义、勇敢而不可战胜的天鹰突击队，同时，我向你们保证，只要我田长风还穿着一天军装，我就赖在这里不走，哪怕只是和你们一样，做一名士兵我也要留在你们的身边。"

话音一落，掌声响了起来。

在办公室，石雨问田长风："常委会是什么时候开？"

“明天。”田长风很平静，可石雨知道他此时心里的压力。

“你平时资料一般都放在哪？”石雨问。

“就在电脑里存着。”

“平时都有什么人能够接触？”

“没有外人能够接触，你知道这里一般人是进不来的。”

“那就是内部人，从内部查。”石雨的问题离董浩阳越来越近。田长风不想她问下去，岔开她的话说：“总队长和我说过了，也许只是个处分的事，你别太担心。”

石雨打开了田长风的电脑，田长风不知道她在搞什么名堂，只好由她去。

不到十分钟，石雨就从椅子上跳了起来。

嘴里嚷着：“是董浩阳那个混蛋。”

然后她急忙问田长风：“董浩阳是不是来过。”

田长风知道石雨可能发现了什么，也知道董浩阳的嫌疑瞒不下去了，只好点点头。

“董浩阳将资料发到了他的信箱，可又删除了发送痕迹，一般人根本发现不了，可他忘了我也是电脑高手，我恢复了近期所有存储和发送的资料，发现了董浩阳的邮箱地址。”

弄清楚了事实真相后，石雨一副怒气冲天的样子。但看到田长风一副无所谓的表情后，石雨顿时恍然大悟，不满地看着田长风，问：

“你是不是早就知道了？”

田长风低沉地说：“我想说出真相，可常建安总队长说只会给一个处分，如果一个处分能换回一个人的前程，而且是一个博士的前程，我觉得值，你要知道部队培养一个博士要花多少时间和精力？你还记得季强吗？如果不是我他也不会离开部队，他是一个非常优秀的军事干部。”

石雨又一次被田长风的思想击中，她突然感到自己的想法永远赶不上田长风。

“可我不想让你受伤。”

“我知道，小雨，你对我的感情我比谁都清楚。答应我好吗?如果只是一个处分，你就不要将这件事说出去。”田长风急切地看着石雨，田长风十分清楚石雨的脾气，她会不顾一切的维护自己，但是如果那样的话，自己目前所承受的一切都毫无意义了。

“那如果要让你离开天鹰突击队或者离开部队呢？”

田长风的眼神一下子黯淡了下去，没有说话。过了很久他才说：“如果真要到了那一步，我想我只能选择天鹰突击队，因为天鹰突击队承载了太多人的梦想，包括我。”

常委会在讨论田长风严重泄密的问题，石广新首先开了口：“田长风虽然有着比较丰富的反恐作战经验，但管理部队不够严格，甚至过于放松，出这种问题是迟早的事，我建议将他换回到基层。”

在门外一直关注着事情进展的石雨一听这话，心里十分不是滋味，她立即拿出手机给爸爸发了一条短信。

常建安一听石广新的话感到有些不快，连忙说：“天鹰突击队自组建以来，屡建奇功，这一点大家是有目共睹的，至于管理上的问题，我相信田长风也有自己的看法，有时候过分严格未必是件好事。”

针对此次泄密事件，常建安也提出了自己的建议：“此次泄密事件田长风有责任，我认为可以给田长风一个处分，但绝不能将他调离特战大队。”

石广新说：“对于一个特殊团体来说，保密工作是重中之重，如果没有这种意识，将来还要出大纰漏。”

讨论中，局面明显不利于田长风，石广新是主管训练和安全的副总队长，而且句句切中要害。

常建安有些坐不住了。石雨知道自己不能再犹豫，连忙让公务员将自己早就准备好的一沓资料进去给常建安总队长。

常建安接过分务员送进来的资料后，眉头一下舒展开了，脸上的笑容也露了出来，石雨在资料上面附了一段话：

首长：念我查案有功，能否还我两个人情，一个是请您不要责怪田长风，他隐瞒真相是想替总队保留个人才。再就是理解我爸爸的做法，他和田长风过不去不是针对您，而是因为我和田长风的关系，他暂时不太愿意接受田长风，因为他还不了解田长风。

常建安看了看门口的方向，虽然他没有看到石雨，但常建安知道石雨一定在门外关注着会议室里的情况。常建安心里想：“小丫头，这次你可帮了我的大忙，我会还你一份礼的。”

常建安将手里的资料发给每一位常委，然后理直气壮地说：“这就是田长风，被人陷害了，还不说出来，愿意自己承受，只因为想给部队保留一个人才，这样的干部我们该不该留？”

常委们都很震惊，尤其是石广新，刚才女儿给他发了一条短信，说如果田长风离开了部队，她也会跟着田长风一起走，让他看着办。

而现在又发现整个事件都是董浩阳策划，就是那个文质彬彬的，自己还准备让他做乘龙快婿的人，然而他竟然会干出这样的事。

看来自己的眼光真的有误，石广新意识到自己不得不重新考虑和对待女儿的选择了。

证据十足，常委会立即转为研究董浩阳严重违纪的事，常建安深悉田长风的苦心，于是说：“董浩阳所犯错误十分严重，但所幸的是还没有造成太大的影响和严重的后果，加上他毕竟是位博士，是不可多得的人才，而且眼下我们需要信息化建设方面的人才，我建议给其一个严重警告处分，然后到基层当兵锻炼三个月，让他再好好再思索一下什么是真正的军人。”

常建安的建议很快通过了。

在常委们走出会议室的时候，常建安叫住了石广新说："老石，到我办公室来一趟，我有件事想和你商量一下。"

石广新为自己刚才的莽撞感到有些内疚，又为自己对董浩阳的人品不查感到惭愧，常建安叫他过去，他已经做好了受批评的准备。

一进门，常建安就大声地笑着说："老石，我刚才有过激的地方，你别往心里去。"

石广新红着脸说："常总，该道歉的是我，我……"

常建安打断他的话说："你不用解释，我知道你的想法，我找你来就是为了这事，想跟你求个人情。"

"跟我求人情？"石广新一时有些找不着北。

"别跟我装迷糊了，你心里清楚得很，石雨和田长风情投意合，你这个老封建就是想不开。人家离过婚怎么了？离过婚就不是男人了？你要相信女儿的眼光。中国有句俗话说，送人玫瑰，手留余香，现在都什么年代了，你难道连自己的女儿都不能成全吗？按理说我比你年龄小，不该说这样的话，再说我又是个外人，但我说的也是心里话，我也有女儿，能体会你的心情。"

石广新带着复杂的心情离开了常建安的办公室回到了自己的办公室，在椅子上坐了一会儿后拨通了女儿的电话。

电话一通，石雨就调皮地说："爸，我知道你一定会给我打电话的，是不是开始相信女儿的选择是对的了？"

石广新语重心长地说："希望你将来不要后悔，这样吧，你这个周末带田长风到家里来一趟，正式见见我和你妈。"

石雨一放下电话，就高兴得跳了起来。

往回走的路上，石雨给田长风发了一条短信：

长风，原谅我，为了你，我还是说出了真相，你要知道，在女人的世界里爱是全部，是唯一。

第二十二章

冬天如约而至，天空开始零星的飘雪。

在今冬的初雪里，田长风收到了吴涛的来信，信里说他要复员了，希望田长风在部队里要多多保重身体，步步高升，尤其是要早日找一个伴，别再孤孤单单的一个人。

田长风给他打了个电话，电话那头，吴涛哭得一塌糊涂。

田长风说：“兔崽子，把眼泪擦干了，到地方好好干出个人样来。”

董建影突然收到了龙涛的来信，龙涛说，他要复员了，希望董建影在部队好好发展，在基层羡慕天鹰突击队的人很多，也很崇拜。信的最后，龙涛画了一幅漫画，一个男孩回过头朝一个女孩挥手，两人之间飘着几片雪花，雪花之间写着再见了，多保重几个字。

董建影的眼睛变得湿润了起来，她从没有想过当初那个被自己打倒的男孩会给自己带来什么，更没想过自己的一份心情会被他带走，带到了一处遥远而又不可知的空间里。董建影在心里默默祝福，希望龙涛在未来的社会生活中不要被任何人或任何事击倒。

听石雨说她的家人想要见自己，田长风的心里顿时有些忐忑不安，石广新副总队长田长风见过，态度是那样冷冰冰的，那石雨的母亲，是不是也和石副总队长一样？然而，要面对的终究是要面对，田长风心一横，心想，为了爱情，豁出去了。

李月瑶听说了董浩阳的事，心里也感到十分沮丧，对董浩阳算是彻底丧失了信心，石广新提出要见见田长风，李月瑶也觉得自己的想法在开始动摇，毕竟还是要尊重女儿的选择。

星期六下午，石雨说田长风要到家里来，李月瑶赶紧出去买菜，在菜市场碰到了张副政委的家属，他们两家住对门，两个人一起买完菜往回走，边走边聊。

张副政委家属一听李月瑶是招待田长风，连忙显得很真诚的样子说：“嫂子，我们也听说了小雨的事，本来这种事我们不好插嘴，可我们是看着小雨长大的，我觉得还是提醒你一下比较好，田长风离过婚，又比小雨大那么多，小雨条件那么好，什么样的男孩子找不到，再说田长风又没有什么背景，将来你们家老石一退怎么办，这些你都得考虑到。小雨年轻气盛，你们可不能也跟着糊涂了。”

听对方这么一说，李月瑶的心里又琢磨开了，人家说得都对，句句在理，自己就这么一个女儿，不能就这样随意地决定了，看来自己是得想想办法，不能跟着一起糊涂。

出门前田长风将自己仔细收拾了一番，第一次到石雨家里去，既不能丢了面子，又不能让石雨的父母觉得六岁的距离是那样的遥不可及。

带上给石雨父母准备的礼物，田长风就往石雨家赶去。出门时他向刘明交待了一声，周末要把部队管理好，作风不能散。

刘明从口袋里掏出一盒烟塞到田长风手里说：“大队长，我知道你不抽烟，但你第一次上门，得给老岳父敬烟，别失了礼数。”

田长风接过烟，笑着说：“好，听你的。”

石雨正在家里帮李月瑶做饭，表面上风平浪静，心里却像揣着个小兔子，蹦个不停。长这么大她还是第一次主动下厨，石广新开玩笑说，太阳打西边出来了，石丫头会做饭了。

石雨是想在田长风面前表现一下，她知道田长风一直把她当成千金小姐，虽然他嘴上没说，可她从田长风的言语和眼神里已经感觉到了，其实石雨在家里真的什么家务活也不用干，可她知道在未来更漫长的生活里她必须得好好照顾田长风，一个女人到了该做女人的时候就必须像是女人。

石雨给田长风打了电话问他还要多久到，田长风说快到总队家属院了。

李月瑶从一旁听见了，对石雨说："你帮我看一下锅里的菜，我下楼去买瓶醋，家里醋没有了。"

田长风来到总队家属院门口时看到一位女人在门口张望着，令田长风惊奇的是她和石雨长得十分得像。田长风估计她是石雨的母亲，连忙问了句："请问您是李阿姨吧？"

李月瑶早就发现了田长风，只是她一直在矛盾着该怎样做，张副政委家属的话一直在脑子里盘旋，可石雨的兴奋样子又让她有些于心不忍。最后她牙一咬，心想，为了女儿的终生幸福还是得心狠一些。

听到田长风招呼她，她沉着脸说："你是田长风吧？"

看到李月瑶的样子，听着她的语气，田长风的心一下子沉到了无底深渊，直觉告诉他，自己不该来。

田长风满脸堆着笑说："阿姨，是我，我是田长风。"

李月瑶又仔细打量了田长风几眼，觉得形象上倒是挺满意，但她还是板着脸孔说："小田啊，我们家石雨不懂事，喜欢胡来，但你比她大，再说我看你也挺有礼貌的，你可不能跟她一样胡来，你也知道我们就她一个女儿，好不容易等她把研究生读完，这在女孩子当中也算是十分优秀的了，我们都希望她将来有个很好的归宿，你也要理解这份做父母的心情。当然也不是说你配不上她，只是我觉得你们不太合适，毕竟你离过婚，还比她大了那么多，我们家石雨可是真正的姑娘，连男朋友都没有谈过，所以她单纯得就像一张白纸，自己干什么事都没主见，我和她爸商量了一下，觉得这事不能由着她胡来。我看你也挺不错的，将来一定可以找个更好的，你说我说得是不是？”

田长风一直沉默，没有说话，他只是觉得脑子里一片空白，李月瑶后面的话他一句也没有听进去。

李月瑶看到田长风发愣的样子又问了一句：“小田，你能不能和石雨不再往来了？”

田长风这回听清了，问了句：“阿姨，是石雨的意思吗？”

“我们的意思就是石雨的意思，你是不是觉得我说了不算？”

田长风连忙解释说：“不是的，阿姨，您说的意思我都明白了。”

田长风将手里的礼物递到李月瑶面前说：“阿姨，既然这样我就不到家里去了，这是我给石副总队长和您带的一些礼物，就麻烦您收下吧。”

李月瑶说：“不用了，你还是带回去吧。”

田长风木然地点点头。

李月瑶转身走了回去。

田长风看着她的背影，也转身走了。看到路边有个垃圾桶，田长风就随手将手中的东西扔了进去。

田长风拖着无力的腿回到了基地，李月瑶的话一直在他的脑子里盘旋，还有石雨的脸也在面前晃悠，但一会儿清晰，一会儿模糊。

刘明见他回来有些不解地问道：“大队长，你怎么这么快就回来了，事情怎么样？”

田长风没有说话。刘明看到他的表情心中顿时明白了，连忙安慰说：“大队长，想开些，好事多磨。”

田长风问：“部队都还好吧。”

“挺好的，今天周末，我安排他们收拾一下个人卫生，估计这会儿正在洗澡。”

“那就好。”田长风说完就向屋里走去，走了两步又回过头对刘明说：

“无论谁找我，都说我不在，我想一个人静静。”

田长风一个人爬到了楼顶，站在高处又想起了那天和石雨在一起的情景，回忆之中他不知不觉想到了李煜的那首《望江南》：多少恨，昨夜梦魂中。还似旧时游上苑，车如流水马如龙，花月正春风……

石雨等了很久还不见田长风来，于是打田长风手机，但已经关机了。

石雨以为是特战队有紧急任务，可打电话过去问了说没有，她又打电话问通讯员和刘明，但他们都说不知道田长风在哪。

桌上的菜渐渐变凉，石广新也有些等不住了，石雨手里捏着手机，泪水就在眼眶里转着。

突然李月瑶冒了一句说：“他不会来了，我们吃饭吧。”

“怎么回事？”石广新问。

“我到楼下买醋的时候，碰到他了，和他说了两句话，可话不投机，他脾气倒大得很，扭头就走，我看他也不是成心到家里来。”李月瑶装作漫不经心地说着。

听她说完石雨紧紧盯着李月瑶，看得李月瑶有些心虚。

“你到底说了什么？”石雨吼了起来。

“我没说什么？不信你问他自己。”

“你骗人，长风他不会无缘无故走，也不会不理我，一定是你，是你说了什么？”石雨打开门就向往外冲去。

李月瑶“哎……哎……”了两声，但没叫住。

石广新一巴掌拍在桌子上大声地说：“你这是干什么?女儿大了，有她自己的想法，你也太不可理喻了。”

看到石广新发火，李月瑶也不依不饶，哭了起来：“你以为是为了我自己，还不是为了小雨。你当爹的不操心，我当妈的能不操心吗？”

“操心，操心，你就操心成这样，常总和我说起过这件事，我也表态答应了，现在你让我怎么见人，女儿的事要管，可也不能太强硬吧。你看现在怎么办？”

李月瑶止住了哭声说：“大不了随她发发脾气，气消了就好了，只要她不和田长风在一起就行。”

“我看未必有你想得那么简单。自己的女儿你还不了解吗？她想做的事没那么轻易放手。”

夜色完全笼罩了整个城市，石雨坐在出租车上，看着远处的灯火像烟火一样灿烂，她不相信自己和田长风的爱情会如烟火一样短暂，她爱田长风，是那种成熟的不含杂质的真正意义的爱。

来到基地，却没有找到田长风，该找的地方石雨都找了。

到最后，石雨干脆就站在大门口，没有理会哨兵的劝说，就那样一动不动地站着。

地面上的积雪还未融化，天空又飘起了雪，石雨出门时走得急，没穿多少衣服，在纷纷飘舞的雪花中冻得直打哆嗦。

两个小时过去了，石雨依然没有走，哨兵在下哨时赶紧向刘明汇报，刘明跑到田长风宿舍将正躺在床上的田长风拉了起来。一听刘明说石雨已经来了两个小时，田长风连忙跳起来说：“你怎么不早告诉我？”

“哨兵刚下哨，我也刚知道。”刘明一脸的委屈。心里想，不是你说你想一个人静静吗？

田长风向大门口冲去，看到石雨站在雪地里一动不动，身上落满了雪，一片雪白。

田长风连忙冲过去抱住了她，石雨一头瘫倒在田长风的怀里，无力地说了句：“田长风，你终于来了。”然后晕了过去。

田长风连忙抱着她，大声喊来队里的车，把石雨送到了医院。

石雨高烧了一夜，说了一夜的胡话，田长风一直在身边陪着她，直到天亮石雨的父母到来。

看到李月瑶，田长风低着头走出了病房，石雨迷迷糊糊地伸出手，但什么也没抓住。

石广新坐在床边没有说话。李月瑶叹着气说：“小雨，你这是何苦呢？”

突然石雨猛地睁开眼睛，看到李月瑶，然后一把拔掉了手上的输液管，冷静而又坚决地说：“如果田长风不来，我就不看病了。”

石广新想伸手拦住但没来得及，气得他举起了手，刚想往下落的时候看到石雨眼角的泪，从小到大石广新没有动过石雨一根手指头，何况眼下石雨正生着病，他无论如何也舍不得打她一下。

石广新只好将气撒在李月瑶身上。

“都是你惹的祸，你说现在怎么办？”

李月瑶一下子也慌了，变得六神无主，过了一会儿她哭着对石雨说：“小冤家，都是我前世欠你的，我这就去给你找，我一定把他找回来。”

走出病房门，李月瑶没有发现田长风，她只好坐着石广新的车到特战大队去找。

田长风没想到李月瑶会找上自己，而且态度还很诚恳。李月瑶在来时的路上也想了许多，石雨的坚决让她想到了当年的自己，她心里的想法也在慢慢动摇。

听李月瑶说完田长风认真地说：“阿姨，我马上就跟您一起到医院，我向您保证，等石雨病好了，我就会离开她。”其实田长风的心里也在担心着石雨。

听田长风那样一说，李月瑶倒有些过意不去，她真诚地说：“小田啊，你是不是还在生我的气啊？阿姨也是一时糊涂，你别往心里去。”

田长风说：“阿姨，我没有怪您，您说的话都有道理，我比石雨大，我应该为这件事负责。”

在车上，李月瑶问田长风家里都还有什么人。

田长风告诉她家里还有父母和一个哥哥，又随着又说了一句：“我有十几年没有见他们了。”

“为什么？”李月瑶感到十分疑惑。

“因为我的堂弟，我们一起当兵，可他却牺牲了，我不想让我的叔叔婶婶看到我伤心，所以不敢回去，我的爸妈也都理解我。”

“那你为什么离婚了呢？”

“我的妻子不理解我，更不理解我的事业，我们彼此相爱却又不得不各走各的路。”

“没想到你的心里有那么多的苦。”李月瑶发现自己竟然开始在慢慢地接受田长风。

见到田长风，石雨的脸上露出了一丝惊喜。

田长风叫来医生将针给石雨打上。然后坐在床边看着石雨，心里像刀割一样难受。

一夜之间，田长风仿佛老了许多，石雨伸出没有打针的左手，轻轻摸着田长风的脸。田长风躲了躲但还是又将脸递了上去，不管明天如何，他都不想破坏这一瞬间的和谐。

石广新拉了拉李月瑶的胳膊，李月瑶会意了，但还是有些不情愿地跟在他后面走出了病房。

“你为什么不理我？”他们一走，石雨的泪水又流了下来。

田长风故作轻松地说：“你怎么又哭了，这可不像你。”

“我是个女人，在爱情面前我只是个女人，你别给我声东击西的，你还没回答我，你为什么不理我？我妈妈到底说了些什么？”

“她没说什么？只是说了天下母亲都该说的话。”

“你还想瞒我，我妈和性格我知道，你别和她计较好吗？相信我，我一定可以说服她，但你千万不要不理我，我求你了。”

“好，我答应你，我不再不理你，但你也要答应我，马上闭上眼睛，睡上一觉，安心将病养好。”

“如果你能一直陪着我，我宁愿病永远也不好。”

田长风伸出手轻轻地弹了一下她的额头说：“别胡说了，我可没有时间一直陪着你，我还有我的天鹰突击队呢。”

“你就知道你的天鹰突击队，你告诉我，在你的心里是我重要？还是天鹰突击队重要？”

“一样重要。”田长风笑着说。

“你骗人，你不说我也知道，在你心里没有任何东西比天鹰突击队更重要，但我能够理解，因为那是你的梦想，是你在经历了那么多的苦痛过后最想实现的梦想。”

石雨的眼睛温柔地闭上了，等她睡熟后，田长风靠在她的床边看着她沉睡的样子，痛苦地轻声自语：“石雨，你告诉我，爱情与现实之间的距离到底有多远？”

过了很久，田长风发现石雨的眼角竟有眼泪慢慢溢出，他伸手轻轻将其抹去，石雨突然睁开眼睛握住他的手说：“长风，只要我们有勇气和信心，那种距离可以忽略不计。”

“你都听见了？你怎么不睡？”田长风心疼地问道。

“有你在，我怎么能睡着？”石雨撒娇地说。

“那好，我走。”田长风准备抽出手。

但却被石雨紧紧地拽住了。

“我睡，我睡还不行嘛。”石雨的眼睛再次闭上，不过这次是真的睡着了。

腊月二十四，农历小年，石雨又让田长风到家里去。可田长风说什么也不肯去。无奈之下，石雨只好搬出了救兵，满脸委屈地跑到了常建安总队长那里。

石雨恳求常建安说：“首长，我知道您一直赞成我和长风之间的事，上次长风到我们家去，让我妈给说跑了，一朝被蛇咬，十年怕井绳，长风自尊心那么强，死要面子，这次我父母都同意他到家里来，而且是真心实意的，可他说什么也不肯来，可我又不敢和我爸妈他们说田长风不愿意来，要不然好不容易调和的局面说不定又要破坏了。田长风最听您的话，您就给他下个命令，让他去，这一辈子我都感激您。”

看到石雨一副鬼灵精的样子，常建安笑着说：“你爸是副总队长，也可以命令田长风去啊，我只是局外人，找我干嘛。”

石雨红着脸说：“求您了，首长。”

“好，好，我答应你，其实之前我和你爸说起过，可你爸不放在心上，用你的话说，你爸这个人什么都好，就是脑袋不开窍，老古董。”

一听常建安答应了，石雨连忙打电话给田长风说：“常总让我打电话给你，说他在我们家里等着你，你自己看着办吧。”

田长风有些哭笑不得，无奈地说：“我们之间的事你把首长扯出来干嘛?”

“谁让你大队长面子大呢？我就只好找个面子更大的人请你喽。”

石雨抬出了常建安，田长风不能不去。

在石雨家里，田长风站也不是，坐也不是。

吃饭时，常建安对着石广新夫妇说：“你看这两个人两厢情愿，你们做父母的如果做得太过分了，也不太好，再说现在都什么年代了，孩子征求你们的意见是尊重你们，可你们也得替孩子们想想是不是，今天我做个媒，将他们俩的事定了你们看怎么样？”

石广新和李月瑶你看看我，我看看你，最后还是李月瑶说：“首长，还是听你的吧，他们也都不小了，再说我们也想通了，找个合适的日子就将他们的事办了。”

田长风一听感觉像在做梦一样，石雨更是喜上心头。

常建安连忙冲着田长风说：“长风，还不快敬两位长辈的酒。”

田长风一听，立即端起酒杯对着石广新和李月瑶说：“谢谢你们能成全我和石雨，我向你们保证我这一生都会好好待石雨，对于你们，我也会像对待亲生父母一样。”

李月瑶不好意思地笑着说：“长风啊，以前我有做得不对的地方，你别往心里去。”

石雨一听连忙说：“妈，你说什么呢，长风才不是那么小气的人，他还常和我说，你是一个好母亲。”

李月瑶开心地笑了，石广新也露出了笑容。

常建安的心里也感到十分欣慰，他知道田长风心里所埋藏的那些苦，这样一来，田长风所承受的东西就少多了。

沈思远从国外学习归来，带回不少外军反恐作战的经验和资料。沈思远向田长风汇报说：“走出国门，才知道我们的差距，尤其是在装备和理念上，我们的确比他们落后许多。”

田长风对沈思远说：“你要将你的学习体会和队员们多交流，以后我们还会派更多的人到国外交流学习，我相信落后只是暂时的，靠着我们强大的精神力量支撑，一定会后来者居上。”

见到赵小波，沈思远发现他再次变化了，不爱说话，整天抱着枪。

看到沈思远，赵小波的表情舒展了许多，他对沈思远说：“前些日子，有几个普通老百姓被人杀害，后来我们为他们报了仇，可是直到现在，我还是觉得很难过，仿佛活在一个不真实的世界里。”

沈思远知道，过于疲惫和血腥的日子让原本开朗、乐观的赵小波彻底扭转了性格，甚至引发了对人生或人性更为深层的思考、质疑。

沈思远问："最近给家打电话了？"

赵小波说："打了，我妈想让我早点复员，我爸也是。可是我想在这里多留几年，我不仅是喜欢枪，也开始觉得离不开突击队了。"

"对了，别总说我了，说说你吧，到国外转了一趟，感觉怎么样？"

沈思远笑着说："不怎么样，语言不通，他们说话我听不懂，反正我也不出门，整天就呆在训练场，琢磨他们的装备。不过，外国人的装备就是比我们的好，我试射过他们的狙击步枪，稳定性和精确度都优于我们目前的装备用枪。"

"我觉得人还是关键，这些日子我将步枪射击的所有练习都过了一遍，而且掌握了多种气候条件下的精确射击要点，就用我们的枪，我精确射击的误差几乎为零。"

沈思远瞪大眼睛，看着赵小波说："是吗？小波，真为你感到骄傲，我从没有想到从前的你会变成今天这个样子。"

赵小波露出了一丝苦笑，他知道沈思远的意思，也知道只有同学沈思远懂得自己走过了一条多么漫长的路。

第二十三章

春节如约而至，基地被一帮女兵摆弄得花枝招展，活脱脱一个“大姑娘”，田长风没有过分制止，他理解队员们在过度疲惫下的宣泄，此时的另类无疑是他们一个情绪的出口。

天鹰突击队在秦啸涵和雷剑一的安排下举办了一场自己的晚会，队员们提前准备的节目很多，有小品、相声、武术表演，还有各种民族舞蹈，舞台布置虽然简洁但却十分喜庆，整台晚会都由秦欣珂和董建影组织和策划。

晚会一开始，田长风和石雨就被队员们推上舞台，田长风硬着头皮和石雨合唱了一首“夫妻双双把家还”，那是田长风的家乡戏，童年时熟得不能再熟，可毕竟十几年没有张过口，突然一张口把队员们乐了个够，不但跑调，而且忘词。

雷剑一和一名女队员合演了一个节目《剑舞兰香》，雷剑一现场进行书画表演，那名队员在一旁舞剑，一曲终了，剑停，笔止，宣纸上的兰花雅致逼真，队员们纷纷叫好。

刘明不会表演，但还是被队员们推上舞台。队员们高喊：“队长，来一个，队长，来一个。”无奈之下，刘明打了一套拳，那是小时候爷爷教他的拳，不过凭记忆打下来也是虎虎生风。

更让石雨觉得惊奇的是武术表演，一些武术功底扎实的队员纷纷在舞台上展示了他们的个人绝技，刀术、棍术以及硬气功。

石雨笑着对田长风说：“你简直就是个武林盟主。”

田长风也笑着说：“也真难为常总了，能将这些家伙网罗到一起，他们的本领还好用到了正道上，要是往歪路上走，可就麻烦了。”

看到队员们高兴的样子，石雨将田长风悄悄地拉出了门，她知道田长风在这里，队员们就无法放得很开。

走到屋外，看到远处黑色的夜空中不时绽放起烟花。石雨情不自禁地说：“长风，你看，好美。”

田长风也动情地说：“是啊，真的很美，我有很多年没有见过这样的美了，但也许是心情的缘故，心情不同看出的风景也不一样。”

“是吗？你现在的心情很好？”石雨歪着脑袋望着田长风。

“当然了，爱情事业双丰收，心情能不好吗？”田长风笑着，然后伸出手轻轻地捏了捏石雨的鼻子。

石雨说：“也真够难为那帮小姑娘，你看她们的脸都晒得黑黑的，女孩子把脸蛋看得比生命还重要，为了天鹰突击队和所谓的梦想她们还真舍得拼命。”

“我估计晚会一结束她们就会躲在宿舍里哭鼻子，你有时间就陪陪她们，这个时候心理医生可就该发挥作用了。”

“你放心吧，我知道怎么做，毕竟我也离开过家。”

田长风说：“那好吧。我先不管你了，我要去替战士们上哨，明天一早我们去你家拜年。”

田长风来到哨位上，哨兵一看田长风连忙敬了个礼问了句：“大队长，你怎么来了？”

“你赶紧下哨，去参加晚会，我来上哨。”田长风伸手就要去接哨兵的枪。

哨兵连忙摇头说：“大队长，不用了。”

“行了，赶紧把枪给我。”

看到田长风的坚决，哨兵只好把枪给了田长风，然后一阵风似的向夜幕中跑去。

田长风在心里笑着说：“这小子，说不定心里早就按捺不住了，这会儿还跟我装。”

田长风背上枪，开始在哨兵登记本上填写上自己的名字。

田长风连续赶走了两班前来接哨的战士，一个人站了近三个小时，田长风知道这是队员们在特战大队过的第一个年，要想让他们不想家就只有让他们玩得开心。

就在田长风赶走了第三个前来接哨的哨兵时，看到了常建安。

田长风远远地就看到了常建安的车，连忙跑下哨位，打开大门。

常建安从车的灯光里发现了田长风，就招呼驾驶员将车停在大门口，然后打开车门，走下了车。

田长风站直身子敬个礼说："首长，新年好！"

常建安笑着说："我很好，你们怎么样？"

田长风回答说："一切正常。"

常建安翻了翻哨兵登记本，发现田长风已经站了三个多小时了。于是说："长风，你赶紧休息一下吧，这种站法可吃不消。"

田长风说："首长，我没事，今天是队员们在基地过的第一个年，得让他们玩尽兴一些。"

常建安深有感触地说："如果我们部队的带兵人都能像你一样，我们的部队何愁没有战斗力。"接着常建安又冲田长风摆摆手说："快下哨吧，陪我去看看你们的那帮小鹰。"

晚会还在继续，此时高莹成了众矢之的。就在今晚，高莹绝望地看着田长风和石雨走在一起，合唱着甜蜜的歌，顿时感到某种重要的东西正在慢慢脱离自己的身体，一种难以控制的痛楚侵占了全身。

可高莹知道，自己必须掩盖住这份伤痛和失落。

当战士们将高莹推上台，要求她表演节目时，她只有悲伤地笑着。最后她决定唱一首歌，是齐豫的《橄榄树》：

不要问我从哪里来
我的故乡在远方
为什么流浪
……

高莹的歌唱得很好，队员们都惊呆了。可更让人吃惊的是，高莹在微笑中泪流满面，分不清是哭还是在笑。

秦欣珂小声议论说：“没想到高莹会哭，还会笑，我还以为她天生长着一副不会哭不会笑的脸孔。”

董建影在一旁有些不愿意地说：“队长也是女人，对我们严厉那是没办法的事，她比我们大不了多少，心里的苦说不定比我们还多，再说她对我们其实挺好的，你知不知道每天晚上是谁给你盖的被子？是她，我亲眼所见，而且见了许多次，你都睡得跟死猪一样。我看啊，队长今天是想到了什么，或者是真情流露。”

听了董建影的话，秦欣珂有些不好意思地说：“其实我什么都知道，我也只是说说而已，我还告诉你一个秘密，咱们队长喜欢田大队长。”

董建影瞪大了眼睛说：“怎么可能，这你可不能乱说。你没看到田大队长正和石雨热恋着吗，听人说他们马上要结婚了。”

“信不信由你，反正我的话不会有错的，我敢断定今天队长的眼泪是为田大队长而流，她的笑容只是在我们面前装装样子。”

高莹的歌一唱完，男队员们就开始起哄。

“高队长，再来一个。”

秦欣珂也带动着女队员吼了起来，因为秦欣珂觉得在今天这样一个场合离队长的距离是最近的。

“队长，再来一个。”

“队长，再来一个。”

准备从台上走下来的高莹看到队员们的热情，也一改往日的冷酷，变得十分女人。

高莹突然觉得今天与这帮家伙是那样的亲近，于是也产生了一种想要将内心所埋藏的东西抖落出来的冲动。

高莹拿着话筒说，那我就给大家朗诵一首诗吧，舒婷的《致橡树》。

轻音乐响起，高莹轻声朗诵：

我如果爱你——
绝不像攀援的凌霄花，
借你的高枝炫耀自己
我如果爱你——
绝不像痴情的鸟儿
为绿茵重复单纯的歌曲
也不止像泉源
长年送来清凉的慰藉
……

高莹朗诵得十分投入，以至于情绪忽高忽低，而这一幕正好被赶过来的常建安和田长风看见。

看见常建安和田长风，高莹的神情有些变化，刚准备停下，被常建安挥了挥手示意继续。

于是，高莹跟着音乐调整了一下节奏，继续朗诵。

根，紧握在地下

叶，相触在云里

……

高莹一直在努力的控制自己内心的波澜，她知道在这一刻总队首长在看着自己，田长风在看着自己，还有所有的队员在看着自己。如果知道田长风会来，她是决意不会选择朗诵这首诗的，可现在是骑虎难下，高莹渐渐有些控制不了自己的情绪了。

高莹眼角的泪水在灯光下泛出点点晶莹，常建安突然觉得她就像自己的女儿慧慧一样，这也一直是他不赞成女儿参军的理由。

田长风对常建安说："首长，高莹也真不容易，一个女孩子离家那么远，而且在感情上好像也不太如意。"

常建安动情地说："女人在部队比男人要辛苦得多。"

高莹朗诵完了，常建安带头鼓掌，田长风也跟着鼓掌。

高莹抹了一把眼泪，跑下台给常建安敬礼。

常建安笑着说："高莹，没想到你是文武兼备，不简单啊。"

高莹没有说话，只将眼光瞟了一下田长风。

田长风感激地说："高莹，谢谢你，你让队员们度过了一个开心的年夜。"

高莹立即又恢复了她的平静，淡淡地说："大队长，这是我该做的。"

常建安在离开特战大队时，对田长风交待了一句，总队最近批准了一个项目，EPS指挥系统研发，也就是单兵作战终端，如果成功，将大大提高突击队员在作战中的灵活性，机动性。

田长风十分高兴，他所期待的反恐作战中的信息化建设终成现实。

晚会后，赵小波和沈思远一起给家里打电话。

赵小波竟然没有流泪，很平静地表达了祝福和问候。倒是沈思远却哭了，叫了一声“妈”眼泪就掉了下来，他能够想象妈妈一个人在家过年的情景。妈妈说，她的身体很好，叫沈思远不要担心，在部队要好好工作。年前，沈思远就将攒下的津贴费都寄了回去，电话里沈思远一再叮嘱妈妈，要多买点好吃的，要穿得暖和点。

常建安过年没有回家，正月初三，妻子带着女儿常慧从北京赶到边疆。

常建安正在基层慰问部队，没有去机场接他们。让人先将她们母女俩接到招待所，安排住下了。

第二天上午常建安才赶回来，一进门，常慧就嘟着嘴对常建安说：“爸，我们大老远的跑过来，你还迟迟不见我们。”

常建安笑着说：“这个时候可是我最忙的时候，谁让你们早不来，迟不来，偏偏在这个时候来？”

梁静茹一听连忙接上话说：“瞧你这没良心的，一年多没见了，女儿想见见你，好不容易来一趟，你还嫌不是时候，那你说我们什么时候该来？”

妻子的话顿时让常建安觉得理亏，笑着说：“好了，不说了，我错了，都是我的不是。”

一年多没见，妻子显得老了许多，神色间的疲惫清晰可见，女儿的变化也很大，举手投足之间没有了之前的那种娇弱，已初见军人的样子。

梁静茹打开随身带的包掏出一盒过滤烟嘴说：“这是爸让我带给你的，你身体不好不能抽烟，可爸知道你到了这边一定会控制不住，他说，你实在想抽就带着烟嘴抽，对身体的危害不大。”

常建安的心里像打翻了五味瓶，红着眼睛看着那盒透明的烟嘴。

常慧一看，嚷起来说：“你们这是干嘛，刚见面就这样，弄得人心情不好。”

常建安连忙深吸了一口气，问女儿：“军校生活怎么样？”

“挺好玩，没你说得那么苦，我觉得挺有意思。”常慧一脸轻松地说。

"我看你是后悔也不想说吧，军校的要求那么严，你的性子像野马一样，能受得了？"

"在家里我像野马，可在学校里我可就不是了，这学期我还是优秀学员呢。"

"是吗，那倒是出乎我的意料，可我还是不希望你走这条路。"

"就许你们男人有事业，不许我们女人有事业了，你是将军，我好歹也得干个大校吧。"常慧拉着梁静茹的胳膊说："你说是不是啊，妈？"

"在这个问题上我和你爸的立场一样，我也不同意你走这条路，可你已经选择了，还有什么办法？你的性子我可清楚，要是不让你干，你得把我们这把老骨头给拆了。你们爷俩就放心吧，你们保大家，我来保小家，等小慧生了孩子我再给你看着，老的小的，我都管着。"梁静茹摆出一副无奈的样子。

"妈，你说哪去了。"常慧红着脸说。

"好了，都别说了，家庭会议到此为止。你们难得来一趟，我请你们去吃烤全羊。"

吃完饭，一家人开开心心地往回走。

回到招待所打开房门时，常慧发现地上躺着一张纸，是从门缝里塞进来的。

常慧捡起一看，顿时尖叫一声，吓得脸色苍白。

常建安连忙问："怎么了？"

常慧递过那张纸，常建安接过一看，上面用血写着一行字："常建安，滚回北京，否则让你粉身碎骨。"

署名是一只大大的血手印。

常建安连忙安慰常慧说："没事了，慧慧，只是一封恐吓信。"

安慰完家人，常建安立即给田长风打电话。

田长风赶到招待所时，常建安正坐在大厅的沙发上等着他。

"首长，到底是怎么回事？"一见面田长风就急切地问道。

常建安将纸递给田长风，田长风一看，担心地说："首长，要不然这些日子，我派两个人跟在你身边，安全一些。"

常建安说："不用了，不至于到那一步，我叫你来只是提醒你，我们的对手可能要行动了，两军对垒，勇者胜，是该我们迎头痛击的时候了，你回去通知所有队员，全力做好战备工作，哪里动，我们就打哪里。"

就在田长风刚准备离开的时候，常建安叫住他说："明天你带两个战士送你嫂子和慧慧到机场。"

得知自己刚到就要立即回去，梁静茹说什么也不同意，对常建安说："建安，你不用担心我们，你有危险我们就更得在这里陪着你。"

常建安深情地看着梁静茹说："这个时候不是意气用事的时候，你们在这里只会干扰我的想法，影响我的行动，你放心，我一定不会有事。"

常慧一看爸爸确实为难，也帮着常建安劝说："妈，我们就回去吧，让爸爸全身心地处置好这件事情，我们在这里只会添乱。"

妻子和女儿一走，常建安的心就渐渐平静了下来。血液里的那股力量也开始慢慢膨胀，对于个人凶险常建安不是没有评估过，然而在向军旗宣誓的那一天，常建安就知道，无论什么年代的军人都注定要在血与火里寻求生存的资本，同时这也是一个兵者的骄傲。此时，他只是以一个老兵的身份坚持在反恐作战的前沿阵地，是使命，也是本能。

恐吓信无疑证明天鹰突击队触动了某种力量的神经，也说明了当前反恐工作的成效。常建安很欣慰，一年多的心血没有白费，路也没有走偏，接下来的就是正邪之间的生死较量了。

常建安给纪律强打电话，让他加快基层部队的反恐建设，务必在最短的时间里形成最强的战斗力。一年来，纪律强埋下身子在基层进行了大小数十次反恐演练，将部队锤炼得像模像样。

纪律强自信地对常建安说："现在基层的任何一个机动分队拉出来，都是拳头，都是尖刀，您就放心吧，不会影响演习的进程。”

挂了电话，常建安点了一根烟，慢慢走到窗户跟前，窗外是熙熙攘攘的红尘。

常建安给妻子发了一条短信：“静茹，我相信自己会没事的，但如果真要有什么不测，希望你能理解并替我照顾好家人。”

发完短信，常建安感到腰又有些隐隐作痛。

第二十四章

寒冬过后，边城渐渐有了些许暖意。一直绷紧神经的天鹰突击队经历了一个漫长的高度戒备期，然而什么事也没有发生。

但过分的平静却让常建安心里渐渐感到不安，常建安十分了解眼前这片土地，以及它在一定时期内所出现的动荡不安，常建安隐约感到黑暗中对方正在默默积蓄一种力量，策划着更大的阴谋。

三月份，天鹰突击队应邀参加国际反恐组织举行的军事比武，赵小波在狙击手比赛中获得第二名的成绩，打破了中国狙击手在国际上的排名纪录，也让国外反恐专家大跌眼镜，一支性能并不是最好的步枪能打出那么好的成绩。

回国后，赵小波成了突击队的英雄，秦啸涵给季强打电话说："还记不记得你当初一直不喜欢的赵小波，他刚在国际大赛上取得了第二名的好成绩。"

电话那头季强长久地沉默着，过了许久才对秦啸涵说："我刚刚联系了一份保安的工作，别人却还嫌我年龄大。"

季强的话让秦啸涵的心一下子僵在那儿了，他本想让季强一起分享突击队的成功，没想到季强的颓废和远离是那样的彻底。

秦啸涵伤痛地意识到，从前的"魔兽"不在了，如今的季强只是一个在生存边缘挣扎的中年人。

四月，路边的杨树刚冒新绿。

和季节一样，李素妍身体里孕育的希望也就在眼前。

产期临近，雷剑一不停地在电话里叮嘱李素妍，要时时处处小心。

每次李素妍都会笑着说："你放心吧，准爸爸同志，我会全力守住后方阵地。"

对于孩子，雷剑一不止一次幸福地想象，会像自己，还是素妍？但无论像谁，雷剑一相信孩子都会很漂亮。

星期六下午，雷剑一带着三名战士在街头巡逻，明天是星期日，雷剑一计划带着妻子到超市给孩子买衣服，而且医生也让李素妍在产前多活动活动。

黄昏，残阳如血，没想到灾难突然来临。

雷剑一带着队员巡逻到一处比较窄的街道时，突然从旁边一个比较隐蔽的巷道里窜出十余名不明身份的人员，手持棍棒，尖刀袭击巡逻队。

由于没有任何防备，三名队员的头顿时被打破，鲜血流了出来，即便如此，队员们依然迅速调整队形，彼此掩护，并开始反击。雷剑一立即在对讲机中向值班室报告了情况，接到通报，田长风带着突击队火速出动。

三名队员像猛虎一样，和歹徒搏斗在一起，但终究力量太过悬殊，而且歹徒们准备充分，雷剑一和队员们渐渐处于劣势。

突然，一名年轻队员被刀刺中前胸，倒在了地上，在歹徒继续用刀刺他头部的危急关头，雷剑一冲了上去，一个迅猛的直拳击倒对方，并弯下身子，试图拉起那名队员，可就在弯腰的一刹那，一名歹徒用铁棒击中了雷剑一的后脑，雷剑一瞬间感到脑袋一沉，眼前一黑，一头栽倒在地。

田长风带着突击队风一般地赶到现场，发现雷剑一已经倒在了地上。

田长风背起雷剑一就跑，赶到医院，医生无奈地摇了摇头，雷剑一的眼睛永远地闭上了，但被他救起的那名队员活了下来。

走廊里，田长风蹲在地上放声痛哭。

赶到雷剑一的家里时，李素妍正在做产前运动，看到秦啸涵、田长风还有石雨的到来，李素妍先是热情的欢迎，接着是惊讶，然后是慌乱，李素妍不安的问："大队长，是不是剑一出了什么事？"

没有人回答，石雨连忙走上前去扶着脸色瞬间变得苍白的李素妍说：“素妍，你先坐下，别太激动。”石雨一张口，眼泪就控制不住地流了下来。

李素妍顿时感觉天快塌了，连忙大声地问田长风：“大队长，剑一是不是出事了？你告诉我，剑一是不是出事了？”

田长风木然地站着，不知道该说什么。在眼泪流出的瞬间，李素妍感到肚子阵阵疼痛，她知道，孩子要出生了。

众人连忙将李素妍送往医院。

当晚，在医院李素妍生下一个男孩。孩子出生的时候，李素妍一直没有流泪，此时她心里的痛苦远远大过了身体上的痛苦。

秦啸涵、田长风、刘明、石雨都在医院陪着，抱着孩子，李素妍的眼泪落到了孩子的脸上，孩子长得几乎和雷剑一一模一样。

李素妍自言自语地说：“剑一会回来的，他一直盼望看到孩子，他不会丢下我们不管的。”

秦啸涵连忙跑出去，找到一个没有人的角落，哭得像个孩子。刘明一直都觉得是在做梦，他不相信雷子真的就不在了，直到开追悼会的时候，刘明才意识到，雷子真的去了，从不流泪的刘明跑到雷剑一的遗体前，边流泪边不停地摸着雷剑一的手，嘴里说：“雷子，你不是说教我写字吗？我们说好要在一起战斗一辈子的，你怎么说话不算话？”

雷剑一被授予“革命烈士”荣誉称号，司令员魏冉升也到了会场，会上，魏冉升沉痛地说：“英雄的血不会白流，邪恶必须消灭。”

李素妍抱着孩子到了会场，一直都在坚强地沉默着。可当见到雷剑一那件带血的作战服时，她再也忍不住哭了出来，她想起了第一次见到雷剑一的时候，雷剑一穿的正是那件衣服，还有当时雷剑一那一身的汗味。孩子也“哇哇”大哭，仿佛知道了爸爸永远的离开。

魏冉升见到常建安时发现他憔悴了许多。

常建安对魏冉升说："首长，这场战斗才刚刚开始，我有信心取得胜利。"

魏冉升说："我相信你，也期待着你和天鹰突击队的成功。"

悲伤中，天鹰突击队没有忘记自己的使命。

EPS系统研发项目正式启动，让田长风没有想到的是董浩阳也参与了进来。

在常建安说到董浩阳的时候，田长风的脸色一变。

常建安以为田长风还在记恨着以前的事，就问道："怎么了？是不是还在生他的气？"

"不是。"田长风回答说："我只是怕他还在生我的气。"

"你放心吧，我找他谈过了，到基层当了几天的兵，什么都想明白了。"

见到田长风时，董浩阳说："大队长，我们又见面了，以前的事都是我的错，希望你能原谅。"

田长风笑着说："董参谋，之前的事我也有错，眼下的工作就全靠你了。"

石雨看到他们两人握手的样子，欣慰地笑了，而且石雨对董浩阳的态度也明显改变了许多。

石雨知道，现在大家都站在一个阵地里，都在为同一个目标而努力着，个人的恩怨已无关紧要。

一个月后，系统研发成功，并很快投入使用，如此一来，大大提高了突击队员在作战中的机动性和能动性，也充分证明了信息化在反恐作战中的巨大作用。

与此同时，总队收到了总部关于在边疆地区进行大规模反恐军事演习的正式批复，一个月后，全武警部队主官都将来边疆观摩。

常建安知道，亮剑的时候到了。

常建安找到纪律强说："参谋长，我们等待的时刻终于来了，我相信，未来反恐作战的标准和模式都将从我们这里产生。"

纪律强自信地说："常总，放心吧，我们都准备好了。"

做好一切准备后，常建安再次将田长风叫到办公室，很严肃地说："无论在演习中还是在日常，眼下的天鹰突击队都要如履薄冰，如临深渊，随时做好战斗准备，要像一支弦上的箭。"

田长风将总队长的意思完整地转达给了队员们，并强调：从现在开始，枪不离手，车不入库。

深夜，常建安还在办公室，公务员已经推门进来望了六次，常建安交待说："你赶紧去休息，别管我了。"

直至凌晨，常建安都没有合眼，在寂静和不安中常建安再次认真分析了眼前的形势和任务，包括演习的每一细节，常建安深知，正面亮剑，无疑是向恐怖势力宣战，而接下来要做的就是，出剑卫道了。

演习终于开始，今年边城的五月气候出奇的好，天空万里无云，不冷也不热。

司令员魏冉升以及总部主管作战和训练的所有领导都来了，常建安和曾仁成在一旁陪同着。

见到常建安，魏冉升笑着说："建安啊，怎么样？"

常建安笑着说："不管怎么样，都得拿出来见人，就是丑媳妇也得见公婆嘛。"

魏冉升开心地说："看得出，很自信，好，那我就看看，这一年多，你到底折腾出了什么名堂。"

所有演习部队开始进场，常建安整理队伍并大声向魏冉升报告："司令员同志，演习准备完毕，是否开始，请指示！"

"开始。"魏冉升下达了开始的命令。

一时间，战车轰鸣、口号震天。

天空中战鹰盘旋，地面人潮汹涌。

广播里解说员在解说着："此次演习着眼武警部队履行职能使命需要，注重研究解决处突、反恐作战的重、难点问题，坚持从实战需要出发，充分展示武警部队最核心的反恐力量，鼓舞民心士气，震慑境内外恐怖势力，以实现'首战用我，用我必胜'的目标。"

主要演示两个课目：一是特战分队实兵演练，二是部队反恐特战技能演示。

特战分队实兵演练是通过对队员攀登、越障、射击、擒敌、驾驶等技、战术的协同演练，反映特战队员稳定的心理，超常的体能和过硬的技、战术水平。

天鹰突击队员一入演习场便如猛虎下山。

射击场上，队员们枪响靶落。

各种枪型都进行了演示，队员们对枪的把握几乎到了出神入化的地步。

动态靶、静态靶、远距离、近距离，弹无虚发。

狙击手更是发挥神勇。

一百米对人体靶的射击，眉心、人中、脑门、都是一枪命中。

还有特种射击技能展示，对弹壳、刀片、打火机的射击，子弹击中固定的刀片，弹头被锋利的刀锋一分为二，子弹击中点导火索的打火机……

擒敌场上，队员们演示一招制敌，动作敏捷迅速，让人眼花缭乱。硬气功表演中，队员们手劈砖块，头碎酒瓶，脚踢三厘米厚的木板，一声大喝，声响板断……

魏冉升不停地点头，心里想，真是难为常建安了，不到两年时间能将部队折腾出这样的水平。

在处置劫持人质事件演示中，突击队的表现更是让人惊叹不已。

直升机抵近侦察、队员五十米高空索降、十米楼层垂直飞身下，更令人惊奇的是，这个课目的演示还有女队员。女队员们的身手一点也不逊于男队员，动作干净利索、迅猛有力。

侦察直升机是结合所担负任务特点，在F9直升机的基础上改装而成。具有昼夜条件下对目标进行手动跟踪、自动跟踪、扫描、锁定等功能，可执行战场侦察、目标指引、火力打击等多项任务。

这些高难度、高技术科目填补了国内反恐训练的空白，形成了新的纪录。

尤其是EPS指挥系统的应用更是让天鹰突击队员们如虎添翼。单兵数据终端为信息的传递、命令的下达、任务的完成提供了强有力的保障。该系统主要采用了GPS定位、无线网络技术、蓝牙等通讯手段，反恐作战队员携带该装备可将作战情况实时传输至指挥中心，指挥员可通过此系统直接指挥到单兵作战行动。

接下来，反劫机演示也充分展示了天鹰突击队惊人的战斗素养。在小组机舱突入中五人战斗小组判定情况准确，制定方案合理，战斗中配合密切，动作迅速，尤其是超乎想象的手语让人在无声世界里感受到了心灵之间的极端默契，最终突击队以迅雷不及掩耳之势成功解救了被劫持的人质，圆满完成了任务。

在八百米综合障碍演练中，队员们充分展示了顽强的意志和超强的灵活性，无论是火障还是高墙，队员们都从容通过，在爆震弹腾起的阵阵硝烟中，队员们以勇敢和坚韧谱写出了一曲新时代军人的壮歌。

演习取得了圆满成功……

边城震惊……

举国震惊……

中国武警神秘反恐部队终于亮出面孔。

各大媒体纷纷报道：天鹰突击队，人民的守护神……

天鹰，正义、勇敢、胜利的象征……

“天鹰”的出现重建了中国反恐力量在百姓心中的信任感和安全感，再一次展示了当代军人的精神风貌和英勇顽强。

在媒体采访中常建安说："天鹰的力量来自于武警军人对职责，对人性的理解，作为新形势下的军人，我们有责任，有义务为百姓维护一片晴朗的天。"

星期三上午十点钟，田长风正带着队员们进行战术训练。

突然接到作战值班室通知：一伙恐怖分子劫持了一所中学的一个班级大约四十名学生，恐怖分子向政府提出了一系列不合理的要求。据公安部门侦查得知，恐怖分子共有七人，手中持有自制武器，很可能有炸药。目前，政府和公安部门正在极力拖延时间，原则是既要保证人质的安全，又不能答应他们的无理条件。

情况十分紧急，天鹰突击队立即出动。

到了现场田长风才发现情况比想象中还要糟糕。被劫持的人质大都是年龄不大的中学生，神情惊恐不安，很难自控，也很容易激怒那些极端分子，意外随时都可能发生。

另外，警方已经和恐怖分子周旋了近一个小时，对方明显出现了不耐烦、情绪不稳定的现象，他们扬言给政府最后半小时，半小时后，将开始枪杀人质。

田长风分析说："对付这群恐怖极端分子，政治攻心很难奏效，一味妥协也不可能稳住场面，事不宜迟，我们必须立即强行突击。"

前指领导在一起商量过后，决定同意田长风立即带领天鹰突击队实施强行突击。

田长风召集队员研究对策，商议过后决定将突击队分成三个组，一组由狙击手组成，占据教学楼旁边的办公楼顶，寻找制高点进行有效狙击。

第二组从大楼后面攀上教学楼顶，然后垂直降落进行突击。

第三组为侦察组，要迅速摸清歹徒的确切人数、位置和武器情况，并配合突击。

分配完任务，突击队员像风一样窜了出去。

侦察组迅速向大楼靠近，并利用红外侦察仪、软管窥镜等一系列装备探测到恐怖分子的人数、位置及下步行动意图。

“01,01。”

“我是06。”

几分钟后，侦察组开始汇报情况：恐怖分子全都集中在教学楼四楼，所有人质也都在四楼中间的教室里。教室的四个角落各有一名恐怖分子看守，手里都有枪。楼道里有一名恐怖分子向楼下张望并喊话，估计是他们的头目。还有两边的楼梯口各守有一名，手里都有枪。

听到侦察组的报告，田长风的心里感到十分沉重，也很紧张。恐怖分子这样的部署意味着突击行动若有分秒的停顿，对手都有可能也有机会伤害人质。

狙击组报告，只能找到三个有效狙击位置，其他四名恐怖分子没有狙击的角度和可能。

田长风立即将这一情况迅速通报给其他小组。楼顶的突击小组决定由两名队员负责击毙教室里无法实施狙击的两名恐怖分子。两名队员迅速占据楼道，切断楼梯口的恐怖分子向教室靠近的路，并予以击毙。

听完各组的汇报，田长风果断地下达了命令：

“各组出击。”

瞬间，楼顶的突击队员向四楼垂直飞身而下。

与此同时，狙击手的枪响了，三名歹徒眉心中弹，同时倒地。

两名突击队员从窗户外撞碎玻璃进入教室，两名未被击毙的恐怖分子还未反应过来，就已经被击倒。

守在楼梯口的一名歹徒举着枪向教室方向跑，不到三步就被楼顶突然降落的突击队员给解决了。

很快，田长风就从对讲机得知了结果，一颗心才稳稳地放了下来，并立即向前指报告战斗情况。

队员们开始清理现场，突然，赵小波在催泪弹的余烟中发现楼道里那个恐怖分子的头目竟然没有死，子弹击中了他的脖子，正在不停地往外冒血。

对方掀开了衣角，露出了一丝狰狞地笑，赵小波惊呆了，他的身上捆满了炸药，赵小波清醒的知道那是烈性炸药，如果爆炸，整个教学楼都会塌倒。

而此时那些学生们正在向楼下走，目前还没有一个走出教学楼，但此时开枪已经没有用了，炸药的导火索已经被点着，正在滋滋地冒着火花。

赵小波立即冲了上去，从地上抱起那名歹徒。赵小波发现楼前有一块空地，如果在空地上爆炸，对教学楼的影响不会太大。

赵小波使劲抱起那名歹徒，向栏杆外扔去。没想到那名歹徒意识到了赵小波的意图，伸手死死抱住了赵小波的腰，垂死之人，力大无比。赵小波无法挣脱，而且他也知道时间不多了，于是用尽全身力量拖着歹徒翻到栏杆外，向楼前的空地上跳去。

这一幕正好被不远处的沈思远看见，沈思远歇斯底里地吼了起来："小波，不……"

"轰"的一声巨响，两个人还没落到空地，炸药在半空爆炸了。

所有人都被这一声巨响惊呆了，田长风发疯似地冲向教学楼前，只有一股浓浓的硝烟味和纷纷飘落的人体碎片。

赵小波和歹徒一起被炸成了碎片。

得知情况后，田长风两膝跪地，双手举过头顶，高声喊了起来："为什么？为什么总有人死？"

在场的人都没有动，静静呆立着，似乎还没有意识到发生了什么。

沈思远从楼上冲了下来，泪流满面。他记得赵小波临死前喊了一声："苏彤……"

沈思远知道赵小波的心思。

天鹰，再次受伤。可却让整个边城震惊，人们纷纷猜测，这是一支什么样的部队？经历了什么？究竟拥有什么样的力量？为何如此强悍？

赵小波没有遗体，也没有骨灰，只有沈思远含着泪为他收拾起的一片衣角，装在木盒子里，他说要将赵小波带回家乡。

午后天空的颜色和月光一样惨淡，常建安宣读完赵小波的悼词后流了下眼泪，这是常建安来到西部后流下的第一滴泪。

赵小波。常建安记得很清楚，射击时的那份自信，阳光一样的笑容，还有他考核时不要命的样子，在常建安眼里，他还是一个孩子。

可常建安知道，只要这个世界一天不安宁，就随时会有人流血牺牲，而这就是“天鹰”所要承载的重量和它的宿命。

赵小波的父母来到部队，还没有到墓前，赵小波的母亲就晕了过去。赵小波的父亲说：“无论如何，今年都想让儿子复员的，没想到成了这样。”

一个星期后，一个女孩子来到赵小波的墓地前，带着一束鲜花。旁边站着沈思远。

沈思远对着赵小波的遗像说：“小波，苏彤来看你来了，我知道你一直想见她一面，我告诉了苏彤你的心思，她就来了。”

沈思远掏出一枚天鹰勋章，交给苏彤说：“小波曾说过，要为你赢得一枚天鹰勋章，他做到了，他是一名出色的天鹰突击队员。”

苏彤郑重地接过勋章，在阳光下它闪闪发亮，突然，一滴眼泪落在了上面，晶莹剔透。

苏彤想起赵小波当兵离开家乡时，对她所说的话：“苏彤，如果我不在部队里建功立业，就不回来见你……

苏彤在心里默默说着：小波，我到今天才真正了解你们军人，也才知道你所选择的是怎样一条路。你一直喜欢和我开玩笑，我多想这也是你和我开的一个玩笑啊，可你这个混蛋，这个玩笑开得太大了，连一个让我改正的机会都不留给我……

烈士陵园一片死寂，赵小波的墓地是新建的，而且在在靠边的位置，十分醒目。

沈思远拿了一瓶酒，打开后对着墓碑说："小波，喝点酒吧，冬天快到了，在那边别冷了自己……"

沈思远的眼泪不停地往下落。

苏彤也被这份情谊感动着，她顿时回忆起三个人在一起上学的日子，以及那时的单纯，那时的天真……

苏彤知道沈思远不会原谅自己，他和赵小波之间的战友情感厚重而又纯粹。沈思远将酒到空中后，将酒瓶立在墓前。

赵小波是为了执行任务而牺牲的，而天鹰突击队在将来还会有很多很多的任务，沈思远知道自己的路还有很长。

沈思远将赵小波留下的一个日记本交给苏彤说："这里面有小波的一些心思，我觉得交给你最合适。"

沈思远转过身，坚定地向来路走去。

看着沈思远的背影，苏彤张了张嘴想说什么，可什么没说出来。等他走得很远时，苏彤才用力地喊了一句："沈思远，对不起。"

沈思远听见了，步子停了下来，紧接着回过头说了句："谢谢你能来，对小波来说，这已经是你最好的歉意。"

在阳光下，苏彤打开日记本，看到了赵小波留下的文字和情感。

7月23日　　　　天气　晴

苏彤，今天是你的生日，苦累之极，可我还是保持精力，清晰地记住了这个日子，并一边训练一边为你祝福。突然想起以前为你过生日时你开心的样子，将蛋糕涂在你的脸上，然后看着你许愿，可我知道，那样的日子再也不会有了，你的身边有另外一个人陪着你。一直到熄灯，我都强忍住不给你打电话，害怕打乱你的生活，因为爱，所以希望你能永远开心……

8月14日　　　　　　　　　　　　天气　晴

苏彤，西部的阳光穿透力很强，把我仿佛永远变不黑的皮肤变得和黑炭一样，很难想象你如果现在见到我会是怎样一副表情。战友们都说，这就是男人的肤色，你以前常说我没有个男人样，现在我可以开心地告诉你，我是个真正的男人了……

苏彤泪如雨下。

她想赵小波，在这一刻比任何时候都想。

她的脑际闪过一首歌：

如果时间
忘记了转
忘了带走什么
你会不会
至今停在说爱我的那天
然后在世界的一个角
有了一个我们的家
你说我的胸膛会让你感到暖
如果生命
没有遗憾
没有波澜

你会不会

永远没有说再见的一天

……

训练还在照常进行，牺牲让天鹰突击队在一瞬间成熟了。再也没有人认为训练不等同于实战，所有的人都面对过死亡，触摸过死亡甚至与死亡擦肩而过。

刘明收到了李雪梅的来信，说她怀孕了，她想要个男孩，希望肚子里是个男孩。

而此时刘明根本没有心思去面对妻子的想法，刘明在训练间隙打开了妻子的信，却面无表情地偷偷地塞进了口袋，如果不是雷子和赵小波出事，刘明会兴奋地把这个消息告诉所有人。

可雷剑一和赵小波的离去让刘明在一瞬间仿佛悟出了生命存在的许多道理。生命的消逝，新生命的诞生，一切都是那样不为人知，而所谓的痛苦与欢乐都是那样的无力。

第二十五章

“天鹰”的顽强和屡战屡胜让恐怖分子感到了绝望，在一点一点收缩阵地的同时开始调整对策，决定远离城市，选择相对较远较偏的地区进行恐怖袭击或策划极端行动。

此时，天鹰突击队里发生了一件让大家意想不到的事，秦欣珂要提前复员。

秦欣珂的父亲是一个成功的商人，秦欣珂是家中的独生女儿，原本只是想让女儿部队锻炼一下，如今听说了天鹰突击队一再出事，心里怯了，想让女儿回家。

秦欣珂要走了，她在这个时候离去对所有的特战队员都是一种打击，包括信心和信念。

秦欣珂走的时候，眼泪花花地看着大家，可是没有人理她。

秦欣珂知道大家不会原谅她，此时，她只是一个不敢面对困难的逃兵。

出门的时候，董建影大声地吼着：“王八蛋，走了以后就再也不要回来。”吼完后，眼泪就流了下来。

其实董建影知道，秦欣珂走了之后，一定是不会再回来的，说这话只是为了宣泄一下自己的情绪。

秦欣珂没有回头。

几个月之后，所有的特战队员都收到了秦欣珂寄来的一个平安符。上面绣着各自的名字，秦欣珂在信里说，上面的名字是她一针一针绣上去的。

一个大家都快淡忘的人，又以一种奇特的方式回到了大家的空间里，所有人都知道，秦欣珂笨手笨脚，根本不会做那些细活，可能她只是以这种方式表达自己对特战大队的亏欠或者怀念，于是，大家都选择了原谅。

董建影给秦欣珂打电话说："虽然你不再是天鹰了，可你无论在哪都别给咱们天鹰丢人。"

秦欣珂在电话那头哭了起来，愧疚地说："我知道我对不起你们，现在我天天在家祈祷，希望你们都能够平平安安。"

正邪之间的较量慢慢由明处转到暗处，但没有人放弃，无论是因为仇恨还是正义，所有人都知道，这场战斗还在继续。

常建安指示田长风，要加大侦察力度，扩大侦察范围，绝不能遗漏任何蛛丝马迹。

然而，过去了许久，几乎翻遍了边疆的所有角落，仍然没有发现恐怖组织的踪迹，他们仿佛在人间消失了。

但就在所有人开始丧失信心时，事情出现了转机。在一次边境缉毒行动中，天鹰突击队意外截获一批枪支，据嫌疑人交待，那批枪他们准备送往一个恐怖组织的训练营地，在某个山区。

田长风顿时惊喜不已，同时也隐约感到这伙人与十几年前杀害自己弟弟的那帮人有着某种联系。

根据嫌疑人提供的线索，田长风派出侦察员昼夜化装侦察，寻找恐怖分子的蛛丝马迹，终于成功锁定恐怖分子的老巢。

田长风立即向常建安报告，常建安在和政委曾仁成沟通后，也立即向魏冉升报告。

常建安说："首长，据侦察，这个恐怖组织策划并实施了上次连环爆炸案，我们准备实施打击。"

魏冉升激动地说："好，这一仗你给我打得漂亮些，打出气势，不仅要为那些无辜死难者报仇，更要让邪恶永远不敢抬头。"

为确保战斗万无一失，常建安和田长风对战斗进行了周密部署。同时，常建安命令相关支队严密封锁各个路口，坚决不放过一个人。

半夜时分，天鹰突击队出发了。

坐在直升机上，田长风心里默默念叨着："弟弟，哥哥回来了。"

战斗在清晨打响。

依稀的晨光中，田长风带着队员们向恐怖分子的营地进发，很偏僻很难发现的一个山凹处。由于之前的反复侦察，突击队对地形已比较熟悉。

营地外的许多岗哨都被天鹰突击队员悄悄地解决了。

等到恐怖分子发现时，队员们已经到了跟前。

反抗……

挣扎……

换来的是正义的子弹。

天空中是不停盘旋的直升机，地面是天鹰突击队配合默契的进攻，恐怖分子几乎没有任何还手之力。

当天边的第一缕霞光洒落时，战斗就已基本结束，击毙恐怖分子六名，抓获十八名。

枪声骤然停止。

清场时，田长风命令突击队呈三角队形搜索，同时让警犬配合搜捕。

搜索范围扩大到营地四周五公里。

当田长风搜索到一条弯曲的深沟里时，发现周围的地形越来越复杂，顿时心里产生了一种警觉，打出手势让身边的队员注意。

田长风弯下腰，走在小组的最前面。

突然，三支枪从深沟旁边探了出来。黑洞洞的枪口都对着田长风。

他们的目标是田长风。

砰、砰、砰……

三声枪响，恐怖分子倒了下去，眉心中弹，动也没动一下。

刘明、田长风、沈思远同时开枪。

在浓浓的血腥味里，田长风将枪慢慢背在肩上，然后抬头看了看天空，阳光紧密的和世界拥抱在一起。十几年来，田长风第一次发现，天空如此晴朗。

此次战斗再次展示了天鹰突击队勇敢顽强的意志品质，也真实呈现了他们过硬的军事素质。

战斗结束后，公安人员对营地进行了清理和搜查，缴获大量的武器弹药，以及大批的反动宣传图册。

总队所有常委都到基地欢迎勇士归来。在基地的会场，总队政委曾仁成饱含深情地说："同志们，天鹰突击队从组建到生成战斗力才用了短短一年多的时间，正义、勇敢、胜利你们做到了，你们无疑是时代的骄傲，是当代军人的骄傲，也是我们武警部队的骄傲，你们为了国家和人民付出了自己的青春、血汗甚至生命，我代表全总队官兵向你们致敬……"

一个月后，天鹰突击队荣立集体一等功。

魏冉升亲自到边疆主持召开庆功大会，会上，魏冉升激动地说："无论任何年代，军人都不会丧失自己的意志，信仰和信念，天鹰在血与火的考验中完成了当代军人核心价值理念与意志品质的高度统一，即便有牺牲，即便我们付出了常人无法想象的难解和痛苦，但这种精神存在会影响一批批当代军人，会形成一种强大的精神力量永远根植在这片土地上……"

烈士陵园前，刘明和沈思远慢慢走上前，分别将鲜花放在雷剑一和赵小波的墓碑前。

所有天鹰突击队员手中高举着刚刚配发的新式步枪，枪口朝天，站立在陵园两旁。

田长风声嘶力竭地吼着："鸣枪，为我们的战友送行。"

枪声响彻陵园的瞬间，天空在流泪，边城迎来了难得一见的秋雨绵绵。

田长风和石雨举行了婚礼，李素妍也来了。在婚礼上，李素妍没有流泪，她以一种特殊的方式消化了对雷剑一的爱。

李素妍给孩子取名叫雷天鹰。李素妍说，以后的日子里她可能都要靠回忆撑着，会用心将小天鹰带大，希望他长大后和他父亲一样伟大，一样坚强。

刘明将写好的转业报告悄悄撕掉了，田长风不走，他是不会走的，而且他想留下来多陪陪雷剑一。无奈中，李雪梅决定随军，放弃了在老家的事业。

沈思远如愿以偿地考上了指挥学院，可是拿到通知书赶回故乡时才发现母亲已经瘫痪多时，只是母亲一直没有告诉自己，是村里的人轮流照顾着。

一年以后，常建安调回北京。

临行前，常建安去看望天鹰。如今的天鹰突击队屡建奇功，并在国内外多次军事比武中夺得名次，成为了国内立于反恐最前沿阵地并且十分强大的反恐作战力量。

常建安到来时，队员们正在训练场练习搏击，却没有见到田长风。看到常建安到来，高莹连忙跑了过来。

常建安问："田长风呢？"

高莹说："我带你去找他。"

在一棵高高的杨树前，常建安仰起头发现田长风正骑在树梢上。

常建安问："田长风，你干嘛呢？"

见到常建安，田长风连忙从树上滑了下来。

田长风红着脸，不好意思地挠了挠头。

高莹说："树上有一窝小鸟，大队长准备抓一只送给小天鹰玩，也就是雷指导员的儿子。"

常建安看着田长风衣衫不整的样子，想笑却又笑不出来。

上车准备离开时，常建安揉了揉疼痛不已的后腰，然后摇下车窗玻璃，对田长风说："田长风，将你的天鹰管好了，有时间我还会回来。"

田长风点点头，离别再一次让他感觉到了难过。

此时，秋色一片朦胧，几枚落叶在空中不紧不慢地飘摇着，仿佛是生命最后的舞蹈。

天鹰，在血与火的洗礼中承受住了悲伤与痛苦，在遭遇信任危机的时代与各种挑战中选择了担当，并以牺牲为代价完成了一个特殊时代军人与职责之间的沉重对话，而且在将来，常建安相信天鹰依然会为这片土地营造一份和平与安宁……

图书在版编目（C I P）数据

天鹰2 / 黄晓峰著. -- 北京 : 九州出版社, 2011.8
ISBN 978-7-5108-1105-0

Ⅰ. ①天… Ⅱ. ①黄… Ⅲ. ①长篇小说－中国－当代
Ⅳ. ①I247.5

中国版本图书馆CIP数据核字(2011)第166330号

天鹰2

作　者	黄晓峰 著
出版发行	九州出版社
出 版 人	徐尚定
地　址	北京市西城区阜外大街甲35号(100037)
发行电话	(010)68992190/2/3/5/6
网　址	www.jiuzhoupress.com
电子信箱	jiuzhou@jiuzhoupress.com
印　刷	北京市通州旺银永泰印刷厂
开　本	710毫米×1000毫米 16开
印　张	18.5
字　数	170千字
版　次	2011年8月第1版
印　次	2011年8月第1次印刷
书　号	ISBN 978-7-5108-1105-0
定　价	36.80元